诗和远方，那些柔软的时光

□ 碧云天

时间，懒散地蔓延成一缕缕幽香，
那些柔软的时光，那些淡淡的心情，
那些散散的意思，那些美丽的忧伤，
以及那些耿耿于怀和念念不忘，
都在随手写的一首首诗里，
获得一份份共鸣、一份份小小的喜欢，
这些，已足够那些不眠之夜反复咀嚼……

寻找诗和远方，究竟要干什么？
其实，这已经是第十万零一个为什么，
那些青青涩涩的诗篇和遥遥远远的远方，
就像一场不期而遇的艳遇，
道一声：红尘有你，真好！
道一声：亲爱的陌生人，晚安！
道一声：你若安好，花自倾城……

碧云天（哈尔滨）

马雁凌（伊春）

汪贵沿（四川）

谢幕（哈尔滨）

胡世远（沈阳）

琉璃半夏（哈尔滨）

涂惠（四川）

赵富（黑龙江）

释耀法（南京）

如梦晨曦（黑龙江）

毕诗春（哈尔滨）

Sunflower（澳洲）

刘芳（甘肃）

唐华智（广西）

张雯（宁夏）

唐春元（广东）

冯世鑫（浙江）

傅北生（河北）

谈新柱（安徽）

水波横（江苏）

杨彦（北京）

潮子（山东）

季俊群（巴西）

红雨（美国）

冰与火（江苏）

于小兰（四川）

阳光雨（北京）

王慧君（唐山）

邹宏波（四川）

黄韵蓉（广州）

一夕流芳（甘肃）

罗占艳（天津）

陈锋（法国）

五哥（甘肃）

南飞雁（上海）

末落的贵族（ ）

过程（河南）

吴玉泉（上海）

古稀的春天（青岛）

郭紫莹（北京）

宁悦儿（西安）

潘鸣（四川）

刘柏洋（长春）

王光佐（安徽）

你若安好
自倾城

NIRUOANHAO HUAZIQINGCHENG

毕诗春／主　编

黑龙江人民出版社

图书在版编目（CIP）数据

你若安好　花自倾城：首届中国"华语精品悦读"
文学作品大奖赛获奖作品集／毕诗春主编.—哈尔滨：黑
龙江人民出版社,2018.8（2021.8重印）
ISBN 978－7－207－11503－4

Ⅰ.①你…　Ⅱ.①毕…　Ⅲ.①中国文学—当代文学—
作品综合集　Ⅳ.①217.1

中国版本图书馆 CIP 数据核字（2018）第 207187 号

你若安好　花自倾城

——首届中国"华语精品悦读"文学作品大奖赛获奖作品集

主编　毕诗春

责任编辑　刘恺汐
封面设计　张　涛
出版发行　黑龙江人民出版社
地　　址　哈尔滨市南岗区宣庆小区 1 号楼
邮　　编　150008
网　　址　www.longpress.com
电子邮箱　hljrmcbs@yeah.net
印　　刷　三河市佳星印装有限公司
开　　本　787×1092　1/16
印　　张　31.25
字　　数　520 千字
版　　次　2021年 8 月第 1 版第 2 次印刷
书　　号　ISBN 978－7－207－11503－4
定　　价　98.00 元
版权所有　侵权必究　　　　　　举报电话：(0451)82308054
法律顾问：北京市大成律师事务所哈尔滨分所律师赵学利、赵景波

点燃不熄的激情

——写在首届中国"华语精品悦读"文学作品大奖赛决赛作品评选之际

马雁凌

每个人心中都有梦想,诗人、作家共同的梦想是文学梦,是要把对人生的思索,对生活的感受,对天地之间的领略,对祖国的热爱,对人民的热爱,对父母的爱,对亲人的爱,一一倾诉出来。

2018 年新年的钟声刚刚响起,由华语文学艺术研究会、云天文学社、南京上国安寺,"精品悦读""潮流美文""澜锦文艺""地段街 1 号"四大微信公众平台和一点咨讯四大同名平台,以及"今日头条号★第一记录"联合举办的[10000 元‖"华语精品悦读"首届文艺作品大赛]的征文启事就拉开了大赛的序幕。大赛征文启事像一支火炬,点燃了大江南北的诗人、作家的激情,启事发出后,一件件稿子、一首首诗歌,流淌着千丝万缕的情感,闪烁着色彩斑斓的色彩,穿越千山万水,乘着电波飞向组委会,从 2018 年 1 月 8 日起至 2018 年 5 月 31 日零点止,组委会收到数千条参赛稿件,历时 5 个多月,这场影响广泛、意义深远的征文活动降下了帷幕。

这些稿件中的一部分,先后在平台发表。通过这次大赛,涌现了一批具有很高文学造诣的作者,一些新锐人才脱颖而出。一支人数众多的创作队伍正在形成,聚集在纯文学的旗帜下,向着文学的高峰不断攀登。

通过这次大赛,发现了一批蕴含着思想性、艺术性的优秀作品,这些作品,不论是诗歌还是散文,不论是写大我还是写小我,都能坚持传播正能量,都能坚持文学性,多样性,地域性,可读性。

通过评委认真阅读、打分,评比结果终于尘埃落定。

再回首,再阅读这些入围作品,如同步入一道立体长廊,作家、诗人用文字打造万种风情。

这些入围作品,主题突出,这些作者,为繁荣华语文学创作做出了贡献。这次大赛涌现出许多新人,精英人才,大赛的评选本着公平公正的原则,涉及面广,面向全球华人、华语写作者征稿。小说、散文、诗歌这些作品具有思想性强、主题鲜明突出,积极向上,充满浓郁时代气息、以独到的视角反映了地域特色和独特的风土人情,讲述中国人文故事、传承华夏地域文化,传递社会正能量。

注重艺术性。鼓励艺术表现和风格的多样性,多讲述身边真实的感受与故事,构思巧妙、以小见大,涉及人物塑造有血有肉、富有感染力。

注重观赏性。做到形象化、具体化、生活化,避免概念化、说教化,力求符合大众的审美观念,耐读、耐看、耐听。

以不同视角,抒发情怀,讴歌祖国日新月异变化,讴歌时代的飞速发展,这些稿件的作者既有在全国文坛享有盛誉的著名作家诗人,也有小荷才露尖尖角的文坛新人,既有耄耋老者,也有朝气蓬勃的青年,其参与面之广,其人数之多,其年龄跨度之大,都是令人叹为观止的。大大超出了想象。

洋溢着热爱祖国、赞美祖国的炽热情感。尤其是浪漫主义与现实主义的完美结合,使诗歌更具艺术魅力,唤起读者强烈共鸣。

热情讴歌生活,热情讴歌伟大的时代。

作者从各自不同的视角,深入挖掘生活积累。

征文活动受到诗人作家的广泛关注。一篇篇稿件闪烁在屏幕上,一字一句落在人们心田,或者激起涟漪,或者荡起波澜。

每一件参赛作品都充满激情,充满阳光,充满正能量。立意、结构、布局、写作技巧样样令人刮目……

水波横的《乳房的故事》分明是新文学小说体。角度新颖手法高超;刘芳的诗歌《转角》描写了一个人,在人生的转角处,那些出乎意料又在意料之中的遇见,充满了对生活中那些过往的回忆和期待;春雨的诗歌《我想,你是一片海——中国》,从一点一滴写起,纵情讴歌了祖国的辉煌成就;杨彦的《想着白天的事》描述了现代化渗入人们生活;如梦晨曦的《秋天里的告白》字里行间分明流淌着对季节、对土地深深的眷恋和思考……

评选结果并不重要,重要的是广大诗人、作家的积极参与,重要的是在商潮滚滚、拜金主义无孔不入的当下,还有人坚守一方净土,以文学为荣,以文学为武器,捍卫精神高地。

中国云天文学社的这次大赛,点燃了我们心中不熄的激情,大赛结束了,但是，我们心中的激情还在燃烧。

2018 年 6 月

【作家简介】

　　马雁凌，中国报告文学学会会员、中国报纸文艺副刊研究会会员、省作家协会会员、省散文创作委员会秘书长、省散文诗学会副会长。伊春市作协原副主席。中国精品文学作家学会秘书长、中国云天文学社黑龙江分社社长兼总编辑。伊春日报社副刊部原主任，主任编辑。44 年来，先后在《人民日报》《人民文学》《诗刊》等 40 多种报刊发表文学作品和新闻作品 1000 多万字。其中有百余篇作品在市、省、国家级评奖中获奖。报告文学《原野上的女人》获东北三省报纸文化副刊作品一等奖。报告文学集《碧海金川》获当代黑龙江散文创作一等奖。报告文学《兴安愚公》获省"迎接新世纪讴歌黑龙江"文学大赛一等奖。出版《密林小星》《心灵之约》《碧海金川》《锦绣人生》《眺望彼岸》《穿越四季》6 部文集。多篇作品被收入多种文集。先后三届当选伊春市人大常委。新华社特约通讯员。伊春市知识分子拔尖人才、伊春市文化名人、省女职工学习成才十佳标兵、省优秀编辑、省优秀新闻工作者、省星星火炬奖章获得者。省第四次、五次作家代表大会代表。传略被收入《当代文艺家辞典》《中国当代艺术家名人录》《中国当代报界知名编辑记者辞典》《中国高科技人才辞典》。

诗写人生　情系故乡

——序诗人毕诗春主编的诗文集《你若安好 花自倾城》

谢　幕

（一）

2018 年 6 月初，诗人毕诗春来电话说请我担任首届中国"华语精品悦读"文学作品大奖赛的评委，并且发来了初选后，进入终评的作品。

作为三位终审评委之一的我，当然要认真对待，于是，我放下长篇小说的写作，抽出三天的时间阅读进入终评的作品，又分别给进入终评的五十余位作者的一百余篇（首）作品打分。

据大赛组委会介绍，本次大赛从 2018 年 1 月初开始，到 5 月末截止，大赛组委会共计收到各类作品 3 800 余件，四位编辑老师阅读筛选了五个月，又经过三轮网络初评，选定了五十余位作者一百余篇（首）入围决赛，并且，将入围决赛的作品在各大平台陆续展示，反响良好，其转载率、点赞率、赞赏率均有所突破。

这次大赛参赛作者遍及国内各省三百余个城市，参赛作者的年龄跨度较大，从十几岁的中学生到古稀老人，几乎囊括了各个年龄段。

此外，大赛还吸引了旅居国外的华语诗人和作家，其中来自美国、法国、巴西、澳大利亚等国的诗人、作家，还多次来稿踊跃参赛，让人感到惊喜和欣慰。

据大赛组委会说，由于大赛门槛设置较高，致使很多人连基本的参赛资格都没有取得，这一部分人有五百余人（其诗合计 1 500 余首），这也是让大赛组委感到很可惜的事。还有大部分参赛者，虽然取得了参赛资格，但在最后冲击决赛的过程中，由于进入决赛的名额有限，还有一部分是因为诗（文）的质量，偏离主题，偏见激进等原因，未能进入决赛，大赛组委会也感到十分遗憾。

其实,在大赛征文时,大赛组委会就特别强调弘扬主旋律的作品,也特别欢迎情系故乡,诗写人生的作品,大赛组委会始终坚持"弘扬正能量,弘扬主旋律"的原则,只有这样的作品,才会给人以奋进的力量,给人以知识的传播,给人以情感的寄托……

大赛组委会还将把获奖作品和部分优秀作品汇集出版,这对参赛者而言,则是一个很好的成果检验和精神慰藉,可谓是放在书架不逊色,放在心中寄深情……

(二)

在这次大赛中,可以说诗是其主体,占大赛来稿的五分之三还多,而散文只占五分之二还不到,在众多的诗作中,以写人生、亲情、爱情、友情为主,附有一些纯粹描写自然风景的美文,还有借景抒情,寓情于景的情系家乡的情感抒怀。

如黑龙江省的如梦晨曦在一首《秋天里的告白》,首句就写道:"我终于如花,站在深秋里/和所有的花草媲美",其实这是一种心情的晾晒。

如谈新柱在一首《千钟醉·凤台美》诗中,用"七律"作为"楔子",之后就用了"一钟醉、二钟醉、三钟醉、四钟醉、五钟醉、六钟醉、七钟醉、八钟醉、九钟醉、十钟醉、十一钟醉、百钟醉、千钟醉"来表述丁酉年辜月二十六日酉时的"蓝玉峰寒",词的工整和意境的高耸,都给人以仰慕的崇敬,其实,好诗词是让人一读就"醉"的。

如吉林省刘柏祥的古风《雨、雪、风、云》,是一种"塔型诗",亦称"三角型诗",也可以叫"山型诗",这要按逆时针旋转45°,即可成"山"了,山峰是用11个字组成,而底座则是21字,给人以很享受的美感。而且,在形式和内容上,都给人全新的感受。

如巴西的季俊群在一首诗《春色,飘香雪地》诗中写道:

"盘古开天的栈道/遗落一缕及腰的长发/朔风呼啸/一场来自天外的暴雪/打醒了梦/举目远眺/一朵寒梅四处寻找/从未闻过的芳香,弥漫/透红的白玉/淌下两行醒目的泪水/那源头,两颗明珠闪亮着/淡雅的唇红/伴随着风雪飘满银白的大地/你,又一次敲开我的心扉//……"

诗的写法别具一格,本来是人寻梅,他却写"一朵寒梅四处寻找",这种"反其行而道",给人以灵动的感觉,本来"梅"是静物,他却写活了,这不仅仅是架构的手段,更是诗人灵动的意识。

如黑龙江省诗人郭紫莹在一首《索菲亚教堂》的诗中写道：

"第一次来索菲亚教堂，我六岁/第二次来索菲亚教堂，母亲六十岁/广场上的鸽子，啄着母亲的脚/甚至比我，更像母亲的女儿//她挽着我的手，拎起我外乡莽撞的童年/影子透过玻璃彩窗，劈砍松弛的脊背/我望着她就像一颗偷渡而来的溏心酒糖/鬓角的灰发，是过期糖纸上擦不掉的白霜//或许她也曾是达瓦西里正中心的壁挂/未料想十月过后，胃里生出一把火铲/后半生被结结实实翻了个面/一不小心，就露出生活的千丝万缕//"

诗人郭紫莹写得很巧，她将时间在瞬间拓展，立体地体现一种感觉和理念，将一座原本固定的建筑物写活，并且赋予思想和内容，给人以启迪，这其实是诗的另一种感召和感受。

当然，值得一提的还有杨龙的《竟以我一个农民沾满泥土的双手写给我的祖国》，尽管古风诗题很长，但诗却写得很好；还有法国陈锋的《女人心（组诗十四行）》；香港凤萍的《你触摸了我的灵魂》；陕西省付琳的《指尖里的一袭暖》；北京市沙漠之灵的《石榴花开》；江西省姚丽蓉的《冬日的痛》；黑龙江省昔日云儿的《今夜你那是否月色也朦胧》；甘肃省一夕流芳的《雪》；重庆市末落的贵族的《背影》；江苏省冰与火的《一条千回百转的路是我的尽头》；江苏省叶九的《今夜》等诗，都会给人以美感的精神享受，值得一读，有些诗歌亦可以朗诵，那又是一种听觉的享受。

当然，进入决赛的诗，许多都让人读了就很感动，正如大赛组委会所言，大赛的门槛很高，这是筛选之后的结果，好的诗终究会留下，是金子总会发光的。

在其"诗"的部分中，写人生和情感的较多，这也是诗人偏爱题材集中的呈现，好在各有特色，弥补了撞车的遗憾。

（三）

散文，虽然只占来稿量还不到五分之二，但来稿的质量却很高，说明作家对生活的深刻感悟和巧妙的呈现。其形散而神不散的特征，在很多散文中有着独具匠心的体现，也给大赛的整体质量拉升了一个很高的台阶。

如江苏省作家水波横的一篇《乳房的故事》，其实，更像一篇小说，其开局就写道："朋友得了'乳房 ca'，而且是双侧的。"这里，作家没有直接去写"癌"字，而是用"ca"替代，知道内情的知道这两个英语字母的含义，这无疑是晴天霹雳，其实，医生也很想回避这个字，何况病人，虽然病历上也写着这个字，有些病人却不知内涵，只是在亲人和医生"没多大事，过几天就好的"安慰中，希望着病愈的那一天，其实"乳房ca"，并不是不治之症，只要治得及时，就会治好，当然，治疗的时间和配合治疗，都很重要。作家抓住了这个"核"展开叙述，娓娓道来，给人以揪心的感觉，其实，其感染力也在于此。

散文中，甘肃省不倒翁的《年味》、广东省唐春元的《一枚飘过心里的雪》、上海市吴玉泉的《古镇上的老茶楼情结》、黑龙江省赵富的《上坟》、山东省铭芮的《乡雪情》、青岛市古稀的春天的《爱在路上》、哈尔滨市刘丽平的《都市一隅的诗意田园》、天津市罗占艳的《我的爱只有一次刻骨铭心》、山西省姜晓鹃的《柳絮》、潘鸣的《花谢勿恋枝》、段贵娥的《乡下妞的大学梦》、安徽省王光佐的《温柔柳》、张磊的《小院》、德阳市刘芹的《春天的絮语》、山西省落霞的《怀念记忆中的美丽》、北京市高淑琴的《深埋在心底的那份情怀》等篇散文，都是各具特色的，值得一读。刊在书中，也是十分有文学价值的。

大赛虽然结束，可写作的人还在写作，这是作为诗人、作家的宿命。没办法回避，也不想回避，箭在弦上，不得不发，这也是作为诗人、作家的无奈，好在大赛之后，还有一个成果，众多的心聚在一起，应该说，这是诗人、作家幸福的时刻。

此为序。

2018 年 6 月 26 日·谢幕写于夏都哈尔滨听雨居

【作家简介】

谢幕：著名诗人、作家、剧作家、评论家。男。原名：郭治军。1959 年 3 月 7 日生。曾为国内外华语诗人、作家撰写序言、评论、跋、侧记、巡礼、综述等 500 余万字。曾出版评论集《品评与赏析》（63 万字）、《奇迹与奇葩》——山东评论特辑①（50 万字）、《白山与黑水》——黑龙江评论特辑①（50 万字）、《光辉与光荣》——安徽六安评论特辑①（26 万字）等；曾出版诗集《情脉与血脉》（22 万字）、诗集《感慨与感悟》（12 万字）、长诗集《感动的日子》（2 万余行 73 万字）、诗集《诗影老道外》（28 万字 7 000 余行 700 余幅老照片）等；纪实传记文学《风雨人生》——潘俊德纪实家族史（10 万字）、纪实报告文学《哈尔滨速度》（38 万字）、纪实文学《战神之首无敌航母秘密档案大全集》（38 万字）、纪实传记文学《最后一个青帮大佬太爷张仁奎》（33 万字）、纪实文学《日落要塞》——日本关东军霍尔莫津要塞(30 万字)等;散文集《感觉的盛宴》(26 万字)等;长篇小说《中国维和女警在科索沃》(38 万字)、长篇小说《希勤往事》(五部六卷 300 万字)等总计 700 余万字,曾创作三十集电视连续剧《靠山寨》(70 万字)、二十四集微电影剧本《二十四孝故事》系列(20 万字)、电影文学剧本《义士安重根》(5 万字)等(另有 30 余部 800 余万字作品集待出),曾主编文集 19 部。中国散文诗学会理事、中国诗歌学会会员、中华诗词学会会员、长白山诗词协会常务理事、黑龙江省作家协会会员、黑龙江省评论家协会会员、黑龙江省戏剧家协会会员、黑龙江省电影家协会会员、黑龙江省电视艺术家协会会员、黑龙江省曲艺家协会会员、黑龙江省楹联家协会会员、黑龙江省地方文学研究会常务副会长、黑龙江省萧军研究会常务副会长、黑龙江省作家协会文学评论专业委员会委员。哈尔滨市党史研究会会员,哈尔滨市延安精神研究会会员。哈尔滨市文联全委会委员、哈尔滨市作家协会全委会委员、哈尔滨市道里区文联副主席、哈尔滨市道里区作家协会主席、哈尔滨文学艺术评论学会副主席、哈尔滨市作家协会副主席。

【序三】

网络文学，一股可贵的清流

碧云天

一个时代有一个时代的文学，尽管如此，并非每个时代的文学都能在历史长河中站得住脚。网络文学从一个时代的文学到成为一个长时段中人类文明史上留得下的经典性文学，其间还有很大的距离。但是不可否认，华语网络文学尤其是微信文学这几年，给文学带来了巨大的冲击。

时光，仿佛在文学市场上安装了助推器。急剧转型的社会与变局不断地将文学市场化，由于网络的快捷，往往要将过去几年甚至几十年的竞争历程压缩在一年甚至在几个月中突然爆发。无论是老牌报纸、杂志等纯文学，还是新生网络文学，注定要在一个动荡不安、纷繁芜杂的市场里经过淬炼。

微信的出现，不仅仅是增添了一种新的通讯、传播方式那么简单，它可以理财、购物、游戏、聊天……可谓是"一机在手，掌控世界"。它迅速占领了我们的生活，让我们成为"低头族"的一员。面对这种新载体、新平台、新的传播方式，各行各业都使出浑身解数去占领份额。文化、文学也不例外，迅速借助这个平台，推出了众多的公众号。国内外一些有识之士跟紧时代潮流，迅速推出了一批文化、文学公众号，有官方的、半官半民的、也有个人的。

每一个公众号都有自己的定位，也都有自己的粉丝。可以说，每一个公众号就是一个小圈子。2016年1月21日，国内知名华语公众平台"精品悦读"注册成功，在一年多的时间里，这一款微信文学平台有很多经验和教训值得总结和深思。

截至目前"精品悦读"已经推出的原创文章，800余期，5 000余件。每一期都有新的作者加入。作为一个公众号，其制作者团队非常重要，"精品悦读"庄重高雅的风格吸引了大量来自海内外的读者和作者。目前在"精品悦读"的成功运作下,作者队伍不断壮大,致使许多作者的作品需要排队刊发,经制作团队商议后,2017 年,迅速启动另三个公众号"潮流美文""澜锦文艺"和"地段街 1 号",将四个公众品台捆绑运营各有侧重,将作者作品细分,精心组建了多个 500 人的投稿收稿微信大群,精选组织、活动能力比较强的作者做管理员、宣传员和推广员,比如骨干作者刘芳、sunflower、细腰蜂等等。半年以后几个公众号完全走上正轨,作者群越来越庞大,目前长期固定给四大平台投稿的作者就有 500 余人,作者分布在中国、澳大利亚、日本、美国、法国、意大利、俄罗斯、韩国、荷兰、巴西以及我国香港和澳门地区。吸引了一大批国家级作协、省级作家协会的作家、诗人为我们的平台供稿,如诗人剑锋、马飙、胡世远、汪贵沿、健鹰、涂惠、刘昌平、宗德宏、黄新力、水波横、西门吹雪、潘鸣、周渔、任秀峰、梅宇峰、边中原、红雨(美国)、巴黎望月(美国)、陈峰(法国)、季俊群(巴西)、沉淀(荷兰)sunflower(澳大利亚)丹青(澳大利亚)、翠儿(日本)等等。

由于传播能力越来越强,在世界各地的华语诗人作家的不断呼吁下,我们成立了中国华语精品文学作家学会、中国云天文学社。2018 年 6 月开始,在世界各地陆续成立了"中国云天文学社澳洲分社""中国云天文学社甘肃分社""中国云天文学社广西分社""中国云天文学社宁夏分社""中国云天文学社广东分社""中国云天文学社浙江分社""中国云天文学社安徽分社""中国云天文学社河北分社""中国云天文学社江西分社""中国云天文学社山东分社""中国云天文学社新情诗分社""中国云天文学社北京分社""中国云天文学社黑龙江分社""中国云天文学社内蒙分社"中国云天文学社巴西分社"中国云天文学社北美分社……

各分社均由德才兼备的云天社成员担任负责人,如马雁凌、sunflower、刘芳、唐华智、张雯、唐春元、冯世鑫、傅北生、谈新柱、水波横、张明辉、季俊群、红雨等等。

与此同时,中国华语精品悦读作家学会、中国云天文学社联合南京上国安寺等机构于 2018 年 1 月初至 5 月末期间,成功组织并举办了"首届中国'华语精品悦读'文学作品大奖赛"。

另外,我们旗下的今日头条号·第一记录平台也渐成气候,作品最高阅读量超百万的也很多。在此期间,我们紧跟新媒体发展速度,逐步建立了"头条号""搜狐号""百家号""企鹅号""一点咨讯"号等新媒体交流平台。

在中国文学社运作的整个过程中,也遇到过这样那样的困难,好在是团队的力量大,围绕着云天文学社和旗下多个立体微平台,作者和读者已经形成了一种有效的融合互动,许多作者和读者每天都期待着一个个公号的推送,只要作品一经推送,就会看见各大群里面迅速有人转发链接,形成良性运转……

从理论上讲,公众号可以发布各类文体的作品。但事实上由于手机面积太小,发布长篇小说有难度,而发布诗歌最容易,所以我们吸纳的写作者多为诗人,目前国内文学公众平台差不多三分之二的微平台,主要都在推送原创诗歌,因此诗歌公众号最多,也最热闹;其次才是散文和短篇小说。

2017年,中国云天文学社旗下"精品悦读""潮流美文""澜锦文艺""地段街1号"四个微信平台受一点资讯邀请,开通了同名一点资讯一点号平台,试运行数个月,目前也已经全面上线。这四个平台可同步微信——微信平台所刊发的所有文章,这四个一点号平台会同步刊发,一点资讯网和凤凰网都可见文章。另外,一点号和今日头条一样,可以单独刊发原创首发文章,功能强大,完善!

至此,中国云天文学社真正拥有了立体传媒手段。截至目前,本社与香港凤凰网,一点资讯合作推出的四大同名平台("精品悦读""潮流美文""澜锦文艺""地段街1号")已经同步上线推出,还有今日头条号的"第一记录",我们将全方位为我们的读者作者服务。也就是说,在这里刊发的一条稿子,将会有多端连锁推送,除了手机客户端,我们还有凤凰网、腾讯网、搜狐网和一点资讯网络端支持,毋庸置疑,这是中国云天文学社的软实力和智力的高度提升。希望大家一如既往地关注和支持我们。

我们的多端融媒体平台,在当下微媒体传播手段上,始终走在前列。在许多人还每天死死守着微信平台可怜的几十几百几千个阅读量沾沾自喜时,我们的"头条号""搜狐号""百家号""企鹅号""一点咨讯号""大风号"等新媒体交流平台,过万、数十万、甚至百万的阅读量已经是常态化了。这么多平台,给你提供不一样的舞台,欢迎各路行家写手加盟我们的团队。我们拥有强大的新媒体资源,更拥有强大的传统媒体资源,这是我们和单打独斗的铺天盖地小公号,不一样的地方。仅仅从云天社学习后默默自己拉队伍打天下的人也有数十个,我们很欣慰,他们一直在默默地跟在我们的身后,认真地学习和模仿着……

然而,我们始终没有离开过现实生活中的真善美这一核心议题,从没放弃过任何一个重大节日题材,只要是足以打动读者的题材,均进入作家诗人的视野。让诗歌,散文也成为干预生活,记录生活的文化形式,如今我们不得不承认,文学搭乘上了网络快车正在迅速复苏,就像一股清流,注入了混沌已久的文学市场。这本作品集,除了选发了首届中国"华语精品悦读"文学作品大奖赛部分获奖作品外,我们还选发了中国华语精品文学作家学会、中国云天文学社优秀成员的优秀作品。我们想说,这本即将面世的集子,篇篇精品,值得收藏。

2018 年 7 月 7 日(冰城)

【作家简介】

毕诗春,笔名碧云天、寒江雪。个人微信号:jizhebyt。70 后,男性公民。中国精品文学作家学会会长、中国云天文学社社长。国内著名公众平台"精品悦读""澜锦文艺""潮流美文"创始人。青年作家、诗人、学者,云天派诗歌代表人物之一。现供职于国内某省委机关报任编辑,兼任新闻评论员。目前是记者,相信将来也是个记者。是记者,也是行者,所以常自嘲:行者无疆卖字为生! 在国内平面媒体蜗居十余年,作过记者当过编辑,现混迹媒体,业余时间用思想、文字换点口粮。曾参与主持《黑龙江晨报·周刊》《黑龙江画报·增刊》对俄杂志《商桥》,现主编《黑龙江日报》副刊《北国风》。除喜欢专业的新闻策划外,还喜欢专业贩卖文字垃圾。初级产品——诗歌、散文、小说、故事、纪实文学、新闻等,销往《人民日报》《经济观察报》《中华工商时报》《香港文汇报》《中国质量万里行》《人民文学》《北方文学》《青年月刊》《散文诗》《诗刊》《诗神》《星星》,台湾《葡萄园》以及美国《常青藤》诗刊、英国《金融时报》中文网等国内外各类平面媒体,作品入选《中国当代诗坛新星》《中国现代新诗百家》《中国文坛名家选》《中华现代作家精选》等多种选集,被国内外各大门户网站转载。曾获国内外各种奖励数百次,发表作品数百万字。出版《且听风吟》《世相观潮》《虎啸苍生》《华语精品悦读》《红尘往事》等著作。

目　录

◆ **诗歌卷　红尘有你** ◆

你若安好 花自倾城

——首届中国『华语精品悦读』文学作品大奖赛获奖作品集

◆ 散文卷　如歌散板 ◆

诗歌卷

红尘有你

第一辑　大赛特别奖作品展示

举一杯血红的相思（外一首）

汪贵沿（四川）

开启一种诱惑

醒出自由与浪漫的融合

倒出真实的自己

持是一种姿势，若月光轻含

今夜的柔情，暗香浮动

摇晃血色的光芒

散发的不仅是高贵与典雅

而且是女人的千娇百媚

用红唇缓缓轻啜

那缕缕的醇香，点燃生命之火

碰杯，为精神攀升

干杯，为灵魂皈依

即使勾魂摄魄，也乱世情迷

妩媚妖艳一回

即使醉生梦死,也红尘万丈

放荡不羁一次

举一杯血红的相思

夜色在杯底泛滥

泛一种情怀,滥一种情调

生活五光十色

幻想与激情捆绑,释放昨天

雪茄与红酒

高跟鞋与玫瑰庄园

在云雾缭绕的红尘中

品一段"至樽"红颜的故事

看星星数星星的光芒

都说红酒微醉的女人

会让男人梦想巴黎

或穿越 6 000 年前波斯的传说

从平凡走向非凡

美成为一种放浪的诗意

生活是一种态度

今夜,我们举杯相拥

那回眸碰碎的笑颜,流光溢彩

在葡萄美酒夜光杯的王国

你是我最尊贵的女王

兄弟,喝起

兄弟,喝起

不分东西不分南北

喝下这杯烟雨,喝下这碗黄沙

不管是三国演义还是水泊梁山

是唐诗还是宋词

只要见面必煮酒一壶

无论酒量如何,只要能摔杯为号

无论酒胆如何,只要可以怒发冲冠

是男人就雄起,一口气干下这万里江山

是英雄就满上,一醉沙场挥戈直抵边关

兄弟,喝起

也许醉翁之意不在酒

也不在山水之间

而是在喧嚣俗世的眷恋之中

所谓天朝上品必贵人相助

一喝便是风雨同舟,肝胆相照

一喝便是侠骨柔情,铁血丹心照汗青

喝吧,四海之内皆兄弟

难得尘世走一回

你半斤他八两

大不了把酒问青天

李白能人生得意须尽欢

我何苦独守金樽空对月

喝吧,兄弟

喝下这刀光剑影,笑傲江湖的传说

喝下这豪门恩怨,杯酒解情仇的情节

不用洒血为盟,只需喝酒为欢

天作篷帐地做床,对酒当歌,人生能几何

天地悠悠过客匆匆,一个转身一个世界

琼浆玉液,唯贵人莫属也

（2018.01.11 艾克赛尔宿舍修改）

【作家简介】

汪贵沿(笔名桂圆)宏达集团中美合资无锡艾克赛尔公司总经理(董事)。中国民主同盟盟员,四川省作家协会会员、四川文艺评论家协会会员、四川什邡市作家协会副主席、中国散文诗学会会员、中国诗歌学会会员、先后在《诗刊》《人民文学》《澳门月刊》《世界散文诗集》《四川文学》《青年作家》《星星诗刊》《绿风诗刊》《诗神》等发表文学作品数百篇,作品被收入多种选本。全国公开出版发行《沿江的歌》《总有人会感动》《爱情麦克风》国内首部诗集配光盘,《汪贵沿作品选》《商旅追梦》及国内首部诗歌影像集《涂鸦路上》《栅栏内外遗落的文字》等七部作品集。四川方言体诗歌、skyiy1997"健鹰　宽诗堂"和"土裙部落"wangguiyan66 公众号平台创始人之一。

槐树花（组诗）

胡世远（沈阳）

冬　天

在冬天，我们等雪

红灯笼和新年

这一路，我们走得这么远

在某种意义上

告诉大地上所有的人

包括沿途那些挺立的树

你将感恩一切，灯火中的废墟

虚掷的时间

当遥远的呼喊传过来

更远处，温暖如同

一月的草莓

下雪了

他们都在说这件事

我也想说

目标在风中飘荡

洁白的大地上

我们不再一事无成
那些精灵，仿佛舞台上的演员
我们也是

或许当一切清晰下来
寂静带来信号、故事、细节
如同天使的令牌

槐树花

每年的四五月份
那些槐树就会开出白色的花

小时候，家里没有菜时
父亲就会摘下槐树花炒着吃
当时菜里几乎看不到油水
唯一的味道有点咸

不再吃这些的今天
想起父亲
就想到槐树花
想到漫山遍野的白

春天过了
尘世里，少了一个人
我去迎接他
用一艘船，面对
无尽的大海

寂　　静

读惠特曼的《草叶集》

用一个下午

我在找，自己和草

或者叶子之间的某种联系

一杯热气腾腾的红茶

陪伴着我

总有一个季节是明亮的

就像多年前

我们想象的遥远的爱情

当风吹过闲云

寂静，也有

清脆的声音

路　　标

一片叶子落地

仿佛是季节的路标

即使残局

也是一种状态

走出迷途

我们观察道路

在结局被确定之前

那么多静止的名字
那么多水下的火光
我们一边听雨
一边做梦

经　　文

目光里长出经文
在智慧的领地。膝关节的嵌顿
归于透明

就像多年前遗留下的
一滴水渍
记得曾经的绝望和安静

只有一种音符
发出慈悲的声音
宛若河流里一棵树的
倒影

雪一直在下

雪一直在下
下在南方
下在城市
下在乡村
下在田野上

你若安好 花自倾城

——首届中国「华语精品悦读」文学作品大奖赛获奖作品集

我所在的地方
还是老样子：
我守着同一片天空
对一场雪
念念不忘

踩过厚厚的落叶
我看到我自己
暮色暗下来

【作者简介】

　　胡世远,笔名:白天鹅的情人。原籍安徽霍邱,70 后作家,自由撰稿人。曾效力于中国空军部队,现居沈阳。中国诗词研究院副院长、中国音乐文学学会会员、白天鹅诗人协会主席、辽宁省作家协会会员、白天鹅诗歌奖创办者、《白天鹅诗刊》主编、安徽省霍邱县文联《蓼风》杂志文学顾问、法库县文广新局《北国风》杂志文学顾问、辽宁省文化志愿者。毕业于辽宁文学院新锐作家班、辽宁省首届中青年作家高级研讨班。诗作散见《诗刊》《诗选刊》《诗潮》《星星》《芒种》《诗歌月刊》《中国诗歌》《海燕》《鹿鸣》《岁月》《辽河》《椰城》《阳光》等刊物,并入编2014 辽宁诗歌年鉴、2015 年东三省诗歌年鉴、新世纪辽宁诗典、2014—2015 年度中国诗人作品精选。作品曾获首届全国当代文学奖、辽宁省首届辽河三农文学奖、首届"梁祝"杯全球华语爱情诗文大赛金奖、沈阳市委宣传部2010 年新春诗歌朗诵会创作一等奖、芒种杂志社纪念东北等老工业基地振兴十周年全国诗歌征集优秀作品奖、沈阳市首届盛京网络文学奖——诗歌奖、2010 年度中国十大先锋诗人、2012 年度中国网络十大知名诗人、2015 年首届"龙凤山庄"杯全国爱情诗歌散文大赛二等奖、2016 年第二届"中国曹植诗歌奖"全国华语诗歌大赛一等奖等多种奖项。有诗作入编各种年度选本。著有诗集《炊烟之上》等三部。2012 年自费创办东北第一个民间诗歌奖项——白天鹅诗歌奖。2013 年自费创办公益诗刊——《白天鹅》。

那些春天的往事(外一首)

涂惠(四川)

太阳的光泽

果敢地收起阴雨天气

漆黑的夜里,腐朽的骨头上

花朵不停地颤抖

一种声音,已情不自禁

归去来辞,载不动的新愁

落成篱笆墙的影子

鸟儿,在黑暗里打探春天的往事

将欲昨天与明天的悲喜区别开来

采花的人,姗姗来迟

那些春天的往事

滑过结冰的河流

站在细雨的枝头

像精灵,像飞翔的夜莺

挡不住的似水流年

回不去的如梦过去

千万不要去捅破一颗

装满了风雨的花心

那柔软,那浓郁,那娇嫩

想想,都让人泪流

……

人生的渡口

那场雪,已抽身离去
什么都不过是微澜
来不及遥想一场雪的温柔
红尘陌上,已无人无物可及

风的行走,注定了季节的一次次虚空
舞动的风雅,有多少故事
从前尘旧梦飘落

人生的渡口,彼岸有约
那支为我盛开的梅花
我小心翼翼地抱在怀里
那个梦虽已找不到位置
而远方和诗还在
往事和你,还在

一弯明月,半残
那条走过无数次的老路
在人生的渡口,依然如故

【作者简介】

涂惠,女,笔名:惠子、啊惠等,网名:线装书。现居德阳。20世纪80年代开始写作。作品散见于《人民日报海外版》《诗刊》《诗歌报》《星星》《中外文艺》《中国散文诗》《世界华人作品》《澳门月刊》《文艺家》等。

中国诗歌学会会员,中国散文诗研究学会理事,四川省作协会员,四川省文学艺术发展促进会理事,西部文艺创作研究院副院长,德阳市诗词楹联学会执行会长。《德阳诗联》《德阳市新诗选》主编,《中外文艺》特约副主编。已出版个人诗集《心中那支温暖的荷》《此岸 彼岸》《日光之恋》等。部分作品收入《当代文学精品100家》《诗家》《当代实力作家作品选》《国际诗选》等。

禅　　意（组诗）

释耀法（南京）

（一）春来了

春雾。如神龙游走
盘旋在山腰
山脉若隐若现
雾景如画。如画师的水墨丹青
人在仙境。仙境中呈现出殿堂
此胜景……
独有,上国安寺

（二）日出一线

那是黎明前的黑暗
那是灵魂深处的起点
美好的一天从这里开始
一线阳光就是一片希望

带着汗水,带着梦想
奔跑在菩提路上
把智慧种子种在日出前
用汗水浇他开花结果

（三）你来了

带着姐妹来了
身穿粉红色的裙装
自带清香
打入鼻息有点甜

用微笑打开花容
用花香展现身姿
静若莲。香若梅
在道场中你悄然绽放
道场庄严。你这禅意的花木
你这神韵的樱花

（四）碧云天

碧云天下
柔柔的青草地
仿佛厚厚的棉床
好想躺在上面
仰望着蓝天碧云
我要随你飞翔
飞过草地
带上梦想
飞向蓝天和海洋

（五）太阳

一个太阳，几个倩影？
一份景致，几份典故？

日出的蓬勃盛满大爱
清晨的柔软用心呵护
把美好的晨光铺满周遭

乘坐清晨的列车
赶往铺满阳光的人生驿站

（六）夕阳西下

光影，瞬息万变
道场庄严。时间与空间交错
安平塔、宝鼎、翘角错位陈列
是佛光、阳光、人生七彩之光
光环普照
是景、是念、是想……
是三宝地

（2018.4.4 写于寺中）

【作者简介】

释耀法，南京上国安寺住持法师，南京佛协常务理事，江宁佛协副秘书长。中国精品文学作家学会、中国云天文学社佛学文化顾问；南京江宁作协会员。法师作品入选《华语精品悦读》一书。作品散见地球村诗博会、现代－中国诗歌网、精品悦读、潮流美文、澜锦文艺、南京乡间诗社、南京市江宁区作家协会等处。

上　坟（散文）

赵富（黑龙江）

那年腊月廿二，我和远在绥化的五弟、老屯种地的四弟及退休在家的大姐夫约好，给安息在家乡土地上的父亲、母亲上坟祭奠。

起个大早，我从几百里外驱车赶到明水老家，不巧五弟晚了一班车，到县城已近中午时分了，从县城西走到坟地还有十几公里远路途，如再去坟地就得过中午 12 点了。乡下习俗，上坟要在上午去烧纸，下午阴间不办收钱业务。我们便去了老屯西头的大姐家住下，待第二天上午再给父母上坟。

腊月廿三过小年，是否可以烧纸？我不懂习俗。大姐思想还解放，说没那么多讲究。于是，在早晨 8 时左右，我们从大姐家出发，先去屯东头四弟家取纸。因昨天从县城来时，把黄心纸放到了四弟家。屯里有个说道儿，纸冥不能搁在外姓家。所以，我们先到四弟家取回纸，之后再返回到坟地去上坟。

在前两天，即廿十的夜间，老屯下了场大雪，给腊月年根儿增添了纯洁清新的气息。躺下的原野披层厚厚的白被，把庄稼茬子捂得严严实实的，坟地上大大小小的坟茔，像白色起伏的披孝山包，向阳世间显摆着"天堂小镇"曾经的繁荣和重要。横垄地头的道眼儿筑起大雪壳子，车只能停在东侧的通乡道旁，我们背着纸走了 700 米左右，方很吃力地到了父母的身旁。

这是一块民间墓地，也是村里最大的一片坟地，人们称之为风水宝地，坐落在南二节壕的小西碱沟边，北侧不远处有个水面很大的池塘，南侧挨着老大一片薪炭林，东侧毗邻一条南北方向的乡间路，西侧有新压出来的通往南屯北村的"四轮子"雪辙印痕，这是雪后亡人入土时车轱辘碾出的一条捷径。

在老屯里，人们管墓地，又习惯叫坟圈子。这个小西碱沟上的坟地，约有 30 多年的历史，入墓不需办理审批手续，找来阴阳先生捏算一下便可落户。屯子也无设专人看护，自个家管自个家的。起初，屯里的坟茔都是分散的，自从实行墓改之后，坟茔便逐渐移到此处集中，如今面积扩展了一平方公里之多，坟包也增加到了二百多个，已经粗具"天堂重镇"的规模了。

我家的坟地在这片墓地的东南角，坟墓里安息着父亲、母亲的灵魂。坟茔周围挖条圆形的小壕沟圈上,是当年埋坟时设立的坟地边境界线。父母坟茔西南十几米远的地方,有个矮小孤单的小坟包,葬着我的胞兄二哥。他念中学时得了半身不遂,一辈子没有成家,膝下无儿无女,按照习俗不能归入主坟的。每当给父母上坟时,我们都要给老二哥烧些纸钱。二哥活着的时候,疾病折磨着他,很凄苦;死了之后,又不能入主坟,很孤单。每次望着二哥小坟包,我心里就涌上阵阵酸痛。二哥生前一直在父母身边,今在天堂也离父母不远,这样我们心里还能安慰些。当年二哥比父亲、母亲过世早几年,因病急占用了父亲的寿木,临入殓前母亲还嘱咐我们,将来让你二哥离我俩(父母)近点,到那边还要继续照顾他呀。说着,两行老泪顺着满脸沟壑淌到衣襟上,我们也跟着母亲哭得稀啦哗啦。

打小听母亲说,很早很早以前,姥爷在二排四屯的私塾教书,她和父亲结婚后,便搬到这个电子居住,我们兄弟姊妹都出生在屯东头的两间土坯房里。父亲没念过书,五岁时父母(我的爷爷奶奶)先后去世,是一个远支的爷爷把他及叔叔、大伯从江南挑回大荒,待稍大一点便跟着大人下地干活。自从搬到二排四屯后,我们家就扎了根没有挪动过。父母生育我们六男两女八个孩子,贫困的生活始终伴随着我们不离左右。而母亲也与父亲一样,没有上过一天学堂,但一小在姥爷的私塾环境中,对文化的认识略有一定高度,在那样艰难困苦的日子里,买点咸盐都是问题,她任可自己受累忙完家务到队里干活赚点工分,仍然咬牙坚持供着我们这些孩子们上学,我清晰地记得因这还被爹爹打骂过不少次呢。其实,也不是父亲不想让孩子们念书,是队里的工分领不回来口粮呀。白驹过隙。当时光进入20世纪80年代后期,孩子们一个个都成家立业走出老屋,家里的生活也逐渐地好起来,可父亲母亲却没有享受几天清福,便于20世纪90年代先后驾鹤西去。他们把自己的一生献给了脚下贫瘠的老屯,死后灵魂仍厮守着曾经放飞过梦想的故乡。他们是舍不得血浓于水的子孙、盘根错节的亲情,还有这片有恩于宗族生存、繁衍生息的黑土地啊!

这年冬天,雪下得很大,皑皑的白雪掩盖着无数个坟茔。我给父母坟顶压张纸,便在东南方的碑前,扒拉开约两平方米雪被,露出了黑土和草地,又用木棍画个圈,圆的西南方交汇处留个活口,待冥纸燃烧时拿出两张,据说这小钱是打发外鬼的。我们姐弟四个拉来20多包黄心纸,除了给二哥送去两包外,剩下的全给父亲母亲了。四弟还烧了一包雪茄烟和洒了一瓶白酒,生前母亲喜好抽烟袋、父亲喜好喝烧酒。现在冥纸也与时俱进了,不只是清一色的"黄心纸",每张纸都印上碗口大的印章,最小面额为一万元,最多面额为几十万元,还有电视、电脑、手表、小汽车等现代化的物件。四弟说:今天的天堂也应该很富裕了。纸冥燃尽磕头三个后,我的眼睛便潮湿了,这思念的泪水,来源于"打折骨头连着筋"的源泉呀。

　　站在父母的坟前,我又由近向远望去,好一片雪的山峰,碑的林海。山峰大小不一,碑石高低不齐。所有的"地下工作者",不管你生前是贫穷还是富有,是平民还是村官,在归宿乐园里都是平等的。父母坟茔的东南方,埋着曾经的生产队长,东北方埋着曾经的大队支书,在很远的西北方埋着我曾经最亲的人舅舅、姨姨,在周围不远处埋着曾经与父亲一起在生产队干活的社员……如今,他们又都从墓地重新开始,结束了生前的恩恩怨怨,尽享着天堂上的和谐及快乐。

　　临离开坟地前,四弟还告诉我:每到正月十五,这里灯火点点彻夜通明,像地上的星星一样璀璨;而在外打拼有些出息的后代们,又纷纷把烟花爆竹搬到坟地鸣放,像天上的街市一样繁华。就在那一刻,我的心绪随着四弟的叙说,飞到正月十五送灯的热闹场景中,并再次向父母的坟茔深深地鞠躬,说道:"爸妈,待正月十五我再来看您。"

（2018.02.10 改毕）

【作者简介】

　　赵富,50后。系黑龙江省作家协会会员。作品散见于《散文选刊》《北方文学》《厦门文学》《地火》《岁月》《石油文学》《中国散文家》《北极光》《雪花》《躬耕》《作家报》《生活报》《中国石油报》《中国建设报》《中国建材报》《新民晚报》《黑龙江日报》等二百十余家报纸期刊,有作品曾获得第三届"中国梦·劳动美"全国职工诗词大赛奖、第二届全国情感主题散文大赛奖等20余个文学奖项;有作品曾被收入《中国百年诗人新诗精选》《天宇下最朴素的诗》等20余种诗歌、散文、散文诗选本;并出版乡土散文专著《不灭的心灯》。

用力活着

琉璃半夏（黑龙江）

怕鬼真是太幼稚了，走，我带你去见一见人心。

人这一生，说不清究竟要经历多少磨难、多少委屈、多少无法言说的苦楚与无奈，才能度完生命这一场浩劫。

有时候周遭的一切都让你失去了想要从头再来的勇气，不想就此放手，却也没有了力气重新开始。经历过那么多的半途而废，从十足的干劲到满含泪水的无局而终，才不得不承认自己的幼稚与可笑。

有些人出生时嘴里就含着金钥匙，而有的人却天生带着肿瘤带着残疾。这东西不一样，也没法比。生活本身就是一种不公平的存在。那些叫嚣着凡事公平的人，可能此刻也正在抱怨着凭什么他可以而我不行。

凡事皆如此。别人在等他，或者在等伞，而你站在原地，等雨停。你可能嫉妒别人是富二代，有钱有脑子还懂得在领导面前察言观色溜须拍马，而你却只能一个人熬夜到天明，老老实实赶出催命般的工作与任务。好像一切有关于"优秀"的字眼都与你无关，不论你怎么努力。

你见过凌晨四点的阳光，感受过万家灯火熄灭后，夜的静谧与安宁。你曾三点起床赶着做出班级的成绩大表，然后顶着黑眼圈去上课。也曾躲在被窝里哭整整一个晚上，第二天肿着眼睛化着精致的妆容去参加比赛。人只要活着，就在周而复始地挑战自己的忍耐与极限，把"丧"的程度一遍又一遍地刷新。

别人三言两语用嘴能奉承来的奖励与荣誉，你没有。别嫉妒，不会甜言蜜语阿谀送礼就是你的不是了。既然那些东西你学不会，那就努力去学习去提升自己啊。不会说还不去做，没颜值没地位没背景，难道一辈子混吃等死么？

很长一段时间，神经性睡眠不佳，间接性心态爆炸。可生活一直在继续，没有停歇的理由和借口。海明威说，"这个世界很美好，值得我去努力奋斗"。而我只同意后半句。似乎贪恋上夜晚的寂静，码字时的踏实和安稳，还有咖啡的苦涩一点点划过喉咙的那种真实的感觉。看着空白的备忘录被规整黑色的线条填满，就好像空洞的心润泽了些许温度。

你不明白为什么有时候明明心里很难过却还要强挤出笑脸;你不明白为什么单纯的负责任却会被人误解为自以为是、滥用职权;你不明白为什么只要涉及个人利益所有人都会疯了一般地不择手段;你不明白为什么有的人活得逍遥自在而你却终日陷入沼泽一般疲惫不堪……你不明白的事情太多了,却也只能问问自己,一个人时叹一口气。

好像不应该是这个年纪该有的精神状态,但却在人群中谈笑风生时感受到不可抑制的孤独。冰冷的指尖紧握着笔,指骨却棱角分明。一场接一场的考试、竞赛,夹杂着生活中一场场突如其来的变故,犹如车祸。满地是淋漓的鲜血和突峭的碎骨,还有冷眼和嘲讽在不远处喧嚣。

不如做回自己,看看你想要的究竟是什么。不如倾尽全力去奔跑,跑得越远,那些素质层次人品信仰不同的人,就离你越来越远了。那些嘈杂的恶语流言,也就一同消失了。远方的远方,一如既往地有一个名为"梦想"的东西在叫嚷喧嚣。后来的后来,你还是会一如既往地赶路……如果你足够优秀,没有人有底气把你的光芒掩掉。如果你足够优秀,没有人敢践踏属于你的位置。

一个人钻在被子里大滴大滴地掉眼泪,然后疯狂地往嘴里面塞巧克力。甜甜的巧克力和又苦又咸的泪水混合在一起,是一种很奇怪的味道。因为妈妈说过,不开心的时候吃巧克力就会变开心。

真的什么都不想管了。

连是死是活都不在乎了。

不怕死,但真的害怕活着。

可有些时候,有些事情,总要一个人挺过去的。

"生活那么累,你为什么要一直坚持着那么努力?"没错,活着确实很苦,但是女孩子如果不好好努力连化妆品给自己都买不起。所以就只好努力,长长久久地努力。

愿看到这篇文章的你能和我一起,一起学会逆来顺受,学会接受现实的不公平。希望你能喜欢你现在的样子,无论是相貌还是现状。愿你不要忘记曾经许给自己的承诺,愿你对得起曾经经受过的种种苦难。

一辈子挺短的,你不知道你哪天就会撞见死亡。所以,余下的日子,希望我们都学会活得有底气一点,努力让自己变得再优秀一点。还有,放过自己,千万别再和自己做对。

希望你能做这样的一个人,温柔却不失狠劲儿,既讲道理又有脾气。愿以后的永远,都只为自己而活。

活成自己想要的模样

琉璃半夏（黑龙江）

有的时候,特想当一个逃兵。想一个人私奔,逃哪去都成。文身喝酒蹦迪吃肉,想开着破烂的大卡车轰隆隆奔向草原,音响一定要放到最大。想坐在海边感受那湿潮,那又咸又腥的味道。想躺在沙滩上不起来,从黎明到黄昏。想爬到山顶上肆无忌惮地嘶喊,听见无数个自己重叠交错碰撞分裂的声音。想一口气坐十几次过山车,吃掉一整个奶油蛋糕。想一个人站在世界的边缘,放浪形骸。

但其实从小到大我一直是一个乖乖女,上进要强懂事听话,从不给家里惹麻烦。不敢说是一个好学生,但至少一定是一个乖学生。有着最单纯的执念,最清晰的目标,最炽烈的梦想和最干净的喜欢。毫不拖沓的回忆,毫不模糊的梦想。从未想过要变得有多强大,但至少要带着还没完全退化为理性的感性,诗意而又深情地活着。如果能够再强大一点,我希望能换我,来保护那两个拼命保护着我的人。

我常常把成长比喻成一场瘟疫,一场不退的高烧。一路走来,惊慌失措地赶路,又手忙脚乱地长大。我一直都觉得,我要很努力很努力,才能够换来一个普通的人生。事实上正也是如此。美丽的脸庞、聪慧的头脑、显赫的背景、过人的天赋,这些统统都与我无关。但尽管是这样,我也不愿意放弃自己,和现有的生活。

"没有努力过的人,没有资格去鄙视那些正在努力的人。你不能因为自己变成了一个不痛不痒的人,就去嘲笑那些爱恨分明的人",我特别喜欢这句话。哪一份光鲜亮丽的背后不是一边感觉就要坚持不下去了,一边又咬紧牙关不放手。大家都一样,都是一点点经过撕裂和蜕变,才打磨成自己想要的样子。

毕竟,长大没有不疼的。

二十来岁的年纪,仿佛生活就开始沾染上一些蔓延传播式的不尽人意。它扩散,在你心的周围,然后将那些带有社会气息的标签一点点渗入你的血液,试图把你突变成一个你自己都不认识的人。懒散、堕落、手机控、甘于现状、熬夜成性、恋爱至上,仿佛这些都成为这一代年轻人固有的生活方式。但你自己要清楚地明白,你是谁,你想去哪,以及你想成为一个什么样的人。

天山雪莲,是一种生长在高山之巅的花朵。在碎冰和石缝中绽放,无人观赏,却自顾散发着傲人的馨香。寒冷和坚韧一齐在茎脉里游走,然后凝练成一番无可媲美的娇艳模样。因为,绽放,是它毕生的信仰。

我一直希望自己能做一个富有天山雪莲精神的人,至少学会它的一点,坚韧不拔认真生活。

时光如此残喘不安。但我希望,几十年后的我们,都可以开着跑车带父母和孩子出来兜风。回到家随手翻出二十几岁时的照片,对着里面傻笑的自己"吧嗒"亲上一口,然后笑笑说,谢谢你。

【作者简介】

琉璃半夏,原名毕曦文。自幼喜欢诗文书画、主持和舞蹈。曾获文学、朗诵、舞蹈等国家级、省级奖励多次。多年来,在《语文报》《黑龙江晨报》《生活报》《新晚报》等报刊发表文学作品近百篇。现就读于国内某重点"211"大学,系国内知名微平台"精品悦读""潮流美文"栏目组稿编辑,"Sunshine 系"主编。

第二辑　红尘有你，真好

秋天里的告白（组诗）

如梦晨曦（黑龙江）

（一）

我终于如花，站在深秋里

和所有的花草媲美

她们满目疮痍

而我迎风独立

本以为会在一场大病中沉溺

面对生死，突然发现自己重新长大

突然惦记远方的父母

今年春节，我一定回去

仰望天空，归雁一行

翅膀上掉下的两粒落寞，突然来袭

我想起了你

秋水长天之外，背影依稀

我知道,跨过秋的门槛

一场雪就会到来

而我的梦深藏在春季

一场重逢,欢喜

又将在哪一方烟雨

此刻,在秋天阳光的照耀里

泪光闪烁其词

(二)

十九大召开了

秋风奔走相告

所有的人欢呼雀跃

来自首都的声音

在成群结队的阳光里,辽阔环宇

场院里,父亲晾晒他的心事

铺展的喜悦,开在阳光里

共产党好哇,共产党真好

他说了一下午

大街上,到处都是喜气洋洋

仿佛逢年,仿佛过节

加快脚步回家

一碗豪情,一碗华章

（三）

其实，你如阳光明媚
爱情如期而至
花开葳蕤，岁月静好
所有秋天的馈赠
——谢过

或许也会记起
那个爱过你的人，从此再无消息
他的笑，温暖过你
他的唇，热烈地吻过你
曾在你的窗下唱过的歌
还在蓝天上，飘

人生最难是转身
莫说销魂，不诉离殇
只把曾经的暖，悄悄藏在秋的深处
是爱就需要珍惜
也许你比我更懂

（一等奖）

+

【作者简介】

如梦晨曦（陈曦），黑龙江齐齐哈尔市人，现居哈尔滨。自幼酷爱文学，中文系毕业，多家诗社创作成员。有诗歌、散文以及歌曲散见于诸多网络平台和纸媒。微信号:1318998566

向 日 葵（组诗）

罗占艳（天津）

（一）清明祭

村头的那口老井

记得

祖祖辈辈挑负的沉重

树上的那挂大钟

只要敲响

就会有人撸起袖子

扛起锄头

鸡鸭鹅吃的最多的是草

一条泥泞小路

仿佛终日下着雨

然而

我还是喜欢

乌云压顶

天雷滚下山的轰响

天地混沌

我只能躲进被子

堵上耳朵

彩虹出来时

我已站在清澈的溪水里

就这样
我固守着你的初衷
所以　我必须重建一所房子
还是在那座山脚下
用茅草　用土坯
再点上那盏煤油灯
日子苦吗
只要能找回
爹和娘

（二）向日葵

痴痴地
你看太阳的眼神总是
热烈而执着

或许你是太阳
遗落的种子
或许你是太阳
有意留给人间的一份恩赐

你的引领
光合了所有植物的勃勃生机
你是凡·高笔下的倔强

你把梦做得圆圆的

可我也时常看到
没有阳光的时节
你的黯然神伤

在落雨的时候
看你低下头的脸上
有泪水在流淌

（三）冰凌花

那嫩黄的花蕊
在我找寻多年的
眼睛里
渐渐淡去了颜色
有如凛冽的寒风中
你不曾听见我的呼唤
或许
我的离开
铺就了一条遥远的路
雪藏了那山
和山上厚厚的叶子
只是
我从不曾忘记
枯叶下面你的柔弱

开出的风骨

叫整个冬天失去颜色

（四）莲 心

如果可以

我愿意用一滴泪

滴在你苦的心上

复苏一池

荷塘的梦

看不见的伤

总是隐匿于

深沼之中

千般纠结缠绕红尘

不见根

如若清风来迟

你是否愿意

奉上清逸的美

不为雕琢

整个夏意里的失落

（五）小 草

头上压得太多 太多

烟蒂 炉灰渣 废弃物

还有某人的脚

我破土而出的那一刻

只为撑起一片天

那属于我的小小角落

不怕被遗忘

更不屑争什么

我是我自己的花开

我是我自己的颜色

（三等奖）

【作者简介】

罗占艳,笔名雨嫣,天津河西区人,静海作家协会会员。作品散见《天津日报》《大港石油报》《天津工人报》《津南时报》《静海文汇报》《普州文学》《太阳诗报》《中国爱情诗刊》等。荔枝播客雨嫣微电台,今日头条－头条号作者。文学作品的成功,不在于作者融入了怎样的情感,而在于赋予了怎样的灵魂。我愿意让灵魂驰骋,更愿意用生命写实。

刚好遇见你(外四首)

黄韵蓉(广东)

春日里的风,是樱花的姐妹

春日里的雨,是江城的诗和远方

兴致来了就春游,

让时光
像樱花一样绽放在指间

才发现,一朵花的故事
从这里开始

两岸泛起了桃花,
长江都害起羞来

我来的正是时候
武汉大学的樱花开得如火如荼

此刻,我欠武汉一首诗
我要在这里寻找完美。

花都开好了,你不在

一池青莲绿水,
最美不过花开。

那城里的一隅静观,
写满了荷塘。

独自赏花,
沉醉幽香深处。

你看,荷花都开好了,
粉红,粉白一大片,

只等你来······

与世无争的纯净，
邂逅一朵朵荷开。

你看，花都开好了，
而你不在。

不能忘记的忘记

我的倾诉，空得不像话了
静寥一声声······

遇见，是一低头，
是一举手，是眼睛的湿润

爱碎了的灵魂。交缠
窒息无力，出逃

天地大美。空寂
摁住太阳

为了搁置真诚
我已负荷一生

花，都开好了
等风，等雪，也等你

歌声飘荡的夜晚

我倚着椅子,坐下
只为空气中传来的美妙

我在听,冬天第一片雪花飘落的静美

沉沦在最美时光
以及那袭温柔和花的清香

一个人过来了,坐下听着
又一个人也过来了坐下看,
一些人们走进公园,被歌声吸引。

我的日子,如果能像今夜一样多好!
一直想念,那个歌声飘荡的夜晚。

喜欢一座城

我轻轻地呼唤着这座城
然后轻轻轻轻地呼唤着你的名字

因为爱上一个人
所以喜欢一座城

这个小城,
充满了陌生和神秘

这座城代表着一个人
散发着光芒的边城

在我最美丽的时刻
奢望与你在这座小城擦肩

这座弥漫着你气息的边城
充满了诱惑和吸引

走在你曾经走过的路
思念被包围感觉到无力

为了你,去欣赏那座你所在的小城风景
为了你,去看那座城的山花烂漫

呼吸着你呼吸的空气
这一切,只是因为你

(优秀奖)

【作者简介】

　　黄韵蓉,笔名韵然,资深服装设计师。中国诗歌学会会员,广州市作家协会会员,广州市荔湾区作家协会理事。广东省朗诵协会文创委会员。作品散见于《理论与创新》《荒原诗刊》《渤海风》《2018 年中国经典诗歌选》《湛江日报》(名家专栏),《清远日报》《广州创业导报》《香雪》等省、市报刊。著有诗集《韵然花开》。

吟 秋（外四首）

南飞雁（上海）

轻轻走在夏的路口

浅秋在不远处守候

翻过一座座山头

走进一处凉爽清幽

将炙烤一天的热浪关在窗外

走进夜色，捻灯，思绪神游

不去想白天的喧嚣或烦忧

此刻，只想与时光静静相守

窗下，一只虫儿亮起歌喉

轻倚小楼，侧耳聆听许久

这动听的歌儿如此温柔

仿佛将我带回了那时年幼

夏天会伴随八月渐渐远走

虫儿的歌声也不再为我停留

远去的岂止是天真快乐的童年

还有年年飞度，催老容颜的秋

青莲荷舞

日子,匆匆赶路

半载光阴飞过,半生年华虚度

总是感觉太仓促

季节轮回,炎夏如约而至

听,一声蛙鸣

催开了朵朵待放的花蕾

一池青莲,濯而不夭

不蔓不枝,亭亭玉立水中央

一朵红荷,不争不语

不惊不喜,于叶间寂寞独舞

不论世间几多繁华几分落寞

依旧寂静淡然,清风秀骨

不闻窗外喧嚣,远离纷扰烦忧

云烟之外,一支梵音袅袅

水中仙子,风姿绰约,清新脱俗

依水而立,幽幽沁芳菲

三生等待,一世眷恋

谁与共赏花开花落

轻锁一帘幽梦,将心事折叠成纸船

却轻叹,它载不动红尘许多愁

一缕乡愁

草黄叶落,飞鸟天空掠过。
凉风瑟瑟,菊韵正婀娜。
秋色绚烂,记忆却斑驳。
夜阑珊,灯闪烁,树影婆娑。

夕晖如火,花开花落几朵。
中秋近,絮语吐露又嫌多。
不为生活奔波,谁又他乡漂泊。
试问满天星斗,谁又懂我?

月上柳梢头,雁影过西楼。
思忖良久,不禁泪眸。
何年发成霜,天凉又逢秋。
河畔瘦柳,情思缠绕难休。

孤身千里游,谁把归期候。
江水天际流,一叶帆影独舟。
举目远眺,征途万里念悠悠。
明月照九州,诗心万缕愁。

绿海草原

一片绿海,映入眼帘

那是我心向往的绿洲

远望，草原像一块超大的绿色地毯

一匹骏马在远处眺望

能否带我一起驰骋草原

感受天之高远，地之辽阔的无际壮美

那里有圆圆的蒙古包

那里有能歌善舞的美丽姑娘

那里有粗犷豪迈的套马汉子

那里有酥油茶马奶酒手抓羊肉

那里有绿波涌动，映山红点缀四野

一首敕勒歌，传扬天下

我仿佛已经看见那阴山下

天苍苍，野茫茫

风吹草低见牛羊的壮丽景象

世界那么大，我想去看看

草原那么美，我想去看看

那湛蓝的天空，白云朵朵

多像羊儿在蓝天奔跑或惬意游走

乘上人生这趟快车

一路从童年长成少年

青春还来不及回味

不觉已急驶到中年的路口

不是害怕变老,而是觉得时间太快

能否让我换乘一趟慢车
我不怕旅途漫长
只想慢慢欣赏沿途的风景
将一窗美丽景致镶嵌在脑海
带上我的诗歌一起飞向远方

雨季又来

昨夜的小雨敲打着窗台
仿佛在诉说着流年里的悲欢
我微闭双眼,静静聆听
困倦来袭,很快便入了梦乡

清晨的小雨依旧洒落窗外
是否,昨天的故事还没有讲完
我伫立窗前,默默发呆
听雨讲述那眷恋不变的情怀

有人喜欢秋天绚烂的色彩
有人说这个季节是多事之秋
可当你看见那果实缀满枝头
当你看见那一树秋花绽开笑颜
你又如何不喜爱这个秋天

也许人生总会碰到困难或失败

也许生活总有一些烦恼或不快

但是幸福和快乐一直都在

而我们有时会心生无端的感慨

秋意渐凉,雨季又来

无论今天你遇到多少无奈

都要相信明天会有美好期待

不管天气是好是坏

我们依然要对生活充满热爱

（优秀奖）

【作者简介】

笔名南飞雁、南飞燕,本名谢培艳。原籍江苏泗洪,现居上海。业余爱好文学创作,随灵感信手涂鸦,喜欢诗歌散文随笔等,尤其偏爱现代诗歌,文风清丽温婉,折射着时代的文化风尚。2017年7月出版个人诗集《风雨人生》,部分散文诗歌作品入选《新世纪华文作家文集》《中国当代诗词典藏》《华语诗歌》《中华诗文大典》《红崖诗刊》《当代华语名家文选》《中华诗文典藏》等国家级纸质书刊,其他作品散见于文学网站及微信公众平台。文观:北雁南飞度春秋,酸甜苦辣品人生。走过风雨,感受四季,一路行走在字里行间,用简单朴实的文字记录心情点滴,为心灵的栖息寻找一片绿洲,为平淡的生活涂抹一笔诗情画意。

我 的 乡 情 (外四首)

王慧君 (河北)

我每天都会站在村口等你
等柳林传来牧笛
等炊烟袅袅升起
等那麻雀飞进屋檐
等待月亮缓缓挂在天际

你可看见
村口的那棵大槐树
一串串槐花又引来了小孩子们
在树下嬉戏
你还记得
村南的河吗
河水还在缓缓地流淌
我怎么听见了
摸鱼的小伙伴在笑着叫着

我等在太阳初升的山冈
等着云朵飘在头上
一季又一季的守望
思念长了又长
我等在雪花飘舞的田野

等到白雪覆盖着

我守候的村庄

妈妈的灶火

此刻映红了脸庞

致　远　方

是不是每个人心里

都有一个远方

一个思念的人

一个有故事的他乡

一个美好的期许

或许承载着太多的守望

曾经所有的悲伤欢喜

后来

只是慢慢地回想

有时也会泪湿眼眶

后来

只是轻轻地说起

嘴角上扬

再后来

远方

只是一个地方

不痛不痒

等你到白发苍苍

有一个人

在远方

在心上

一张青春的照片

在身边久久的珍藏

你说那样匆匆的分别

一别就成了心上的伤

那张熟悉的面孔

青涩的模样

多少次在梦里回望

那条家乡的小路

每次回去都走得漫长

那个熟悉的门口

你多希望看到她

盈盈地笑着

放慢脚步

你想听到她突然喊你的名字

耳边有清脆的笑声回响

多少次回头

多少次泪眼迷茫

青春的少年

如今鬓染白霜

你说回到故乡去

等在老院的屋旁

等到白发苍苍

等到夕阳把你们的影子映在

斑驳的老墙

流　年

春天

风吹花开

你摘下一朵

戴在我的发间

夏天

柳叶低垂

你折下一枝

给我做成手环

秋天

漫山的红叶

像是被相思晕染

我只拿一片

做信笺

冬天

雪花飞舞

我只在雪上写下

我的思念

我只想静静地看着你

我只想静静地看着你
不说话
就在这一盏茶的时光里

在袅袅茶香飘起时
把我的心事
随着片片
曾经稚嫩的叶芽
穿过四季
穿过年轮
只等你把它的记忆唤起

我捧着温热的杯
就像
捧着南方的雨

（优秀奖）

【作者简介】

　　王慧君,满族,祖籍河北遵化,1970 年 7 月 27 日出生,笔名沐惠,沐青。唐山市作家协会会员。中华精短文学学会冀东分会理事。高中时期开始文学创作,作品以散文,诗歌,小小说为主,作品发于报纸,文学刊物及网络。主要作品《生命的颜色》《我只要一碗水》《谁的青春不悲伤》《茶器》《没有人比你更幸运》《美丽风景》《必须面对》《遥远的距离》《遇见》《永远》等。

那 年 花 开（组诗）

邹宏波（四川）

天空和云

你是天空

我是云

湛蓝的晴朗下

卷舒如絮

我穿着雪白的衣裳

俏皮可爱

娉婷袅袅的身姿

不经意

投进了你的波心

一泓碧水涟漪了谁的情怀

惹芳草萋萋翩翩起舞在

草长莺飞的三月

杨柳拂堤　碧草如丝

清风为你而歌

红烛为你滴泪

寻寻觅觅着醉人的花事

牵牵绊绊在每一根藤蔓

那花样年华的岁月

因为你的驻足

平添了几分妩媚几分妖娆

想你，在烟花缤纷的季节

梦你，在缠绵悱恻的月夜

我将想你的情愫

轻轻地揽入怀中

吻遍有你的角落

任由自己跌入相思的枯井

憔悴了　爱你的心

春

依稀是风飘落花

依稀是柳絮天涯

问南来北往的大雁

春暖花开谁家

那潺潺流淌的小溪水

娇嫩如茵的碧草如丝

随和煦的微风

明媚的阳光泄下了满池的春色

山清水秀的旖旎风光

春江水暖的景色怡人

和着轻盈细腻的春雨

滋润着草长莺飞的季节

春天，就这么妖娆妩媚着

就这么玲珑娇艳着

美丽着　芬芳着　盛开着

轻轻地潜入我的梦乡

柔风细雨般仿如来一场

缠绵悱恻的化蝶之恋

我也任由春的使者

温润着岁月

任由一泓碧波

荡漾在想你的诗与远方！

想　　你

春回大地江水暖

万物复苏芳草绿

蒹葭如潮枫林似海

晓风残月渔舟唱晚

扬州小桥茕茕孑立

月下独酌影凄寒

思念的碧波溢满谁的眸眼

那秦时明月汉朝的风

商代瓦砾元末的弓

每一首的唐诗宋词

写不尽我的相思

弹一曲悠扬的骊歌

韵律平仄　曲调寡欢

凄婉有谁忍见

我在岁月捡拾有你的瞬间

用缱绻的柔情温润心田

任时光匆匆飞逝

流年似箭,望不尽的沧海桑田

百花尽瘦,浮生若梦

三生祈盼,托南来的风北归的雁

捎去我的柔情蜜意

肝肠寸断,你转身离去的半幅江山

断壁残垣,回忆是永恒的眷恋

将想你写入素笺

春风十里不如你

冬雪萧瑟等你暖

想你,是一种情怀

夜夜拥你入眠

梦萦魂牵举案齐眉处

千里共婵娟

愿有岁月可回首

且以深情共白头

那年花开

我见过你
在繁花似锦的春天
阳光明媚　春风和煦
油菜花黄得璀璨
玉兰花清香怡人

我见过你那动人的眼神
抬头就看见你的笑颜
我羞涩地绯红了脸

曾经以为这就是所谓的
地老天荒　海枯石烂
直到你的转身离去
我的世界
从此山河破碎　兵荒马乱
那些为爱写下的三世情缘
换成了唏嘘萧瑟的风
和落寞悲怆的雨

任四季轮回　时光流转
留在佛龛前的那颗眼泪
尘封了往事　凝固了岁月

记忆是一场不散的筵席

我固执地在菩提树下守候

蹉跎了青春　黯淡了生命

一程山水一程悠远

一季流年一季清浅

依然痴情地守望着

那年花开！

永恒的爱恋

穿过繁华

走进素白的冬天

挽一帘清风幽梦

听一曲琴音了然

鞠一杯香茗暖胃

点燃尘封的心灯

你的影子

随潮起潮落的思绪

涌上心尖

总以为缱绻的缠绵

会朝朝暮暮　地久天长

谁知道

转瞬间

你的影子渐行渐远

一寸相思一寸惆怅

一尺红尘一丈哀怨

这些年

岁月依旧

时光清浅

有些人

不是不见就能淡忘

挥别远去就不会梦萦魂牵

记忆是一场花开花落的邂逅

思念是永恒的爱恋

不离不弃　不见不散

一笔道不尽的别离苦、相思愁

让青春落泪

无意中提你的名字

想一次温柔了心

忆一遍哭红了眼

一念笑弯了眉

一念愁白了岁月

归　途

你扛在肩上的沉重行囊

路途遥远的满脸沧桑

挡不住你的归心似箭

那一刻的怦然心动

叫作思乡

涉过千山万水

历经重重磨难

归途的孤单与寂寞

疲惫与劳累

化作回家的动力

爱在远方

令人魂牵梦绕的故土

父母　妻儿　朋友

每一份惦念都牵肠挂肚

每一次思念都潸然泪下

情感的记忆是永恒的

离家的悲伤

在归途中

变成倦鸟的翅膀

飞翔　飞翔……

（签约作家、会员）

【作者简介】

邹宏波,笔名开心。祖籍辽宁沈阳,七〇后,四川人。中国西南当代作家协会会员;中国云天文学社、中国华语精品文学作家学会会员、签约作家。文章和诗歌发表于中核建中核燃料元件有限公司厂报,作品散见于《宜宾日报》《长江27号》《中国诗歌报》《精品悦读》《世文正能量》《西南当代作家》《文海听涛》《香落尘外》《相约金话筒》《深夜智慧人生》《西河风韵》《墨香奇缘》《江山文学网》。现代诗歌录入《中国当代诗歌大辞典》。

诗文观:愿你从我的诗和文章中读懂我的故事,然后和我一起过上"宠辱不惊,闲看庭前花开花落;去留无意,漫随天外云卷云舒"的惬意生活,一起追随文字的优美,走向诗与远方!

雪(外四首)

一夕流芳(甘肃)

你把所有的存在

都刷成空白

只留下和我

面对冬天的思绪

飘着 仿佛虚无

假如

我能成风

你能成花

在零下 N 度的天地间

用长吻结束这场寒冷

那所有的俗物

能否在一声裂帛里

粉身碎骨

而后的江湖

也会冰清玉洁

(2018.01.30 雪中随感)

姑 苏 一 瞥

江南一直都在梦里回荡

那一水　一桥　一门都是诗

百读不厌　百思不得其解

天地的恩宠于她千年不变

只一瞥　姑苏的风情就入了心

悠悠的绿　荡满护城河的波心

荡漾起故事千层　岁月有痕

青苔上的足迹还有昨夜的繁华

白墙黑瓦上是重重的旧光阴

橹声远去　水还是那么清

行走的画船是一幅新的写意

深巷里的油纸伞成了永恒的思念

我捕捉不到那时绣娘的哀怨

只能在苏绣的针脚间揣摩一点点寒暖

江南　我走近了

却走不进姑苏文化的门

这隔着层层烟雨的美

是深深的朦胧　掠我深深的眼神

(2017.09.04 日游苏州园林有感)

秋 意 上 海

秋意洞穿时光　匆匆

掠过北方大片的胡杨林

用一帘烟雨网住江南

一座城　过滤了麦浪的风情

绿　还是那么执着

等一场风　倦了此情

一切都凉了　寻不到炊烟

长天的一角　紧握着高楼

一转身　秋水也远了

满江的倒影如你

缤纷于如诗的季节里

我来与不来　美都在梦里

(2017.09.12 日于上海随笔)

日 落 前

这人工雕琢的水岸

像逃出诗经的绿

失了本色

光阴散漫

那几痕折射的幻影

伴着落寞的风

兀自趋向涅槃

曾经肆意的炊烟

已无出处

颓荡的忧思

追不上你的风情

山那边的等待

有情,有故事

而我能否等来月色一帘

(2018.06.14)

听　雨

七月的空气温柔了

悬空的一场慢吟轻弹落下来

落在我的窗台上

落在镍金属火热的背上

我不敢声张、静静聆听

聆听天空与泥土的悄悄话

这远距离的相吻

淹没了花语的香馨

一股清凉穿透耳膜

嘤嘤呢喃，幽居在我的心房

风，是热舞的华尔兹

把雨的多情衬托到极致

悠长的软语温存，隔断了浮躁和妄想

听觉的盛宴，云水潺潺

我仿佛听到雨说

她爱上了尘世的高山流水

（2018.07.01 日雨中）

（三等奖）

【作者简介】

　　一夕流芳:原名李淑存,笔名:聪儿。qq 名:做梦的星星(1320823974),甘肃省金昌市永昌县人。喜欢在文字的海洋里畅游、在古诗词里做梦。记录生活,抒写人间真情,只为在成长的路上,重逢一个最好的自己! 有散文、诗歌和古诗词在杂志、报刊、文学网站、微信文学平台等处发表。

错　过(外三首)

阳光雨(北京)

我曾经错过了
那个温情的春天
那个激情的夏天
那个热情的秋天

我真的不想再错过
那个属于我的冬天
或者少了激情
但绝对多了份真情

没有什么可以替代善爱
在苍茫的世界背后
不要错过那一双慧眼
因为它永远普照一个至善至爱的人

我记得那年冬天的故事
寒冷裹挟着点点温暖的情意
简单到整个冬天都已经燃烧起来
我终于不再错过了

错过是一场长长的梦

错过也是个美丽的传说

梦终要醒来

因为错过而不再错过了

我在这里

我在这里

从没有离开

即便你走了很远

我仍然在这里等你

我知道

迷失只是暂时的停顿

回归才是本真

该回来的终究会回来

有时我也想走

因为我也累了

去很远的地方漂泊

但只是一个浅浅的幻想

我真的一直在这里

春夏秋冬也不会悔改

即使树叶全部凋零

我相信枯木也能长新芽

我在这里

等着你

味　道

我记得阳光的味道

散发着阵阵暖暖的芬芳

在阳光的尽头

是母亲温和慈祥的目光

我记得秋天的味道

黄叶飘下成熟醇厚的味道

我在参天的大树下狂奔

找寻母亲那一双粗糙而温暖的手

我记得厨房飘香的味道

那是亲情与爱混合的味道

这样的味道久久难忘

因为那是在品尝母亲辛劳后的硕果

岁月可以打磨一切

渐渐地失去了棱角　失去了本真

那熟悉的味道被抛很远很远

我知道母亲的眼里也常常闪着泪花

曾经幻想着

再一次孩童般拥进母亲的怀抱

体味那温暖而博大的爱

因为母爱的味道永远那么芬芳怡人

那 扇 门

你那扇门

紧紧地关上

我在门外

急急地守望

门如同一堵墙

砌在你和我之间

让语言成为苍白

把情感揉个粉碎

花儿谢了

明年还会开

草儿黄了

还有新芽长

而你却总也不长

孤寂的草疯长

狂野的心乱跳

我在门外等到何时花开

门轻轻地开启

是秋风吹开的希望？

是冬日挣脱的暖阳？

还是你阴云后展现的笑脸

（优秀奖）

【作者简介】

阳光雨，原名余青。现在北京居住生活，国企职员。平时喜读书，常常做着文学的梦。喜欢遐想，喜欢在文学的海洋里自由畅游，喜欢用诗词采撷最美的浪花，用文字开启内心的另一扇窗。也许在成长的路上还要走很远很久，但始终要保有浪漫的诗情，用微笑去迎接每一天新的一轮太阳的升起。有散文、诗歌在杂志和微信文学平台发表。

第三辑　碧箫冷卧

石榴花开(组诗)

沙漠之灵(北京)

生命的火焰

在绿叶间燃烧

从石榴树的根部

向上

直到树梢

仰望天空

还是那么邈远

流逝的时光

读不懂

怀念的目的

你把石榴花颜色的汽车

停在骄阳下

灼热的六月
你的微笑
永远停留在
那个春天

站在现实的岸边
记忆的镜头
拉近又推远

我看见
一只蝴蝶
石榴花上翩翩起舞
从这个世界
飞向那个世界

只有月亮
星星和黑夜

你仿佛去了远方

如今
你已不再
眼前的红石榴
泪流满面

画　　前

闪电般的瀑布

从蓝色的天空垂下

佛前
妙龄女子
丝绸半遮的玉体
以肉色染红了寂寞的黄昏

你在画里
我在画外

一个下午，阳光爬在我对面

阳光爬在桌子上
舔舐杯中的茶水

我坐在对面
攥着一粒种子
随时准备向偷水贼投去

种子在春风里
划出一道金色的弧线

等待一滴水
从白皮松的树干费力爬下
消失于行走中

如一滴倒悬着的水

面对太阳和土地

我产生了恐惧和渴望

孤　独

芦苇用思想吹响

秋风　夕阳

隐藏在无知的楼群

歌声渐渐沉入水底

时光深处

一位孤单的老女人

推着婴儿车

车上躺着一条生活惬意的狗

初春,想起了一个女子

初春,看着外面的风景

想起了一个女子

粉嫩的桃花腮

婀娜的垂柳身姿

身上散发青春淡雅的芬芳

还有那枝上似睁未睁的媚眼

以及丰满的河流

在春天的暖阳里

我想彻底地

和她谈一场恋爱

谈谈未来的生活

以及生活中的她

谈谈她从未谋面的雪

和寒冷的冬天

谈谈我在自己选择的道路上迷路

和夭折的堂兄弟

当我谈到悲欢离合时

迎春花默默地凋谢了

一个下雨的早晨

我站在树下

一个人喃喃自语

（优秀奖）

【作者简介】

沙漠之灵,本名刘玉祥,宁夏中卫人,北京市房山区作协会员,北京市房山区诗歌协会理事,作品散见于《中师生报》《宁夏固原报》《燕都》《燕鼎》《今日文艺报》《中卫日报》等,以及原乡文学、中国作家网、中诗报、文化房山平台等。喜欢用文字涂抹岁月的沧桑。

古风：雨、雪、风、云

刘柏洋（吉林）

（一）

雨

江南

湿飞烟

打芭蕉扇

轻滴似呢喃

急敲连环鼓点

秦淮舫风月唱晚

西湖船白娘子许仙

巴山秋池夜长影只单

孤飞燕怀抱琵琶泪洗面

情丝接地连天奈何根根断

山河碎伶仃洋里空悲叹

铁马踏碎冰河梦中现

独凭栏处怒发冲冠

有情却被无情陷

神女梦过巫山

小楼虹明乱

大明湖畔

初遇见

江南

雨

（二）

雪

腊月

漫天幻

覆梅成诗

压青松传神

黄云北风飘羽

笼统江山画中人

千秋素裹西窗山外

万里银装掩北漠忠臣

今时片片盖汉时长城阙

霏霏洒洒飘飘摇摇遮红尘

随风伴细雨潜入江南夜

冻落花寒小桥凝流云

飞进掌心化相思泪

却入愁肠又断魂

对酒狂歌仗剑

斩尽天地宽

汉卿笔下

窦娥冤

六月

雪

（三）

风

轻摇

河边柳

吹面不寒

冰雪化溪流

抽出丝丝绿草

抚开桃花笑含羞

杨荚柳絮纷落如雪

梨花杏花朵朵满枝头

撕开乌云倒倾盆银河水

掀起滔天浪横灌四海九州

助公瑾战赤壁解铜雀厄

情念故国昨夜过小楼

三百首伴雅颂同吟

十五国关关睢鸠

无影无踪无迹

或缓急刚柔

疾吹劲草

慢扫秋

曰巽

风

（四）

云

或聚

或散分

或白如玉

或黑比墨深

冬载瑞雪飘落

夏含甘霖撒乾坤

映朝阳光芒耀晨雾

反落日余晖彤满黄昏

翻腾间变化无端无穷尽

反复中雨雪风霜四季转轮

织女绣锦缎幽宫锁仙阙

金牛挑双子逆上天门

思乡时掩中秋明月

断魂日遮杏花村

淡却功名利禄

散尽贪痴嗔

沧桑转瞬

化飞烟

亦作

云

（优秀奖）

【作者简介】

刘柏洋,笔名:菩提有树亦无树。吉林省长春市人,中国诗歌网认证会员,江山文学网（山水神韵）社员，作品见于中国诗歌网，江山文学网山水神韵社团，《中诗报》《诗馨贵州》《石路花语》《精品悦读》等诗歌网络，诗歌微信平台，热爱诗歌，热爱生活，热爱祖国。

今　　夜 (外二首)

叶九（江苏）

星星结晶那年
相思泪

月亮带不走此刻
万水千山

经年压在山底
粼波抖不出来寂寞

为何点亮
绯红色的温柔

今夜，秋雨潇潇来迟
——正是想你的时候

再　回　首

人生几许
繁花落尽枝头

更哪堪
荷花飘流荷叶深处

离愁
在记忆的甲板上着根

四季挫不败思念
西窗。夕阳里打坐

闭目
泪流

隐　　约

阡陌纵横
稻浪如醉如痴
香飘中秋

月光。茅屋。
潺潺的小河流
闸上相拥
细数天上的星星

野风坡上
吹散沉默多久的乡俗
沟壑里。青春在
翻滚起伏

南塘里的采莲人哟
擎一片莲叶经过

遮掩不住昨夜

懵懂的害羞

（2018 年 01 月 16 日于苏州·繁花中心）

（优秀奖）

【作者简介】

叶九(原名:叶先松),现居住在江苏省苏州市;自由职业,热爱诗歌!

厚重的陕北

付世财（陕北）

大风,黄沙,

沉积了黄土高原的厚重;

沉积了陕北人的厚重。

陕北,

我的黄土高原,

有滚滚汹涌的黄河之魂——坚忍顽强,永不回头;

有万马奔腾的壮阔之美——势不可当,勇往直前。

厚重的黄土,

孕育了,憨憨的陕北人,

一年又一年,一代又一代。

男人有宽宽的臂膀,

女人有圆圆的大奶。

呼吼的黄风，

刮出了——男人的粗门大嗓，女人的尖声大叫。

隔沟喊的拦羊汉，

震得山坡陡圪圾，回声声地响；

打情骂骚的女人，

惊得那嘎嘎叫的山鸡满沟沟里飞。

厚重的黄土哟，

有酸酸的歌，野辣辣的爱，

山峁峁，沟岔岔，河滩滩，

骚情的男人，

会对大奶子女人吼上几声：见那面面容易，拉话话难，

你是我的妹妹走过来，不是我的妹妹就走你的路……

酸不溜溜的信天游吆，

唱满了筐筐，唱满了窑窑，

唱满了山山峁峁，沟沟岔岔……

黄土，窑洞，方格格木窗，

诉说着男人，女人的风流往事，

头带三道蓝手巾，肚裹红兜兜的男人，

在那土窑洞的土炕上，

搂着他那小脚的大奶子女人，

爱得死去活来，爱得天昏地暗，

男人呼呼的鼾声融进了女人的怀里、梦里，

融进了厚厚的黄土地里。

陕北啊，

麻绳绳里穿出的苦难故事，说不完、诉不尽，

赶牲灵的人说出了黄土地陕北男人的一辈子苦,一路子累,

走西口的人诉出了陕北女人对男人望眼欲穿等待、期盼。

小脚的"四妹子"只有:

夜半半挑灯到天明,剪了一搭搭窗花盼亲人。

石碾,石磨,犁耙,大铜唢呐,

碾出了生活的沉重,磨出了生活的艰辛,

犁出了陕北人沧桑苦难的历史,吹出了对生活的美好向往。

东山的糜子西山的谷哟,

日头东头背西头,

苦日子何时能到头?

受苦人不唱怕干毡,

那个信天游呀唱个没有完。

黄土,窑洞,承载着黄土的厚重,石碾,石磨,诉说着陕北的历史,

信天游是一首首绝美的诗,黄土地,窑洞,石碾,石磨,大铜唢呐是一

幅天然水彩画。

陕北是一部写满情的书,爱的书,

可以解读男人、女人纯朴的爱,

陕北是一部厚重的史书,

古有——南宋抗金民族英雄韩世忠,

明末农民起义领袖"大顺王"李自成,

近有——刘志丹、谢子长等仁人志士,

舍生取义,救国救民,乃陕人骄傲,

侠肠义胆,铮铮铁骨,精忠报国尽是好男儿。

陕北是"红色的摇篮",

黄澄澄的小米,

养育了转战陕北十三年的毛泽东为首的一代中国共产党人,

小米加步枪,

打败了日本鬼子,打败了蒋家王朝,解放了全中国。

巍巍宝塔见证着它的历史,

潺潺的延河水歌唱着它的丰功伟绩。

爱我黄土厚重,

爱我陕北厚重,

天佑陕北,人杰地灵,

厚重的陕北黄土地,

有"煤、油、天然气"聚宝盆,

如今的陕北,

雄魂舞动,扬眉吐气,一路高歌猛进,

更是那——开发号角一声吼,

如天春雷动高原;

贫穷落后一笔勾,黄土儿女尽风流。

（三等奖）

【作者简介】

付世财,陕西榆林市人,出生于 1962 年 6 月 25 日。中共党员,大学本科文化,国家公务员。现在榆林市横山区广播电视局工作,任副局长兼电视台台长。本人爱好文学,热爱新闻事业工作,在干好本职工作之余,加盟《检察文学》杂志社,任《检察文学》编委及其副刊《清风》副主编。笔耕不辍,有多篇散文,诗歌,纪实报道文章被报纸,杂志及全国各媒体网站发表转载。

随意的脸（组诗）

冰与火（江苏）

一条千回百转的路是我的尽头

你在那个位置很久了吧

一边徘徊还一边观望

在严厉的冬季里举目无亲

我知道那棵歪脖子树十足无辜

它推测的始终是那片云和海

连山水也涂抹着既定的方式

此刻炒作成一幅貌似成熟的图画

渲染不够明显也不具备恰当的怯懦

我在那种千回百转的路上坚持踟蹰

让纯粹的生存确定无疑的面对

让一种想法不得不去体验多种解释与理由

此刻是循规蹈矩的旗帜高高挥舞

我决定造反

尽管我知道的自由早已不堪入目

你们看到的青春同样一点也不会似我

我是从来不会长大的一根草

不知道没有离开

也不知道其实存在

因为阳光是可怕的咒语

战败我的影子的最后悲哀

这时候

一条百转千回的路

肯定了我的尽头

多余的解释

闭着眼来

因为还没看见

闭着眼去

因为不愿看见

轮回的信仰

万世不灭的烟火

用心酿造的毒药

过把瘾就死

众人轻歌曼舞

伪装的面目涂满苍白

一把锈色冷峻的刀
镌刻几千年的苦痛

谁也没有离开
魂魄是一幅山水
与熟稔的血脉
悬挂在天地之间

只有神仙念念有词
像多余的解释

不是每一种分手就一定要离开

不是辛酸就会心酸
不是会哭就会流泪
不是每一种分手
都一定要离开

总有横生的枝节
总有变故的意外
一条路一直走
也不一定走到尽头

就像春花的艳丽
等不到雪舞的冬季

就像阳光的温暖

顾不了长夜的风雨

生活终究面对现实

梦想战胜所有希望

挥手再见的时候

何必在原地来回地彷徨

这时候适合合适的出发

尽管你选择的形式早已说明

不是每一种分手

就一定要离开

父　亲

或者

没有比沉默更能解释一切

他懂你的成长

而你不会明白他的初衷

在许多年以前

也在许多年以后

假如深沉可以比拟

只有爱不会忘记

喜悦的泪水

伴随忧虑的欢颜

每个人都会孤独

孤独是他温暖的享受

直到生命像世上所有的凋零

却依然积攒着渴望与微笑

无须以形式赞美

至少语言和文字过于苍白

除非在山地旷野中看到一幅图画

看到一株面向大海的柔韧之草

那就是你

那就是我

随意的脸

好像都是委屈的

无辜或者无过

用总是自说自话的心情

装扮着随意变化的脸

有人对酒当歌

某一句非常透彻

有人在开始时喝彩

有人在结束时无动于衷

那时的我一动没动

我只用眼睛感觉生动

我歪斜了醉的意义

而不同的欲念期待无比

生活

让脸色五颜六色

每个表情都是一种表演

每个人也便成了同志

要善于照镜子

才能够对着镜子说认识

（三等奖）

【作者简介】

冰与火，男，本名邹斌，70后，江苏常州人。自幼喜好诗词书画，专注文艺研习创作，寒来暑往，笔耕不辍。曾从教，现供职于文化传媒。作品散见多个知名网络平台和部分纸媒，诗歌结集出版多部。

艺术与生活领悟：像冰一样冷静，像火一样热情。

莲花的世界里有一横笛的梵音(组诗)

张新锐(山东)

让风吹一吹

让风吹一吹
让梦不走近荒凉
我喜欢你的时候
遍野的桃花依次开放

月光是花的头发吗
我用香气梳理着惊慌
母亲将一把槐花的香气
父亲背着手在小院丈量

收拾一片落霞的声音
我的乳名便四处飘荡
可以让月光铺满一地
可以让花儿自由开放

让风吹一吹,吹一吹哟
雨天里浓浓的乡愁拧满一筐

我的眼光是一簇火焰

我的眼光是一簇火焰

扑棱棱燃烧成一片彩虹

盛开了,在这里停一停

让火焰迸溅一天繁星

小鸟在白云间转过弯来

空气中氤氲着一股强风

我要在鸟儿耳畔厮磨

裁一段阳光裁一半翻新的旧梦

天地间隔着一轮明月

晚云弯下腰嗅着麦海潮动

牧童的横笛在绿堤上行走

柳烟里传来布谷的叫声

炊烟招招手在乡村呼唤

边流泪边做梦也有妈妈的笑容……

草原就在脚下了

草原就在脚下了

骑在马背,信马由缰

无际的绿色铺天盖地

绿云浮动,已被燃亮

一眼搭过去,并不陌生

阳光灌满,蹄窝儿净亮

清新的空气溢出草味

流淌出刚出锅的热奶茶香

让我敏感的鼻子歇一歇哦

嗅着母乳的味道有些恍惚

远处壮观,一群羔羊跪乳

无边的羊群,隐没在云里

只有乡音的味道从热浪里扑来

草原的风里,汗味不见了踪影

莲花的世界里有一横笛的梵音

许多莲浮出水面亭亭玉立

莲花的世界里有一横笛的梵音

很多人已蹒跚拄着苍老

很多人在襁褓中牙牙学语

我从来没有隐瞒过什么

你的名字像摇过的一阵风铃

只要你还收拾着年轻的梦想

我就会一直拒绝苍老

美丽的花朵在脚边开放

枝头的果子坠向我的双肩

我们血脉相连,脉系江河

浩浩荡荡的浪花一往无前

你安详的眼里有春花秋月

飞雪的午夜,春潮正在涌来

一路走来

只要在你面前，心事清静
我会像面团一样柔软盈盈
你跪在一盏清灯之下
默然祈祷，那样虔诚

我不明白呀，那场美梦
蒲团上的灵魂一片纯情
把我的心围成簇簇花瓣
那些唇线流淌着姹紫嫣红

我应感谢你的纯净宽容
微笑着捧起一个完美前程
曾和你在黎明前追赶一群星月
擦肩的黄昏，夕阳正红

我帮儿女披上五彩嫁衣
站成一棵老树，遮雨挡风

（签约作家、会员）

【作者简介】

张新锐，山东临清市人，中共党员。曾任教师，中学校长，后调政府公务员。中国诗歌学会会员，中国华语精品文学作家学会会员，临清市作家协会副主席。发表作品600多首（篇），散见于《乡土诗人》《山东文学》《散文诗》《大西北诗人》《凤凰诗刊》《齐鲁文学》《时代作家》《人民作家》《罗兰之声》《鲁西诗人》《中国诗歌报》等报刊及微刊。五次在全国诗文大奖赛中获奖。出版诗集《张新锐抒情诗》《潮起潮落》《热土流风》。

你 的 手（外二首）

五哥（兰州）

你的手

如干裂的老树皮

每一道皴裂

记录了生活的风风雨雨

你的手

如夜幕里的灯塔

总是有力地指着

我远行的方向

你的手

如冬日的太阳

每一次，疲惫不堪

都会传递，血液的温暖

你的手

神奇厚重

每一次无助

都会感觉拍着我肩膀

我的父亲啊

如今我回忆你的模样

粗糙的大手

有力，坚强，指向远方

撕裂暗夜

黑沉沉的苍穹

仿佛末日使者来临

空气密度格外大

诗人，窒息

诸神狰狞

天河的堤坝

即将决裂

那是诗人愤怒的情绪

平庸的日子

灵魂被消磨殆尽

需要一个出口

倾泻，洪荒之力

一道闪电

一道闪电

犀利的句子撕裂天河

决堤，彻底让血液奔放

三千尺银河落下

划破沉沉黑夜

汹涌而热烈

诗人长啸，我来了

月光下的雪

静静的村庄

一盏灯从远方点起

那是生我养我的地方

冬季是农家最温暖的季节

火炉，土炕，道不尽的故事

烤土豆，溢出香甜的记忆

原野一片清亮

世界被最纯的色彩包装

偶尔数声犬吠，鸡鸣

起得最早的总是母亲

扫把，清扫出爱的小径

孩子们，赖在梦中

满天星斗

老榆树,渗透淡淡月光

照亮母亲的慈祥

(三等奖)

【作者简介】

田中东,网名五哥,中国诗歌报抒情诗创作室编辑,生于 20 世纪 70 年代!甘肃武威人,曾从军十余载,现在兰州市公安局城关分局工作,兼具军人的血性和警察的严谨,喜欢读书,热爱文字,作品散见于《甘肃文学》《警察文艺》《警营文化周刊》《文心文学社》《兰州公安》《大西北诗人》《中国西部诗歌》《三门峡日报》《华裔网》《陇南青年文学》《西部视野天地网》等。

第四辑　绝句三千

背　　影（外四首）

没落的贵族（重庆）

你总是转身

只留下迷人的背影

你其实不懂

你如此的诱惑

谜一般的性感

你总是连个解释都不留

有多骄傲就有多孤独

你是在逃避繁杂

你是在胆怯

你总认为得不到

那爷　自有留爷处

独在婆娑里傲娇

像风一样飘荡

如叶一般飘零

你敢让灵魂裸露行走

你敢与众不同

不一样的花朵

可你不敢面对真正的对手

来个比武决斗

争取自己应该得到的

所有

你的使命召唤

你的行动力度

犹如这经纬交叉的

南北半球

同意想象那梵蒂冈爆粗

南帝北丐的心花怒放

世人皆醒你独醉

在梦里

吟风弄月

可忘了

御剑天涯

醒来

天禅表演

转回你的背影

浪漫的冬季

刺猬的拥抱是种奢侈
冬季的浪漫有点高傲
一个人跳舞风姿万种
灵魂的碎片逐渐愈合

冬日的一曲晶莹
梅花接受了雪白的深吻
梅的芬芳与雪的高傲
同是酷寒的偎依

爱

一道闪电穿刺
清楚地看见自己
被锁住的梦幻

无意义的羞愧
含着苦的微笑

永不满足的爱
将美丽蒙着泪雾

而忘了吸蜜的蜜蜂

痴呆地嗡唱着陶醉

一 见 钟 情

一见钟情

有缘,美丽的重逢

有趣,泛着晕红

茫茫夜色中

四目相撞　闪出火花

小鹿乱撞的心虚

闭上眼睛,我装着不是妖精

看你显然像"唐长佬"

充溢诱惑,我躲进了黑夜　隐形

这黑夜,我却无处安放

这夜色,我无处逃亡

是谁在叹息

我的灵魂在渴望

这空中的触摸

无人可替

我的心读懂了你的气息

命中注定

不再孤傲

不担心输掉

不能辜负了今生的心跳

大　圆　满

长跪不起的叩拜

不为修得来世

只为途中遇见你

转山转塔转经筒

千磨万险

走到了你的门前

支离破碎

零碎的心

茫然空洞

你伸出了双手

我认出了你

我看见了前世的自己

你看见了未来的自己

彼此相爱

余生相伴

不再重复的苦

不再辜负

不再执着

我用了浅薄的语言告诉你

我的泪水无法抑制

再次长跪不起

感恩这重逢的世界

让我知道无处不是轮回

无处不是转世

本来我是很快乐的

只是不承认罢了

我是自由的夏日之风

爽朗　　清凉

（2018 年 5 月 5 日 5 点　于山顶洞）

（优秀奖）

【作者简介】

　　张玲玲,笔名末落的贵族。中国华语文学学会会员,《西北文学》《云天文学社》签约作家诗人,《中国诗歌网》认证诗人,《劳动时报》特约作者,《源重庆》特约作者,职业经理,自由撰稿,代表作品《消失的大阳沟》《你是谁》(优秀作文范文网),《背影》(荣获优秀奖)诗歌已入选出版图书有两本,作品散见《中国诗歌网》《优秀作文范文网》《中国作家论坛》《源重庆》《劳动时报》《中国爱情诗刊》《中国诗歌报》《精品悦读》《极文化》《妖风杂志》《故事会》等等多种媒体。微信号 171313501

人 生 路 上（组诗）

过程（河南）

宁 静 的 心

北风怒号，怎么也闯入不了室内

能把它的哀鸣听成乐声

雪花飘落，留在窗户上的晶莹之吻

已经告诉了我它的身世

树木挺立根根光着身子的枝条

用倔强舞动着生命的风流

一对老人携手从冬天里优雅走过

身后的脚印

分明是爱的漩涡

足不出户，心里装着世界的美好

眯起双眼，也能把大自然的风景领略

（2018.01.27　晨）

人 生 路 上

人生路上，鲜花还有荆棘

泪水或者笑声

从来分不出胜负

你若奢望,把美好揽入怀

让困扰走开,肯定会梦想成空

你不要说,今天如何幸运

也不要猜,明日会不会有灾

你只需拍着胸脯问自己

善与恶功与过

虚与实真与假

进与退,在辩证唯物的天平两端

你成就了哪一方

其他都不关你的事

誉与毁　生与死

你都不知晓只有听命

(2018.01.26　晨)

等　　待

人在原处

心早已不守舍

分明孤单

却能享受相聚的温暖

可能是一场期许

也许化成梦幻

但幸福的思念啊

执着成一条长长的直线

如蚕，即便作茧自缚

初衷，也从不改变

似云，曾经被冷雨穿透

目光，也永眺蓝天

（2018.01.26　下午）

相　遇

一切没有商量

在黎明的时候雪悄然而至

因为太爱雪破例早起

一人漫步在梧桐树下的长街

没有想到你怎么偏偏

会在这个时候出现在这里

你说，这里有一家羊汤馆

清早专门从这座城市的东区赶来

就是要找回最初的记忆

没有相约我们不期而遇

紧紧地握手胜过千言万语

融透的目光汇合成琼浆玉液

友谊啊，经得起岁月风吹雨打

缘分啊,总会给人带来意外惊喜

人生啊,曾经相逢的人要倍加珍惜

风 和 雨

当雨遇见了风

雨没有理由不飘摇

魅力源自本身

风啊是大自然的舞者

翩跹的翅膀

煽动着澎湃的灵魂

它向雨发出一个真实的邀请

不亲昵不夸张不浓烈不癫狂不虚伪

但,清澈透明淡雅醇香执着

你不愿,躲避它的坦诚

你不想,远离它的目光

你不能,不被它渲染

你不会,不为它沉醉

你不肯,不让它拥抱

它就是友情

而我就是那淅淅沥沥的雨

每一滴都是被风感动的热泪

矿 泉 水

透明的是你的灵魂
容不下半粒沙尘

不需要任何甜蜜
你用君子之交的清白证明自己

不需要芬芳生命
你以真真实实的姿态让虚伪战栗

不需要一句夸赞
你把满腔的淡泊与宁净
滋润在人们心里

(2018.01.30 晚)

(三等奖)

【作者简介】

魏国成,笔名过程,男,汉族,1970 年生,大学文化,河南省开封市人,现在开封市祥符区法院工作。自幼爱好文学与写作,尤其喜爱诗歌、散文。青年时期曾发表多种体裁作品 600 余篇,并有作品获奖。目前主要业余从事诗歌散文的创作。倡导朴实无华和诗外有诗,追求笔下 10 有(有物、有骨、有神、有彩、有意、有思、有趣、有情、有境、有德),反对华丽空洞之弊风。

老 同 学 (组诗)

陈保立(沈阳)

写下题目,眼前金光闪闪
春天里的花园
美好俨然

仿佛重新回到了校园
清纯、热情、幸福的每一天

年华蹉跎
幼苗长成了丰硕
同窗已是老同学

哦,老同学
生命中的黄金岁月
蓄满爱的小河

我不得不说
同学啊,老同学
有了你们,这辈子
知足且幸福

圣洁的友谊

为了你,我会倾心全力
你让我恢复了青春
你给了我有温度的记忆
你让我打开了潸然的泪溪

我愿意,陪伴你向着未来
一直走下去

记 不 记 得

记不记得,当年
三间起脊的瓦房前
园子里,刚刚打起的垅
一派青春的盎然

记不记得,那时
瘦削的脸庞,纯净
清澈的双眼

记不记得,那年
你十九,我二十
人生的黄金年纪

一张老照片
有喜也有泣,其中一位
我们永远看不到了

这是历史的影像

这是珍贵的记忆

这是岁月的见证

这是生命精华的沉积

记住了，老同学

千年万年直至永恒的友谊

情 在 情 上

酝酿已久的雪花

与冰流合作，降落在

合适的时刻，盛开一冬

凸起的现实，像一块块石头

垒起高楼大厦偶尔的沟壑

露珠里凝聚"三情"

盛在玻璃杯中，消失在

太阳出来之前

生命设置暂停

回过头，看清初心

埋藏身体里的灯

闪烁光明

莞尔山川草木

同学情，长在

梦想和希望之上

让我怎样感谢你

让我怎样感谢你

当我想起你洁白的稿纸上

感动的潸然，化作梨花点点

让我怎样感谢你

当我写下你

宽阔的胸膛里

飓风骤起，波浪涌向脑际

让我怎样感谢你

当我看到你握紧的手

沸腾的血，深情荷满莲盈

我爱你啊，友谊

同学、朋友、我的知己

人 生 的 路

人生的路数一数三百六十五

有坚强和坚持，也有无奈和随俗

人生的路，看一看年迈的父母

有责任和义务，还有信仰和追逐

人生的路想一想子女与家属

有惆怅和困苦,也有欢乐和幸福

冬去春来,又春回夏到

落叶覆盖了足迹,渐行渐远苍茫的远处

(二等奖)

【作者简介】

陈宝立,1958年出生于山东,现居沈阳,从事装饰装修工作。沈阳市作家协会会员、白天鹅诗人协会理事。作品散见《辽沈晚报》《白天鹅诗刊》《调兵山文学》《中国诗赋》《北极星诗刊》等刊物。2014年出版诗集《木工与诗》,诗作曾获第三届白天鹅诗歌奖。

风起的时候(组诗)

暮野(陕西)

我想在你的梦里栖居

我想在你的梦里栖居

风轻云淡轻浅花香

在那碧空如镜里浣洗花纱

情可期,我愿牵着你流连

从此你是岭南的人

常居一颗橘心

红味那阳光的纯粹

我想在你的心里栖居

温暖那换季的寒流

就留在春天里

留在小河的云端

有一缕微风牵动你的长发

就在那个春天南下

杜绝每个雨夜

绝对那些孤寂的神伤

笑靥如花，你是最漂亮的一朵

我在你的自豪里栖居

风尘不动的美丽

你是一个傻女孩

忘了展翅的天使

就红那飞起晨光

忘了开春的雨淅

每个花园你都要留恋

一推再推发黄的归期

我在你的最美里栖居

那些年那些月

那些情天阔海

(2018.01.24)

风起的时候

风起的时候迷茫你的归期
一座焦急的围城延了又延
那八百里的秦川呀，开始下雪
缥缥缈缈要把年留在外边
高高的灯笼啊，照不完思念

风起的时候，云在里边
堆满的围城开始下雪
我的护城河早已冰结
涓涓的思念啊
理不清泾渭的停顿
玉树的晶莹剔透看不见你的笑脸
一街一街的火树银花
枉置了流连，雨夹着雪
一船一船的嫁妆如何遮掩

风起的时候不提相见
下雪的时候不说再见
万条河呀我数不了岸边的春天
这样的白首不如不见
这样的憔悴不如断了云烟

人生四月天

如果人生就是四月天
我还是想选择再次的远行

峰回路转

看上那绝世的桃花水岸

流连那半坡的明雾青山

再上那后山的牧场

有些日子清凉有些日子舒畅

有些漫漫的时光停止渴望

如果人生还是四月天

我选择阳光明媚

种一万亩的春风相思

我再玉树临风只富足憧憬

我再临舟迤逦只赶痴迷

想不想愁不愁

只有我不知道此季不可留

此季不可丢此季缠缠不回头

如果人生四月天

我一直青春待往

也有那夜雨梨花

也醉那过眼星河

还是选择古槐一株

还是选择伊林情灼

因为想你落英缤纷

因为有你花满古寨

我欲东风万里缱绻

与君行，芙蓉漫道

(2018.04.03)

当你花飞时

未想，当你花飞时满城涌动

你是驿路之花，过桥时

我才看见整座京城的翡翠

你之纤纤，我愿就此的都市红肥绿瘦

这一次我来这一次我去

只是在大唐的长安歇了一次脚

那时节，我感慨于春江花月夜的瑰丽

未想，你之花开

迎风我不见你

那些落英缤纷要消失去时光的长河

我一叶飘零便忆不了

实在忆不了灯光通红的城楼

你如花，我之芳菲的四月

要上大漠西飞的古道

当你纷飞时，我不知旁落谁家

那卷起的尘土会不会再一次成了绝唱

寂寞的泥土中谁烧红了我

谁让我看见了大秦的惆怅

繁花，我们还是不要等长了叶子

现在多好，一座芳菲的花城

要老,就让永恒吧

我只穿越弯弯的想象

你红我红我红你更红

(2018.04.03)

看上一场樱花

我想武大的春天应该热闹了

看一场樱花盛开

止住酣畅

听听青山的鸟叫

拴住幽思

痴迷一些日子

不再回来

做南山的主人

有雨没雨听雨

有风没风画风

我也想做一回画中的酒客

在这粉红的世界里长歌短笛

也有一双飘逸的青衫相与黄昏

看上一场樱花

沉醉,再也不去醒来

好好享受一下最美的年华

不便锦缎花衣

不便东风浩瀚

只是牵手,只是那无边的晴天阔海

有那无垠的日子数点清风

你之温柔呀,妩媚整个春天

水比酒甜你比水满

浅浅的,我亦那一湖的执着流光抛韵

这也算一袖红尘吧

看上一场樱花的烂漫

便之相随便之相往

依之陶醉依之无恨

此天遥遥

（2018.04.05）

（优秀奖）

【作者简介】

慕晓杰,笔名暮野,号天有几何,陕西定边人,大学本科,工程师。热爱文化,绘画,音乐,艺术,评论,赏析,部分诗词发表于师大等刊物及媒体。笑问苍天曾几何,信手云涯浪涛波。

秋风·落叶

姚丽蓉（江西）

一场秋雨凉了季节

叶子，一片一片落下

凤鸣嘶声

寒气侵扰着温度

心，越过往事的徘徊

秋风落叶，悄然寂寞

似远方漂流的白云

又如天空飞翔的大雁，

渐飞渐远

时光，裹紧激情，带着希望出发

朦胧了少女的纱裙

漫天飞舞的秋叶

映染成一首首饱满的诗行

或许，眼前落叶缤纷

像另一种灿烂的霞光

菜 园 子

夜，荡漾在洁白的月光里

零星碎语缠绵在枝蔓婆娑的菜园子

当时间颠倒在记忆里

措手不及

父亲的步伐有些踉跄

秋霜打蔫了满园茄瓜

找不到几片绿叶

葡萄架下再也听不到美丽的童话了

所有依靠的日子缩短成距离

未泯的呻吟拥挤在

干涸而贫瘠的泥土里

秋风吹过,仿佛一片落叶

荡气回荡地飘逸在

精灵的菜园里

一切都是淡淡的

有时候,时间是石头和幻境

晨曦初现的早上

屋檐下飘过硕大的云朵和风

硕果丰盈的日子里

享受水和风的淡然

日子花开败落

繁华也不过刹那

午后的暖阳,慢慢揉碎光阴

看红尘迎风洒落

枫叶飘过的晚秋

在寂寥的往事中沉默仰望大雁飞过

放下一切,花开阳光硕大,将过往绘成封面
其实生命,一切都是逝去的水,淡淡的

冬 日 的 痛

仅存的勇气,敲碎往昔的纠结

以苍白无力的姿态,分娩出胚胎

擦肩而过的尘缘

成了生命的过客

缥缈,窒息,凝聚

疼痛的节奏再猛烈加剧

寒冷换来孕育后微笑的妆容

诗句在手术台上显得斑驳

吻着窗外的空气

出来的透明液体

笼罩着冬的时光

弥漫四周

一种乱了心灵的泪水

静静地滴在冬日的温情里

今 夜

今夜,在摇摆的时间里

只有一双手,如一滴雨珠

挑逗着寂寞

将你心房淋

将温柔的疯狂

溜出窗外

像命，找到了人生

像人，找到了终点

如果没有你

彷徨就是白天的继续

（优秀奖）

【作者简介】

姚丽蓉，女，笔名绿草，1968年11月30日出生，江西省吉安市新干县人，小学文化，双腿残疾。中国诗歌学会会员，吉安市作协会员。1986年开始自学创作，1989年开始在报刊，杂志上发表作品。2012年出版个人诗集《绿草》，2015年出版个人诗集《拐杖的转角处》。有作品入选《经典短诗》《当代千人诗歌》《2015年南昌诗歌精选》《21世纪吉安诗歌精选》等选本。江西省残联"我的梦，中国梦"征稿二等奖等奖项。

黄河的爱人

涅槃罂粟（北京）

春天，我送你一首诗

春天，你就是一首诗

一首满满情怀的诗

一首让爱填满心怀的诗

春天,你的风轻轻拂过脸庞

就像爱人的手

宽厚柔绵

春天,你的雨轻轻地落在睫毛

就像妈妈的吻

甜蜜醉进心田

春天,你的杨柳刚刚抽出的绿芽

就像娃娃后背的书包一样蹦跳

春天,你的花开的缤纷嚣张

就像青春的姑娘

肆意地怒放

春天,你就是一个复苏的季节

万物生辉一起出走远方留下一季爱的希望

春天,你就是一首最美的诗

把爱的阳光洒满人间

让你我徜徉在最美的阳春

黄河的爱人

梦里,我听到了呜咽低哝

以为是竹马青梅的呼唤

一声怒吼,彻底惊醒梦中的我
原来是雨季的黄河
在撕裂被冲刷的血肉

你孕育一个冬季
用白雪轻柔地覆盖着
不让自己裸体

终于时间到了
大自然的轮回
冲击着你的身体
不让你瓜熟蒂落地分娩

无刃的刀在一块一块地割碎你的骨肉
让你比分娩还痛入骨髓

我在你身边不远的地方
却不能触及你的痛让我心碎

无能为力的我只有让泪水肆意横流
想遮住我的双眼
不让人看见我的悲伤
却捂不住泪水从指缝里流淌

汇集的泪水冲出了上海滩
变得好咸好咸
我是你的爱人

你的疼痛就是我心碎的地方
我们的爱情就是遥望和陪伴
我是你的爱人长长的江

我们相伴在这同一块土地上
用黄土地牵系着我们的心房
用四季轮回的风儿
传递你我的思念和悲伤

我是你的爱人
就在你不远的地方
彼此守护着挚爱的对方

黄　　河

浑浊的黄河水,就像妈妈的眼泪
盼着她的游子归回
可是谁也看不清她心底的伤痛

贫瘠的土地,留不住游子出走的脚步
无论她怎么努力
总也造不出外面世界的繁华

伤痛的她呜咽低吼
唯任眼泪横流,随泪而流的不是泥沙
而是母亲身上一块一块的血肉

曾几何时,她也年轻丰腴美丽

随着时间流转

子女从她身上剥离

一个个远去寻觅新生地

留下孤独的她被岁月捶打

历经沧桑的她已经满目疮痍

泪水也快枯竭

四季轮回中

不时传来她孤独的凄厉哀号

她的爱人也在她的远方

只能感知却不能相见

顽强变成了她的代名词

刨着黄土和着泥浆

一点点垒起家的土墙

为出走的亲人守候着家的方向

黄河就是有妈妈的地方

我们是姐妹

——黄河姐妹篇

我们是姐妹

我们不是同一天的落地

我们却在同一片土地生根

你
若
安
好
花
自
倾
城

——首届中国「华语精品悦读」文学作品大奖赛获奖作品集

你在天之北

我在地之南

因我前世的缘

让我们今生情相连

你豪放地释放着北方情源

我是涓涓地轻轻流过中原

我们不相交

我们不牵绊

我们心相连

我们一同伏在母亲的怀里

听着一样的最踏实的心跳

我们在雨季一起奔向海边拥抱

我们在花开的季节穿上一样的花衣裳

我们在夜里一样的因为思念呜咽低哝

我们在风起的时候向远方彼此挥动着枝条

我们在节日的时候用鞭炮去祝福对方

经过数十万年的锤炼

你仍像一个调皮的长不大的小孩

你用真情不息在母亲身边流连

时而奔腾时而安静

时而娇媚时而低泣

紧紧地紧紧地抱着妈妈缠绵

表达你的快乐

展示你的自强

倾诉你的心事

撒娇着用你新修复的柔荑

去轻拂妈妈的光秃的脊背

远方的我,心也早已飞越千山

因为你的不息我也变得斑斓

四季在我的身边璀璨

你的奔流的黄河水

溅落在我的心间

我冲出上海滩

拥抱着与你一起畅谈

我们解冻了冰封的情感

我们流入大海的时刻

就是我们血脉相容的瞬间

我们是亲如手足的姐妹

茶　　道

一片绿叶

一盏盅

一处寂寥

一思绪

一角裙裾

足迹满宇宙

烫

滚

闻

赏

一饮而尽

手握乾坤

（优秀奖）

【作者简介】

董毓慧（别名：和缘·慧、涅槃罂粟）北京西城，人民艺术诗社副社长、全国专业人才教育工作部专家、企业家、诗人，中国诗歌协会会员、中国演讲联盟成员。全国首届认证高级演讲口才培训师、教育部 COSE 终身演讲培训师，全国取得双部门高级演讲培训师第一人。全国"中国梦"演讲优秀个人、全国"李燕杰杯"演讲一等奖，和缘学苑院长、和缘书画院院长（当代公益书法家团队）、团中央青少年中心爱心人士、希望小学名誉校长、"和缘·爱之心"慈善机构创始人，救助留守儿童，"和缘学苑"创始人。人民艺术诗社全国诗歌大赛《中国梦·金翅膀》唯一公益"特别创作奖"。作品收藏于《人民艺术诗刊》《人民艺术诗社平台》《今日诗人诗刊》《中国诗歌报》《中诗网》《川华在线》《中华诗韵》《大爱岛屿》《和缘平台》《中国近代百年诗坛名家代表作》《中国当代诗歌大词典》等等报刊和平台。她用声音为爱接力，是第一位用朗诵诗歌演讲的魅力老师。2018《中国诗词春晚》特邀演员。徒步过沙漠，挑战过珠峰大本营。

我想,你是一片海——中国(组诗)

春雨(黑龙江)

赴一场地域之约——海南

天的尽头谓之涯

海的边界谓之角

预赴这一场界定之约

背好行囊　打包一颗猎奇的心出发

来一场说走就走的旅行

人的一生都在徘徊

心的期许却在彼岸

笔下丰盈一路上的见闻

沉淀自己　或许靠岸在蜈支洲岛

或许没有期待中的永远

行进在亚龙湾　电影《非诚勿扰》　舒淇走过的美丽吊桥

享受掠过树梢而来的海风吹拂的浪漫

懒散一下情怀

仰望南山寺感受下信徒的虔诚　膜拜菩提的供养

崖州湾的碧海蓝天、清水浅石

摩托艇和小帆船穿梭在小东海的落日余晖

穹顶之下　尽情大口呼吸海水和森林的交融

椰树灌木下享受阳光沙滩触摸沙滩洁白细腻

潜入清澈见底的海底

体会潸然泪下回归母体的回家的感觉

尽情享受海水清煮鲜活的虾蟹在舌尖上的美味

一定忘不了黎苗风情民风的淳朴

"阿妹""小弟""阿公、阿婆"

连称呼听起来都让你倍感亲切

一次的行程　一段美好遇见

穹顶之下，　时光不老　今生有约

酣畅淋漓的海南之旅

人生岁月里没有了遗憾

之后尽情呼吸在天地之间

(2018.04.24)

枯　叶

我希望这不是遗忘

这是信仰,纷飞凋零的枯叶荒芜了行走间的阶梯

也印染了目光中的斑斓底色

放飞了思绪,透过秋叶斑驳陆离的光影

都是我们曾经行走其间的痕迹

我希望这不是别离

这是希望,五彩的秋色垂挂树间

遮盖了过往的单调乏味

却送来无际的遐想　收获的希望

我希望没有感伤,这是向往

没有秋叶零落纷飞漫天飞舞

哪有草长莺飞的美妙春光

生命就是光芒枯叶不会忧伤

它是前奏　为绿叶增添华章

(2017.09.26)

桃花浓情过,梨花涉水来

春风吹过

触摸着温度高了一点点

落寞的桃树

葬下了花的春情与妩媚

曾经的柔情似水　花间婀娜舞姿翩跹

曾经的百转千回　花间倾诉婵娟依恋

让这四月的一树梨花白

封存成桃花酒

醉后想念　醒来不见

一季花开花谢　无言后落寞

只留下支离破碎,妆花乱染

无视桃花胭脂水粉的香气

四月,一树的梨花洁白

涉水而来

拽回了三月桃花源放飞的思绪

心湖　没有了波澜

梨花舒眉一瞻

暖风微醺

垂柳新芽探出了娇颜

摊开手心　任风自由拂过水面

带落一树梨花开　慢慢延展在画家的笔端

涉水而来　轻轻扼首

莲步优雅舒缓　洗去凡尘铅华

就这样自成风景无限

(2018.04.01)

不忘记, 你要永远在我的记忆里

我总是看日暮

余晖倾泻入海的斜阳

我总想找个

巫山沧海的理由去遗忘

不老的时光等来日暮的惆怅

我怎么舍得让你断肠

我踏遍千山情花才开

我跋涉万水才等你来

岁月荏苒走过漫山花海

我怎舍得让你孤单徘徊

我探索着残存记忆片段

也阻止不了有你的画面闪现

你是我避风的港湾　我的蓝天

记忆还有碎片　都是对你的迷恋

我怎么舍得

在记忆完好时推你走开

你是我的依恋

不松手

即使我是你的负担

记忆不在时　分秒不想与你分开

当我是你的孩子吧

你就是我的晴天

我不要与你站在河的两岸

我要你　永远在我的世界出现

所以不要把我的手撒开

原来你还记得　我们的誓言

你紧握我手的瞬间

我恍惚　又回到了从前

不忘记

你要永远在我的记忆里

不忘记　有你的记忆我才能安心睡去

(2018.02.07)

我想,你是一片海——中国

我想　你是一片海——中国

上下五千年的历史,波涛汹涌澎湃进我的血液

若海面浮沉的绿藻承载了太多的沧桑和不朽辉煌

浩如烟海的水滴就是那古老的汉字,书写着不屈的奋斗奇迹

中华民族也在波澜壮阔中雄踞东方,永载史册荣光

烨烨生辉若海面粼粼波光,镌刻进我们记忆回响

中国——你是一片海,每位中国人就是一滴水

融入古老中华,源远流长,博大精深民族文化的一滴水

我想　你是一片海——中国

苦难铸就辉煌,团结凝聚力量

滴滴水都有奔腾到海不复回一往无前的壮志豪情

投入大海母亲温暖的怀抱,穿越万水千山汇聚滴滴水的晶莹

炎黄子孙齐心聚力,五十六个民族汇入辽阔的海洋共圆中国梦

众志成城让梦想点燃激情,容纳百川激发我的赤诚,

中国——你是一片海,每位中国人就是一滴水

融入古老中华民族,万众一心,凝心聚力的一滴水

我想　你是一片海——中国

小小的水滴在你广阔天地尽情遨游

护佑着我在这片蓝天下的自由

厉害了我的中国　,直面海面时而宁静时而波涛汹涌

捍国威三军镇守　,拒强敌令其胆寒,噤若寒蝉

中国——你是一片海,每位中国人就是一滴水

融入强大国防实力,开启中华民族新篇章的一滴水

我想　你是一片海——中国

自主创新的进度条次次被刷新

飞天梦　航空梦　量子计算梦

可下五洋捉鳖,可上九天揽月

看首飞的 C919　国产航母威严巡视这片海

中国——你是一片海　每位中国人就是一滴水

融入新时代,新征程迈入中国盛世华章的一滴水

我想　中国——你就是这片汪洋大海

每位中国人就是一滴热血沸腾的水

每一个水滴都热爱你的博大胸怀

每一个水滴都享受你的富饶与关爱

每一个水滴都自信和自豪融入这一片大海

扬起风帆游弋这片海,不惧惊涛骇浪

重温奋斗的艰辛,体会奋斗的幸福还有豪迈

为了中国更强大美好的未来

(2018.03.23)

(三等奖)

【作者简介】

　　笔名:春雨、春雨秋长,原名:张春雨(黑龙江)徜徉在文字的国度里,不愿醒来!唯愿做莲的岸,守着一份至真至纯。平日里既喜欢独处的淡然,也喜欢喧嚣中的从容,喜欢品茗时的清幽,也喜欢穿行于大山碧海之间的狂野生活而又尤其喜欢用声音诠释生活。文章散见"一点资讯""精品悦读""今日头条""中国诗歌网""中爱文化传媒""中国爱情诗刊"等各大网络平台。全球影视剧歌曲主编,墨香奇缘诗歌文化传媒第一批签约作家。

拾 荒 者（外二首）

陈锋（法国）

我是一个拾荒者

总在，被那些尊贵至上的

文人雅士学者们抛弃的一堆堆文字里

捡起一个个笔画简单易解

不惹眼也不上色的方块字

装上满满的一兜

带着它们走向贫民窟……

在那里，把这些面值不高

一兜兜捡来的方块字

一个个忠诚地奉献

此刻，每一个方块字

都在发光发亮

它们，凤凰涅槃而得永生

此时，贫民窟有了阳光有了笑声

有了鸟语花香有了人间最美的歌颂

因为他们得到了精神的温饱真实的捐献

他们采撷了小草野花

编织了独一无二的花环

给我戴上无加冕的皇冠——拾荒诗人

自己不懈坚持拾荒

因为,知道这些低值方块字

是贫民窟最需要

这一点点,会发光的方块文字

能,充饥养分开拓未来

最终,让消瘦的灵魂升华……

初衷,始终自己是拾荒人

雪 中 情

冬季,一个白色浪漫诗意飘逸的季节

随着风飞舞的华尔兹轻盈步伐

纷纷飘落下旋律的洁白花瓣

点缀着在白雪中的嫣红俏影

耀眼的红帽映衬着彤彤的脸儿

鲜红的围巾红红的外套

在洒落的雪花中相辉映

仿佛,白色天地一朵鲜艳芬芳的玫瑰

纤纤双手捧着团团如棉絮的雪花

推塑着心里久远的雪中白马王子

细细地思量邂逅的荡漾深深地念想

仰望着天空远处一片蔚蓝一抹白云……

雪中的俏丽

只能卸下所有的追忆

构思塑造心中的牵挂

因为,早春二月的雪花落地

将融化为春雨

已听到春天的脚步声

一步一步走过来

终于,心仪的雪地王子

在细致专情的塑造

最终完成了底心的渴望

流露出灿烂的幸福笑颜

温暖了这个寒冷的冬季

深情款款地靠近在一起

温馨　柔情　浪漫

冬天来了,春天不会远

女人心（十四行诗）

（一）

女人的温柔

是诗人的灵魂

诗人的诗歌

是女人的芬芳

风情的女人浪漫的诗人

妩媚　潇洒

一起纠缠，绵绵相依

在温存　在缠绵

如痴如醉　如胶似漆

（二）

女人柔情似水炽烈如火的渴望

让诗人酿造了心醉芬芳的情诗

女人爱与哀愁总是茫然若失

向诗人倾诉所有衷情和倾慕

诗人的委婉诱惑与细腻情诗

把女人紧闭的心扉打开

一首首拨动心弦的诗歌

激活那一扇深锁哀怨的心窗

女人如棉的心房

诗人风流的温情

芬芳音符的诗瓣

纷纷飘落的洒下

在女人的心坎里

消融在长夜梦中

（优秀奖）

【作者简介】

陈锋，笔名怀民。祖籍广东揭阳，旅居法国华人。曾居住在柬埔寨，毕业于中国福建厦门大学函授部语文系。曾在驻柬埔寨的中国对外援助"经参处"专家组当翻译员。作者性格开朗、乐观、豁达，热爱家人，喜欢朋友，是一个性情中人。对生活充满热情，珍惜生命。作者定居法国巴黎，在充满文化气息的法国，耳濡目染法兰西人民悠闲自得、热情浪漫的性格，深受其影响。在柬埔寨生活期间，经常给当地报社撰稿、写通讯。作者的诗歌，以抒情诗为主。通过对友谊与爱情的赞颂，抒发自己对生活和生命的热爱与追求，被读者称为情诗王子。

写给我的祖国（组诗）

杨 龙

织 金 赞

高原明珠惟织金，

闻名远近古县城，

四面青山环环绕，

绿水穿梭织绣锦。

明清阁楼凭栏望，

淡淡月光轩窗倾，

鱼花桥头花飞雨，

满城柳絮暗香喷。

太平桥上佳人过，

莲步轻移水袖盈，

双宴塘前飞双雁，

阅尽千山逝不分。

碧玉双龙城中卧，

晓月初生又黄昏。

青石砌路松竹翠，

轻握酥手花间行，

慨叹平远山水秀，

流连忘返欲断魂。

注：鱼花桥，太平桥，双宴塘都是织金县城的景点，平远是织金的古名。

双 宴 塘

双宴塘前双雁飞

双雁绕塘几徘徊

晴空万里乘风去

空留余影随流水

流水无情流春尽

双宴塘前夕阳晖

夕阳残照花弄影

谁见花落泪自垂

写给我的祖国

（一）高山流水

脚踏沧海头顶天，

纵横延绵势无边。

莽莽层峦无边岸，

叠嶂逶迤奇锋险。

雄壮起伏九万里，

巍然屹立十万年。

千载古木枝叶茂，

潺潺溪水绕林间。

林间自有雄虎踞，

呼啸长空震天彻。

冷眼傲视八方景，

我自安然花中眠。

昨日寇贼入我园，

毁我花丛扰我歇。

睡醒惊感生双翼，

踢开日月上九天。

蜉蝣蝼蚁魂飞散，

自此园中花更艳。

云腾霞飞日初照，

霓虹横跨峦山涧。

山涧清泉潺潺流，

流下万丈寒碧潭。

潭深无底蛟龙戏，

鳞光闪闪胆心寒。

海阔天空随我意，

迎风扶摇冲霄汉。

高山流水从此定，

春秋轮回古今传。

（二）长城随想

长城万里万年长，

巍然横陈卧东方。

徒步临城极目眺，

锦绣河山入胸膛。

回肠荡气神仙叹，
驾雾浮云世无双。
巨龙蜿蜒腾峰顶，
佑我神州护我疆。

晨曦日出我初见，
紫气东来放光芒。
阴山残月冷如箭，
直入大漠射苍狼。
回望昔日烽烟处，
战马萧萧擂鼓响。
沙场浮扬青天暗，
壮士百战国土殇。

豪杰志士披肝胆，
抛颅撒血不可忘。
饮马平沙日落处，
塞北燕山暮茫茫。
帝王更替河山碎，
长城砖瓦亦悲伤。
而今迈步古城墙，
万丈红日放霞光。

景色旖旎国安泰，
江河湖海翻巨浪。
放眼华夏新天地，

旌旗飘飘迎风扬。

民族和谐手牵手,

祖国大业起新章。

长城万年傲天地,

看我神州好儿郎。

祭伯父伯母文

（谨以此文祭伯父伯母）

思思我亲,幽幽长眠。

遥遥不见,血泪沾襟。

阴阳相阻,晓梦易醒。

天地长书,无处寄情。

寒极生暖,四季回轮。

叶茂花开,又是一春。

仰天俯地,痛祭清明。

黄纸生烟,蜡滴泪尽。

念尔音容,历历在目。

尔之教诲,余梁绕音。

劳劳苦苦,一生辛勤。

助贫积善,和睦帮邻。

日出而作,锄田地耕。

傍暮而归,披月戴星。

慈眉目善,至暖至亲。

撒手西去,痛断肠心。

思之痛之,不忘尔恩。

无以为报,踏实做人。

尔定有灵,在天庇佑。

年年遥祭,难忘深情。

霏霏细雨,若我泪崩。

皇天后土,护我双亲。

血肉相连,永远不分。

虽已远去,刻骨铭心。

(优秀奖)

【作者简介】

杨龙,男,42岁。自由职业者,喜欢诗歌,崇尚传统文化,愿用唯美的诗歌同行。

石 阶(外二首)

齐凤艳(大连)

那天,我临窗远望

高低的楼宇

仿佛故乡起伏的山冈

远行的孩子

已多年没有亲吻那馨香的泥土

而你,依然默默地

陪伴着溪水的流淌

晨霭中你依然硬朗

千年的脚步踏过

千年的落花拂过

千年的雨润过,雪融过

所以,你也注定温柔过

不然你身上怎会有

光滑的脚窝

圆润的轮廓

和青苔的丝语

而丝语中收藏着

当年两个年轻人的笑语

和多年后的他们彼此挽扶时

深情的凝眸

曾经,我数着你的级数

登临山顶,

懂得了什么是目标

曾经,我提着溪水而行

举步维艰

理解了妈妈的辛劳

曾经,我和妈妈坐在你的身旁

你热烘烘的

仿佛妈妈的胸膛

如今

我隔着千山万水把你遥望

乡愁如你

蜿蜒绵长

我仿佛看见父亲的身影

遮住了你的夕阳

而母亲在他的身旁

也在向我遥望

闪闪的泪光

你若想我，就会有列车呼啸而过

我走近你的时候

你也走近了我

我越过草原、阡陌

绿皮的火车

长烟飘过白桦林深情的眼

连绵的山峦

起伏着我想你的未来

身后银色的轨道上

日光闪耀了无数夜的思念

窗外微风轻舞树前

静静地吹开迎春花

金灿灿地映着我凝望的脸

满山峦

都是你许我的人间四月天

跳动如金色的火焰

炙热在车厢熏染

温存如你的手指抚弄在我发间

外面已是雪覆冬河

冰层下的水流

清澈地映照着我清澈的眼波

那里

你院子里的一抹冬红

在流连

我想你的时候

我在列车

当我走近你

你就走近了我

我这里飘雪,你那里

梅落

离　殇

终点站

浮在无根可系的遥远

始发站

桩子钉在老井的旁边

长方的小纸片

沉甸甸

母亲的白发

给冷风抽了几缕不安

枯颜皱巴成一张网

却笼络不住远行的时间

团圆,只是节日的盛宴

昨夜怀里的那一团温暖

原谅我转身时

没去回应你的眼

你那红彤彤的围巾

烧得人心乱

肉嘟嘟的小脸

再磨磨坚硬的胡茬

满负行囊的手不能把你抱紧

你的模样

却会在异乡的夜

依偎着我的孤单,也是

最苦涩的想念

鞋子上的尘土是我祖辈依傍

踩上柏油路时

我会小心翼翼地揩干

似乎这样

就可以无视城里人的冷淡

自欺欺人之后

我知道

我必须守住那几亩田

多年后

掩埋我苍白的躯干

（会员作品）

【作者简介】

　　齐凤艳,网名(笔名)静铃音,1975 年生,毕业于吉林大学,本科学历,硕士学位。热爱文学。从事诗歌写作近两年,已创作古体诗、现代诗、散文、诗评、书评等 14 万余字,主要发表在简书平台和中国诗歌流派网,为简书《诗》专题编审,中国诗歌流派网《探索诗歌》版块编辑。秉承语言美、意境美的写诗原则,认真写诗,不断探索,提高自己的诗歌素养和文学品味。

尘世大雪（组诗之一）

毕诗春（哈尔滨）

岁末的雪

岁末的雪。

十二月的雪。

在季节的边缘盘旋

以一场银白的苍茫

揭示东北混沌的梦寐

在子夜的核心

雪花以不同的姿态献媚

问：春天那得得的蹄音

还有多远？

雪落无声

孤灯。寒夜。马匹

时光。梯子。高速公路

怎么除了雪

除了高速公路上

孤独的灯影再也没有

丝毫的人烟的味道

刀锋和唐诗宋词的尖锐

均以一场大雪的宿命

作为赌注。苦苦追寻

根本就没有方向
岁末的雪一直下着

泰戈尔也许根本就没有预料到
2015 年岁末的雪
如此坚硬如此锋利
碎断离愁的方式是如此的坚决
尽管天空笼罩雾霾

让机场安静得连人影
连一只鸟的悲鸣都没有
更何况飞鸟。难以飞翔
古东方深陷于一种浩荡的寒风
战士、马匹、佩剑和长刀以及
抛锚在机场高速上的越野车
都背负着沉重的典籍。
岁末的雪一直下着

如果有一把登天的梯子
能否赶上从头顶掠过的飞行器
如果真的有时光机
再锋利的雪飞过
我们也会开心地舞蹈着
歌唱着登机

此刻,突然有鸟从四面八方飞来
悲伤如血。静静融合。索菲亚教堂的钟声

渐渐地近了。清雪机械的轰鸣,把一个人生

分解为普朗克常数

时光无语。雪一直下着

风继续吹。雪一直下着

(2015 年 12 月 29 日于冰城)

尘世大雪

一场尘世的大雪

漫过遥远的往昔

用咆哮了一生的泪河

浇灌了大雪中端庄的花朵

耗费了多少梦寐和春光

花香被一场大雪轰然掩埋

这一场迷茫的风雪啊

那些被爱宠坏了的孩子

从千年冰雪下

慢慢站起来的时候

阳光。

已经鲜亮得睁不开眼睛

(2017 年 12 月 5 日)

十二月的雪

十二月。这春天的边缘

雪已在退守中崩溃

而北方正隐于一种浩洁之中

大净如空。银装素裹

是上帝以智慧相凿。凿就

大平原的大恩大德

背靠冰雪。我苦乐的乡亲

掘开十二月的大雪

寻见原初北大荒的福祉

始料不及。一群老百姓

正住在雪后的红灯笼里

民谣。对联。窗花

都跷着脚巴望着一场雪的到来

从一场雪到另一场雪

我想起了一群反穿羊皮袄的乡亲

想起了一场战争消失在他们饥肠辘辘的腹中

历史教科书说：同时消失的还有草根和树皮

此时我不得不想起一位诗人

以及他惯于握枪的手

怎样在一场大雪后优雅地指点

民主与法制的光芒闪电一样

黑暗溃逃。就这样

古典的中国。在十二月的雪中

昂首走过

（1996 年 1 月 3 日）

雪落黄昏

读一封来信的时候

大雪已经落满黄昏

我是蜷缩在北方屋檐下

一直没有来得及迁徙的候鸟

突然，岁月和寒冷

就凝花成雪。恰如白雪公主

抖落的花瓣悄悄地曼妙了时光

雪花一直洋洋洒洒

悄无声息地书写着诗意

谁知道

尘世这场大雪

何时停驻

（2017 年 12 月 5 日）

世说新语(组诗之二)

毕诗春(哈尔滨)

(一)高山

我是大地的巨人
也是大地的儿子

(二)流水

我是万物的血液
请无条件地珍惜我
否则后果自负

(三)落花

我的悲伤
也是我的欣慰
因为落花意味着坐果

(四)电荷

正极与负极的亲吻
意味着毁灭

（五）药

我可以拯救生灵于疾苦

也可以错杀无辜

（六）油

我本是机器的血液

可现在的人们却把我

注入了人际关系的静脉

（七）权

我最大的悲哀

就是变成了私有财产

（八）镜

靠我的表情

才照出了人世间

善恶美丑的嘴脸

（九）窗

将我打开,进来的

不只是阳光和新鲜空气

也有苍蝇和雾霾

（十）蚕

你要是知道了我的用心良苦

你就不会怨我作茧自缚

（十一）岸

浪在亲吻我的同时

也在一点点地吞噬着我的骨肉

（十二）烛

我宁愿在光明中

一天天走向死亡

也不愿在黑暗中苟且偷生

（十三）门

会走动的会跟风走动的

一面小小的墙

而我,经常被你决绝地挡在外面

（十四）虎

只是因我落在平原

否则,不会忍受你的欺凌

你懂的

（十五）云

我只能是随风而动
根本没有自己的自由
你根本不知道

（十六）天

人们都仰望着我说好高啊
可我，怎么什么都看不见
只感到越来越空越来越冷

第五辑　云水禅心

与一滴泪珠对话（组诗）

——探望生命垂危的李旭辉同学感赋

张杰（宁夏）

太阳落下山去

天边虚拟的红尘

又以自由落体的形式

缓缓落幕

楼前楼后那么多美丽的景色

只能眼巴巴地看着

灯花燃尽

一个病入膏肓的人

生命已经走到了崖头，浑身

都是翅膀折断的那种痛

身上消瘦得找不到

丝毫的客套、做作，甚至瘦掉了

半壁尊严

那曾经的一头黑发

现在你已看不出

哪是荣耀哪是星辉留下的痕迹

更无法分辨

哪是早霜哪是晚霜

染白了他的风华

我用纸巾帮他擦掉泪滴

却擦不掉他眼眶里

一次又一次

溢出来的不甘

一场秋风

刚刚扫净楼前楼后的云屑

一叶残月

重又匆匆铺就

那条注定要去的归途

命定的缘分

一滴泪珠

在生与死的路上徘徊

把一个老同学

想对我说的话，凝练得

让人心疼

泪珠里

清楚地可以看见

我初到"红卫中学"时的"老土"

那丝毫没有张扬的遇见，把缘分

命定在了青春的坐标上

依然是那滴泪珠

为我演绎着恰同学少年，一起

在黎明前攀登

高耸的贺兰山主峰

当崭新的太阳，升起

天真、清纯、澄澈希望的那一刻

我们一起在山巅

欢呼、跳跃、眼含热泪，傻傻地

眺望自己的未来

玫瑰之吻

轻轻转一下泪珠的弧度

我们全班同学

去"下庄子六队"

去"上营子六队"

接受贫下中农的再教育

我们书生意气

虽然没有指点江山的气概

却也知道人定胜天

挥斥方遒的青春，不知为何

舔舐两脚黄泥

一次拿铁锹劳动

我身后的几位女生，不知哪一位

一铁锹上去

吻了一下我的小拇指

她们几个过来抢着给我包扎

一条馥郁着青春气息的手绢

扎出一个桃花盛开的村庄

一种同学情

迄今依然在微信群里

听到那一束束玫瑰

开花的声音

一张毕业照的情结

其实，就一张很普通的毕业照

而且已经夕阳镶边,韶华不在

可它不止一次

勾起我缄默无语的青春

在怜惜中凝望抚摸

在炽热滚烫的心头

静静孵化

是啊,它的确不止一次

像个哭喊着要吃妈妈奶的孩子

一边吃着,一边喷着委屈的鼻息

看得院子里那棵老杏树

抽搐着年过半百的身子

泪珠落下一地

犹如我们当年,毕业典礼后

许多同学站在教学楼的窗前

久久不肯离去

我们看着窗外蒙蒙的细雨

就像看着我们苍茫的前途

任细雨打湿一地理想的灰烬,然后

又从每个同学的眼角流出来

那天的黄昏来得如此及时

以至一些走失的鸟儿

还没有找到归宿

当一种前所未有的失落

又一次敲响灵魂

我们不得不把眼含热泪的青春

无奈地交给

难以预测的命运

流　　星

我们已经有两位同学

去另一个世界,探寻

人生陨落的意义

还有半个生命

在黄泉路上徘徊

憋屈地怀想

命运的不公

是啊,小草一岁一枯一荣

而人们,为什么

就是爷爷抽旱烟,"啪嚓"

划着的一颗流星

忆往昔,我们的豪气虎啸山林

使江河放下意志横流

怎么就不能载一颗恒星放逐人生

洒一世星辉

我们曾叱咤风云
让一棵棵杨柳倒立湖中
怎么就不能驾驭一叶生命的扁舟
与江河一起
徜徉岁月

好在,当一种更加神性的意念
穿透肌肤,我们知道
成熟就意味着结束,而死亡
则是以另一种形式
永存于乾坤

（优秀奖）

【作者简介】

张杰,大专学历,宁夏作家协会会员,宁夏诗歌学会会员,石嘴山市作家协会理事,惠农区作家协会副主席,《社区文化》编辑部副主任,《石嘴子》刊物散文编辑。2010年从事诗歌创作,曾在《诗原》《贺兰山》《石嘴子》《石嘴山报》等刊物及平台发表诗歌二百余首及散文;先后获得自治区、市、惠农区征文奖项;有诗歌被选入《宁夏煤炭诗选》《惠农这十年》《我们的故事》等书籍。

赏 隐 者 (外三首)

姜晓娟(山西)

隐于竹林间，
寒舍亦能欢。
举杯对月饮清酒，
醉卧溪水边。

淙淙水声缓，
悠悠青草牵。
仰天放歌声满坡，
归鸟扑翅欲和。

青 天 海 瑞

月朗星璨照前人，
风起云涌现埃尘。
千秋伟业良臣筑，
圣喻青天宋明闻。

浩然正气在一身，
金帛相诱心难泯。
一己私利何足论，
别妻散童写忠贞。

免职丢官皆可忍，

唯见不平难服臣。

刚正汝贤垂青史，

海口滨涯葬忠魂。

千 古 始 皇

六国统一天下合，封侯拜相立秦国。

始皇嬴政政权握，焚书坑儒儒生没。

百家遗迹化灰烟，残字薄简后世传。

文字度量皆统一，货币繁杂尽废弃。

长城逶迤延万里，阿房宏伟待补续。

千古功过今世说，留得霸气满山河。

一代枭雄西归去，留有军阵护魂魄。

无声兵俑持剑戈，骁勇无敌天地慑。

兵刃剑器光四射，咄咄寒气伤若何。

神风四起收将去，空留俑雕护帝国。

豁 达 歌

豁达世人盼，但求他人得。

与己两不利，顿斥世人薄。

尔为吾若何，情倒尔边多。

一己为私欲，豁达终难得。

未问理何从,只写真自我。

尔道豁达与生来,吾说心净方始得。

一份坦然自得乐,两杯清酒与君酌。

潸然满腹情愁多,似有千言将欲说。

吾送美酒千余盏,留杯只敬豁达客。

骑马越山河,巴山险峻多。

九曲行千里,十城尽踏过。

只愿访得品酒人,醇香佳酿敬君酌。

明月照吾心,坦然自得乐。

（优秀奖）

【作者简介】

姜晓娟,笔名落霞,山西太原人,70后,中专学历,喜欢发现生活中一切美好的事物,并用文字编织记录;也喜欢朗诵、旅行、音乐、古典诗词等,闲暇自学诗词有感而发,期望能遇诗词高人给予指正点拨,以助德学。

底　　线(组诗)

谢艳军(河北)

老　宅

失眠时,不经意之间

我又念起乡下的老宅

因为好久没有回去了

也不知老宅现在是个啥样子了

只知道,在我的记忆里
爷爷和奶奶住着住着老宅
他们就不见了
父亲和母亲住着住着老宅
他们好像一下子就到了古稀之年
如今也离开了老宅
住进了敬老院

姐姐和妹妹住着住着老宅
她们都找到了属于自己的新家
我和爱人住着住着老宅
我们便搬到了城里
儿子住着住着老宅
他又去了一个比我们的城
还要更远的另一个城

念着……念着……
念着……念着……
我仿佛被老宅折断了每一根神经
念着……念着……
念着……念着……
我不知道这是变迁还是轮回?

眼　　神

为了你最初的一个眼神

我看不清也瞅不准

更不知里面有多深

但我始终坚信

于是

我苦等了一万多个日日夜夜

盼望着有一天会梦想成真

为了你最初的一个眼神

我忘记了路上所有的坎坷

一路狂奔

一路追寻

总是希望在一个早晨

或在一个黄昏

你会突然出现于我的心门

能给我带来一个好的消息

还能化作一个四季如春

为了你最初的一个眼神

我抛开了全部的善良与纯真

为了一个未知的结果

淌过泪也伤过心

一路追逐

一路爱与恨

但心中的梦想始终都没有破灭

于是

我把一个个文字烙上花纹

你若安好 花自倾城

——首届中国『华语精品悦读』文学作品大奖赛获奖作品集

然后用冰冷的日子
一点一点煨出温馨

为了你最初的一个眼神
我试着总想改变一种旧的生存
可来时的路早已荒芜
再也找不到你我的脚印
也许等一片叶子轮回
也许等一场雪交换泪的伤痕
只是现在的你我呀
都已不是了当初的那个人

莫　名

我莫名地便沦陷于白昼的黑夜
我莫名地就想借用隐藏的星星
来铺满远方的路

一个个村子莫名地就被掏空
一个个村子又莫名地便会消失
一座座城池莫名地便患上了流感
城池里所有的道路莫名地就会封堵
城池里的人们莫名地就在
偷偷塑造着另一座城池

我不知是莫名地在逃避着什么

还是莫名地在寻找着什么

当我莫名地又拿起笔

莫名地就想用文字找回来时的记忆

于是

我便莫名地成了一个所谓的诗人

底　　线

我不知道乌云的底线

但我知道它一旦越过了底线

它就会立刻变成雨点

我不知道一片森林的底线

但我清楚它们一旦越过了底线

它们便会马上化作荒原

我不知道一条河流的底线

但我明白它一旦越过了底线

它就会瞬间露出狰狞的嘴脸

我不知道一个诗人的底线

但我懂得他一旦毁掉了底线

他就会落魄于生命之外的边缘

我不知道一个人的底线

但我发现他一旦失去了底线

他便会一下子坠入深渊

我不知道一个国家的底线
但我能看见一个国家一旦没有了底线
这个国家就会很快看不见

很　　短

一天很短,进门出门
出门进门,便是一天

一年很短,一绿一黄
一黄一绿,便是一年

一生很短,一哭一笑
一笑一哭,便是一生

（优秀奖）

【作者简介】

河北省保定市徐水区人,也是一个地地道道的农民,还是一个从小就装着文学梦的孩子,但为了生活不得不搁笔多年,而心中的梦想始终都没有破灭,所以重新又拿起笔想找回遗失的记忆,给自己的心一丝安然!

你若安好 花自倾城——首届中国"华语精品悦读"文学作品大奖赛获奖作品集

思念的延长线（组诗）

梦心（北京）

五　月

和你一样
五月沉在春天的梦中
还没有苏醒

天地，刚刚贮存了一些热量
却被云朵搅来搅去
聚成了几滴雨

槐花白，抹香了多少街巷
这似酒般的佳酿
醉透了那些过往

在逐渐升腾的恋情中
杏枝遮掩着韵味
桃叶变得肥大，麦田开始疯长

和你一样
五月，心中的歌吟不断
是可以为春天眷恋
也可以为夏天丰满

思念的延长线

我之所以对生命如此热爱

是我的生命中有你

即使你离开，我还是会延续下去

因为我不想结束

这想你的时光

假使我不复存在

谁还会想起你

我是在用我的思念

将你的生命拉长

生　　长

你默默地默默地生长

顶着胚芽　脱落种皮

转眼成一颗青葱的小苗

依然彻夜浮动　酝酿花蕾

于一天清晨突然就匝地开放

星星点点在树林中　还有旷野

弥漫了我的眼睛

让我驻足在五月依然想象

依然想你的生成

是不是大自然的劳动过程

想你这花开过后会不会酝酿

鲜美的果实　会不会去远方

云一样地散开之后　回归平凡……

大山里的暖

那些山裸露了风骨

那些风骨还原了一种本色

似浅浅的冬日的诉说

在诉说的背后

折射着昔日的斑驳

于是　一幅褪了色的水墨画

升腾着温暖的颜色

在一层层树林幽深处交织

在暂时枯萎的藤蔓中

穿透禁锢和枷锁

那精致小巧的校园

就镶嵌在云峰之中

每天划破天际的书声琅琅

迎合着自然的节拍

冬日的肃穆

掩不住那一个个活脱的身影

不用看见那些笑脸

就知道他们笑得很甜……

十　月

不必说秋风拂面

不必说秋凉无限

不必说果实飘香
不必说菊花正灿

十月　敞开宽广的怀抱
十月　涌动着醉人的春潮

十月　如一盏炽烈的火焰
十月　将国人共同的爱情点燃

十月　绵延着长城般绵长的情愫
十月　在疾步行走中看层林尽染

十月　大好河山有了国家的意志
十月　从心灵深处开始深情的呼唤

十月　带我们回看峥嵘岁月
十月　更待我们瞩望美好的明天

十月　是你的生日也是我们的
十月　让我们摆好花坛备上美酒

（优秀奖）

【作者简介】

张红英,笔名梦心,北京房山人。中国诗歌学会会员、北京市房山区作家协会会员、北京市房山区诗歌学会副秘书长、《房山教育》杂志编辑。曾获全国青年文学大赛优秀作品奖、中国作家世纪论坛优秀作品评选一等奖等多项荣誉。曾在《中国新诗》《中国当代作家文粹》《诗海》《新国风》《燕都》《燕鼎》等书籍或刊物上发表过诗歌作品,并著有个人诗歌作品集《雨缘》。

遇见,是生命中的一场修行(组诗)

释耀法(南京)

初 夏 的 心

百花齐放的季节曲线

一不小心就画入了初夏

驿动的灵感

敲打着诗词曲赋的节拍

一粒诗语的种子诞生在夏花的核心

网络平台与淡淡墨香的纸刊上

已经开满了诗人的愿景

水池中鱼儿躁动

跳过小荷尖尖角

时而能嗅到清香的泥土的味道

这是水族的新装,柔和迷人

暖意不断攀升

用毅力牵住躁动的心

喝口古井水,封住了干燥的嘴唇

压住外在的焦躁

清甜的井水流入心房

注入了一首诗的心脏

让井水和诗歌一起荡漾舞蹈

那些灵动的涟漪很美

安住其心，念上一句佛号

在山间在寺中回荡

放下万缘　静静祈福

祈愿祖国　繁荣富强

祝福百姓安居乐业

让祈福语飞跃在华夏大地上

换上夏装

进入殿堂

瞬间身心变得清凉

是愿力的推动

是佛的呵护

初夏的心不再狂躁

此刻，有诗有画，宝地清凉

此刻，回首寻春，初夏已至

（2018.5.2 写于寺中）

红尘有你，真好

红尘俗事让你操碎了心

脸上刻下了一道道岁月的痕迹

岁月沉重的负担让你渐渐弯下了腰

有力的步伐行走在田间小道上

家中有娘　饭菜都香

娘,好如一把雨中的伞,撑起了家

家是娘的全部,家人是娘的生命

娘的心是呵护、是善良、是包容

无数次轮回

无数次呼唤——娘

唤醒灵魂深处的缘

今生又一次重逢

红尘有你,真好！我的娘

感恩娘,让我重生在娑婆世界

(2018.5.12 写于寺中客堂)

(注:今日母亲节,祝福天下母亲节日吉祥、身心安康)

遇见,是生命中的一场修行

一次远行一次相遇

一堂深刻的世俗课是缘,是业

一位语无伦次的同行者

高八度的嗓门能吓死鬼神

丢了包、抱瓶如宝走着麻花步

是难、是劫、是真正的醉汉

酒上口不解愁，反而处处出丑

一瓶酒让人扶着走，见谁都叫舅

是酒叫他走、还是他就叫酒

一世无成全怪酒

闻着醉汉的酒气是对我忍辱的考验

遇见，是生命中的一场修行

（2018.5.17 写于寺中客堂）

如　果

如果今生注定要来到这娑婆世界

是来还债？还是来续缘？

是报恩？是讨债？

也许，来看一场

世俗繁华落幕的风景

如果这样就要有"出离心"

一辈子不能白来一次

珍惜来之不易的时间

时间可以埋没生命，这不是笑话

如果命中有数劫难

那就要面对它、去磨炼自己

人生路上颠沛流离坎坷

苦难是人生路上的教科书

用坚强的心念和身躯扛起，不用流泪

在黑暗中用心去感悟这个世界

白天用眼睛和世界交流分辨是非

看好心不要让它四处流浪

如果，想说是如果

来了算是今世缘，还是算今生业

忙忙碌碌一辈子

最后不舍也会舍，撒手西去

问心，问己

今生既来之则安之

只有安住其心修无为法

也许走时方可安心

（2018.5.30 写于寺中客堂）

心　　语

一份愿力一句话

一颗心一个人一条路

菩提路上有行者有你、有他

种下菩提种子你有、我有

一粒种子便是一片森林

放下恶意,便有善念

燃烧自己度化众生

在娑婆世界中

有情有义就有牵挂

舍下尘缘,身心便轻松自在

心在、家就在

佛门有语句,让人深思

先自度再化他

慈悲指引,方便施法

欲净其土,当净其心

随其心净,则国土净

一句话,净化一个家

不忘初心、守住它

身心不动自然安住

心存喜舍结善缘

善良布施成宽容

同体大悲就是爱的奉献

让大爱洒满人间

社会和谐,世界和平

(2018.6.6 写于寺中)

土地与父亲

听说村里要把地转包出去
清晨父亲走出村子去看他的田地
父亲爱着他的土地
土地也深深依赖着父亲
秋天种上麦种
等待来年夏季的到来
父亲种下了希望
同时也把心语种在地里
把思念埋在深处
把希望种得很浅……

父亲知道——
土地不会说话也没有思想
土地就像父亲的娃
有时也像一根绳索
锁住了他一生的希望
也锁住了父亲的人生之路

在无尽的夜色中
云是孤独的
父亲更喜欢故乡的云
更懂得释放像云一样的寂寞和思念
手拿着佛珠借着月光端详着他的田地
一遍遍念着佛号
南无阿弥陀佛……

（2018.06.13 写于寺中）

悟

我用心去领悟菩萨的眼神
藏着慈爱的目光我体会到了亲切
一次目光一次呵护让我瞬间顶礼感恩

菩萨,我领悟了你的教诲
去关爱众生聆听你的愿力
方知什么是发心

俗世间,心随景转是是非非
菩萨看破、笑看红尘
心不动、做事不乱
在世俗中,真真假假,各自在演人生戏
不动自辨

领悟菩萨精神
行于生活中通了只是外表行了才真才在菩提路上

一个眼神告诉我因果是什么
游走在世间要知众生苦
心不忘同体大悲的愿力
一句话,一辈子
付出的心只为众生

(2018.06.20)

陌生的城市，熟悉的人

江宁。历史古城
有年轻人创业的高新区
有佛顶骨的佛教文化

上元大街文化底蕴深厚的地方
处处留下岁月的痕迹
古老的茶社讲述着佛陀的故事

佛说"万事皆有缘"
店铺中供养的弥勒菩萨
这是金箔路上的一种信仰
望高楼大厦　笑红尘俗世

天元路生命中的通道
佛城路直达景区，如愿礼拜
梵宫灯光，温柔点亮了众人的心
夜色中宝塔上方散发七彩之光接引众人

陌生的城市打造了佛顶宫
成就了无数众生的心愿
霓虹灯下也显出上国安寺的庄严
让我再次顶礼熟悉的佛陀
让陌生的城市在佛的呵护下腾飞

（2018.07.04.写于寺中）

蝉、馋、禅

蝉。短暂的生命

迎着春雨带着灵魂而生

稚嫩的翅膀拨开尘埃

吸着夏日的甘露。高歌一曲

唱尽冬天的悲苦。也唱出心声

白露时节。秋风扫落叶

你唱出命中最后的挽歌

北风吹雪花飘。你裹挟着灵魂离去

带着无形的翅膀隐身尖锐的严冬

是入土、是冬眠、是隐居……

馋。意识的牵引

灵魂深处的贪婪

无法控制的是食欲

食物的依赖无法自拔

味觉上的享受伤害了身体

食多为害、食多为贪

暴饮暴食是病魔的起源

肉食也是瞬间的伤害

也是间接杀生、不结善缘

用意念控制食欲改变饮食

常观同体大悲精神、关爱生命
慈悲的爱心就是初心
有爱、有悲慈心、不会再起贪食心
馋的欲望就会远离

禅。无法形容
修道、禅法各不同
修心、这是法门
修行、不在于相
禅心不变
降伏自心对制魔法
是法身慧命的根源
参悟人生的真理
人生路上的起点

我是谁、禅心大起
改变本性参透本来面目
行于世间结善缘
行、走、坐、卧都是禅
棒喝之下方知西来意
禅自醒、自悟、自明

（2018.07.10.写于寺中）

那 天 花 开

凌晨。你还在梦中

我已独自撞响了晨钟

荷香萦绕着钟声飘来

是荷花仙子悄悄打开了禅门

朦胧中,东方升起一线红

露珠在荷叶中犹豫徘徊

煎熬中迎接着一场暴风雨的来临

含苞待放的花朵在雨中舞蹈

寂寞已开成雨中最美的花朵

那天花开蜂儿来拜

开在佛前做莲台

前世的约定今生的缘

花语心扉今世的愿

倾听佛号看蔚蓝的天空

盛开时节短暂或绵长

都能用相法庄严道场

佛前绽放是欢喜心的供养

一花一世界一佛一如来

龙泉古井泉水养莲朵朵开

天池盆中绿叶托花处处艳

(2018.7.17 写于寺中)

(注:文中"龙泉古井"位于南京上国安寺内,是一口千年古泉井)

房　子

陌居难避雨

寒门不挡风

困苦中立志重建家园

时光如箭一去不返

辛苦付出只想有个家

新房是心房的呼唤

一砖一瓦是汗水

一门一窗是心血

水泥上了墙，木头做成梁

建了房不能忘娘

新房，儿女的嫁妆

心病，都是房子闹得慌

新房，是爸妈一生的希望

父母恩，恩重情长

搬新居，美满团圆奔小康

一生一世一幢房，是付出

一世一生一张床，是归宿

（2018.07.23.写于寺中）

（备注：同题《房子》写作空间大，我不会写也写不好，故今日写一下当前为了房子在生活底层奔波的人与事。

过去有人家穷得门不挡风，生活特困难。遇到雨雪天，就想要有一间好房子。

命运是对每个人平等的，只有付出才有回报，开放政策增加了收入，建了新房，房子上的每一块瓦，每一块砖都是汗水和泪水的付出，可就在这时儿女长大要成家，他们也要房子，无房不嫁，无房也娶不上媳妇，此刻有几人能理解老人的心，好多儿女成家，爸妈没房住，一辈子为谁忙了房。

有的爸妈为了面子、为了儿女，有的离开了新房，住进了过去的老宅子里。这是现代社会一个怪现象。

天下父母心，父母为儿女，儿女有多少挂念父母的养育恩，父母用大爱包容了子女，为子女付出，有的拿出一生积蓄为他们建房。

我感觉房子大小不要紧，能住就行，一家人能在一起，那才叫家，那才叫真正的房子。

人一生不要老为房子大小去忙碌，那样会很累，房子再大没有好的胸怀、住得再好也没有用，人活一世，每天睡觉就是一张床，房子到晚上也是空荡荡的，人啊，别为房子忙得太累，给自己留下空间那才是真正的房子）

（作者系中国云天文学社佛学文化顾问）

让雪花还世界一份美丽和纯白（外一首）

宁悦儿（西安）

雪花，正轻歌曼舞向我们走来

大踏步在冬天的舞池里一路摇摆

你是否做好了迎接它的厚重

和这份期盼和优雅站成一排

谁说冬天里全是萧索和孤寂
谁说残荷枯叶里就没有诗意
被雪覆盖的茫茫原野一样有豪迈
如梦似幻的夜色透着凄迷和幽怀

折一枝怒放的红梅放入心海
墩一个雪人让她笑口张开
吼一声秦韵流淌于旷野
描一幅丹青把瑞雪兆丰年的吉祥涂改

让我们借雪之魂荡涤浊浪和阴霾
对途经生命四季的风霜用微笑覆盖
让心湖始终旖旎成次第花开
看万里山河雪舞阑珊的悠哉乐哉

让我们拥着这份美好和纯白
盈一份慈悲和仁爱的情怀
把真诚和善良的种子永远播栽
一起哼唱着歌,聆听冬天最美的天籁
让这个世界多一分美丽的记载

好想有个庭院,有书有茶还有你

好想有个庭院,有书有茶还有你

——首届中国「华语精品悦读」文学作品大奖赛获奖作品集

在平凡的烟火里

让爱的火焰氤氲在庭院里

让苏醒的每一天都有诗意

永远，都不后悔此生的蝶恋依依

好想有个庭院，有书有茶还有你

我们廊下读《西厢》，月下数星辉

流连于微微风簇浪下散作满河星的旖旎

在夜露的草珠旁聆听秋虫的私语

春天，并肩看桃花朵朵开

让落英缤纷装点梦的开启

夏天，望门前溪水向东去

用风笛悠扬的梵音在湖边游弋

秋天，窥红叶摇曳枝头的羞怯

让抒情的草原曲给夜的宁静增添大写意

冬天，舞雪的纯白共你我白头

把澄澈的心境安放在灵魂一隅

好想有个庭院，有书有茶还有你

你不用彷徨，喟叹这一世的烟雨迷离

我不用锁愁，夜夜枕着玫瑰的花语入睡

抛却繁华事，潇洒共舞池

让三千烦恼青丝随风而去

好想有个庭院，有书有茶还有你

我不需要，你用物质来惊艳我的时光

我只需要,你用真情来温柔我的岁月

我可以没有珠光宝气,灯红酒绿

但想与你灯下漫步,听风听雨

好想有个庭院,有书有茶还有你

白天,为你煮菜做羹汤

夜晚,为你研墨红袖添香

铺一张烟雨素卷

让你永远落笔我的水墨丹青

让那袅袅升起的茶香驱散万古愁

让读书泼墨的日子滋养柔肠千缕

好想有个庭院,有书有茶还有你

在千千阙歌声中,款款走向春的妩媚

多想,织就一帘幽梦与你

梦里梦外,皆是我前世的期盼

在水云岸,在时间的无涯里

相知相守,永不分离

今生,我愿醉在这样的梦里

一起享受上苍慈悲的给予

（会员）

【作者简介】

宁悦儿,高校教师,中国作协《诗刊·子曰》诗社社员,中国通俗文艺家协会会员,爱好文学、绘画、民族音乐和戏曲表演,在《诗词世界》发表两次个人古诗词专辑,在《中国风》《台湾好报》《香港凤凰新闻》《一点资讯》等纸刊及微信网络平台发表诗歌,诗词及散文。愿在三尺讲台放飞梦想,用文字书写生活的真善美。

春 天 来 了（组诗）

昔日云儿（黑龙江）

今夜你那儿是否月色也朦胧

弃笔不再书写

笨拙的思念

把墨全部饮下

沁染对你所有的挂牵

自从那天月下

不欢而散

破碎的心已随

你走远,月在暗淡

花欲残

风吹痛了夜

空中星泪满

终不见你归来

今夜细雨绵绵

月光更加朦胧暗淡

此时，你是否也对月难眠

雪 地 行 走

雪掩盖着消瘦的荒野

独自行走着

踏雪的音响惊动

万籁俱寂

远处几棵

瘦骨嶙峋的树

迎接孤独的行者

一座孤单的坟墓

主人早已掩门而卧

做着思乡的梦

不知从何而来的

几只雀

鸣叫着面前飞过

似要早早唤醒春天

春 天 来 了

雪悄然逝去

风吹开鸟的喉咙

雀在微绿的枝头歌唱

湛蓝的天空衬着

几朵白云荡秋千

房檐下一个孩童

在母亲的怀里

食指相对玩着逗逗飞

生　日

西间的桌子上

摆满了美味佳肴

一个大大的蛋糕

燃亮了蜡烛

一位头戴寿冠的孩童

安然稳坐

吃着爸妈递来的饭菜

东屋的炕上

年迈的爷爷和奶奶

团坐在一张破旧的桌边

颤抖着手夹起咸菜条

拌着稀饭慢慢咀嚼

声音是那么清脆

野　　兽

食物链中

我看到了最残忍一幕

一头牛犊

被几个人围住

不断地用火枪喷烤

燃烧着奔跑

凄惨地号叫着

眼里流着泪水

满身流着血

慢慢地倒下

火光中映出

龇嘴獠牙的面孔

狂笑着

满身流着血

雾　　凇

彼此内心充满了爱

激情不再内敛

择日放纵

冰与火的交融

爱的结晶在枝头

闪跃跳动

嘲笑了千古的定律

你从黑暗中逃出

诠释爱的真谛

死亡的惩罚

你却无能为力

在阳光的束网中

含笑离去

（优秀奖）

【作者简介】

李广来，笔名：昔日云儿，一个 70 后热爱诗歌的农民，有作品发表和获奖。

我在红尘深处等你来（外三首）

不倒翁（甘肃）

许曾经的过往

伴着美好的记忆

永不褪色

我在春风吹过的

小巷等你

我在鸟语花香的

林间等你

在瓜果馨香的

村头等你

我在秋叶飘落的

季节等你

我在尘封的记忆中等你

哦,等你来

我在红尘深处等你来

在前世今生的梦境里

等你来

你那里下雪了吗

雪花曼舞

轻吻我的脸颊

点点滴滴的凉意

沁入心房

伫立在风雪中

凝望远方

亲爱的

你那里是否也在下雪

有没有温暖填满你的家

有没有知音陪你走天涯

冰雪封了大地

封不住我对你的思念

相信

茫茫雪原里

春天的种子已深埋

翅　　膀

小时候

望着翱翔在蓝天下的大雁

向往着自己有双会飞的翅膀

该有多好

当我第一次收到他为我的

一首情诗时

便在喜欢他的同时

喜欢上了诗歌

他时常鼓励我

让我给诗歌插上翅膀

就可以飞翔了

我不解，傻傻地看望他

当他离我而去那一刻

我才明白

诗是心灵瞬间的颤动

是激情灿烂的喷发

是无声的音乐

是无形的图画

亲爱的,你看到了吗

我的诗歌在你的鼓励下

插上了一双隐形的翅膀

在诗歌的海洋里

带着对你的思念

慢慢地飞翔了

在一场雪中醒来

如果冬是我的泪点

那么雪便是我的疼

我知道

我已思念成殇

已分不清四季

我走不出你的渡口

更忘不了永别的那个冬

哦——

我多想在一场雪中醒来

将所有的过往

写进唯美的诗行

在心灵深处永远珍藏

【作者简介】

何红,笔名:不倒翁,甘肃天水市人,原在军粮供应站工作,兰州市永登县诗词协会会员,兰州市作家协会会员,中国诗歌报唯美诗歌创作室副主编,"唯诗缘"《抒怀2017—现代诗精品选集》金奖获得者,"唯诗缘"《简单爱》诗赛实力奖获得者。20世纪80年代初开始发表作品,作品散见于《未名诗人》《永登诗选》《新国风》《中国诗歌报》《精品悦读》《唯诗缘》《诗韵中华》等平台及等刊物。

第六辑　潜力新生代

厉害了,我的国(外一首)

琉璃半夏(黑龙江)

厉害了,我的国

从汉字到青花瓷

从唐诗宋词到今天的文艺百花

对你的歌吟唱遍了大江南北

唱响了四海苍穹

厉害了,我的国

从神舟五号到嫦娥二号

从蘑菇云到我们自己的航母

你已屹立在世界舞台的中央

高昂着头颅,睥睨天下

厉害了,我的国

从改革开放到中国梦

你的子民一直冲在时代的最前沿

带着中国特色社会主义的徽章

奔跑在去往全面小康的道路上

厉害了,我的国

你的五星红旗迎风飘扬

你的镰刀和斧头越来越闪亮

你带着"两个一百年"的憧憬和梦想

高擎"反腐败"的利剑

天是蓝的

水是绿的

阳光暖暖

这就是我的国,我的家乡

厉害了,我的国

当思绪划破寂静的脸

我非常想起你提到过的

那个遥远的春天

波光粼粼的湖面上

有旭日伸出柔软的触角

光和影的呓语间

像是在梦里,抑或是梦外

映出你我的脸

旧相框里的你

笑容融化了

惴惴不安的疼痛

火柴擦亮的清晨

却抵挡不住些许心悸

那心悸，关于我们短暂

却又动人心魄的故事

用镰刀割去旧事的念想

执笔，划破寂静

思绪在自焚的夏日里游走

不用听解释

因为感官都在说话

有一双隐形的手

死死掐住了爱情的咽喉

当冰雪封杀了百花和柔情

有绝望悄悄攀上孤独的背影

一个人，一盏路灯

猩红和刺在心底里生长

有难过舔舐走皮肤上的音响

不回头，有刀架在心上逼你往前走

别再爱，彩霞和星光都烂漫在桥头

（会员）

人虎为谋(组诗)

郭紫莹(北京)

索菲亚教堂

第一次来索菲亚教堂,我六岁
第二次来索菲亚教堂,母亲六十岁
广场上的鸽子,啄着母亲的脚
甚至比我,更像母亲的女儿

她挽着我的手,拎起我外乡莽撞的童年
影子透过玻璃彩窗,劈砍松弛的脊背
我望着她就像一颗偷渡而来的溏心酒糖
鬓角的灰发,是过期糖纸上擦不掉的白霜

或许她也曾是达瓦西里正中心的壁挂
未料想十月过后,胃里生出一把火铲
后半生被结结实实翻了个面
一不小心,就露出生活的千丝万缕

父亲的病历

父亲的病历本上,潦草的字迹
高血压 高血糖 高血脂
他在忧愁的皱纹里挤出一句嘲笑
高一点也是幸福的

倘若自己的身高也能超标的话

我才是应该写在他病历首页的隐喻
我是他脊背上的肿胀
是他佝偻远行的手杖

人虎为谋

深夜病房,老人开始谨慎地轻咳
偷渡的露水,从静脉重新游行回喉舌
脑出血让病号服上的黑白纹路
把脊椎正中浆染成树影斑驳的浑浊
你把功勋与衰竭的徽章一起摘下
挤压成皮肤深处的隐疾
掩护:源自孙子幼稚的祈祷
松弛皮肤正权谋一场约定好的逃离

假山布盖的阴影,老虎伪装成点缀
你眼睛微眍,弹劾越狱者的指令蓄势
守护秩序的神经等待下一群自投罗网的
旁观者和送葬者,他们在海浪里夹击
囚禁和祭祀的手法如镜像般相似
你的嘴紧闭,更擅长心脏呼叫的夸张
假寐的面具下牙齿磨合,虚掩的角逐

老人和老虎,成为看画者和被画者
上睫毛与下睫毛握手言和,双赢的安排
博物馆的化石倒坍,酝酿装裱称王的庆典

病人与病虎,成为输血者和缺血者
你们操控着气压,泡腾片裸露沸腾的瞳孔
模糊了起搏器的表盘,仙道选择归隐

黄昏的燥热,成为隧道深处的盲井
江郎才尽和虎不食子从副标题中消逝……
悲调的巧合是历史成全了拜伦式的咏叹调
就像车票与铁轨,碾过契约:野性与降伏
你递出转世的邀请,你接受子弹的回应
撕烧的容貌,恰恰途经红丝绒落幕的舒展

　　＊源自老虎吃人的新闻,但是谁知道虎食人的惊诧,可能是一场命运的图谋。

<h1 style="text-align:center">退 休 生 活</h1>

玻璃杯砸到猫的脊背,倒立的瀑布
淹没手机震动,睡梦中惊起的母亲
火车还未进站,请别预报惊慌

你喃喃自语:孩子最爱吃的是
蛋炒番茄,还是番茄炒蛋

无趣开始用头发编织圈套,围栏
还没有闭合,倒计时不再旋转
披散开,盘旋;又散开,修葺;再散

一根头发倚在鼻梁上垂钓

搅拌遥控器按键凹痕中的灰尘

另一根头发粘在窗户上

把城市的灰霾和鸽子分割

它们是母亲与我之间的天线

运输旧日子，书信和盐

6号透明指甲

倒数，多余的第六根指甲

开始剥离光滑

粗糙的外壳自觉蜕化蜷缩

善良的牙齿开始丢盔卸甲

"美甲特价198"

打折的在等待夭折的

右手的6号指甲挂起正在营业中

它终于明白独一无二的原理

不在于自己兀自旁斜

而是它一直侵犯着赤裸的罪行

"条纹美甲和你真是天生一对！"

参差不齐的队伍踩着深夜的潮汐集结

每一双透明指甲都被逮捕归案

钟声闯进死胡同的禁区，自导自演的哑剧

独特的骨骼在午夜的十字路口宣告判决

无期徒刑,并穿上囚服

读　面　术

他们在两张隔着封面的扉页上阅读

他们在图书馆落灰的架子背面陈列

他们在椅子钢筋支撑与柔软坐垫之间挤压

他们开始相爱,变成柔软流出的火焰

他们各自为政,开始占有者的暴乱

他们恍然记得的确有人在凝视

他们用指甲画出书签的形状,

他们忍受着疼痛,用这种方式积累熟悉的回信

他们用冬天圣诞树的枯枝,做成心脏支架

——等待火山的循环,草莓果酱的味道

他们很久都没尝过。

（会员）

【作者简介】

郭紫莹:生于 1995 年。毕业于首都师范大学。黑龙江省作家协会会员、黑龙江省散文诗学会会员、哈尔滨市作家协会会员,中国云天文学社、中国华语精品文学作家学会会员。其作品曾在《诗刊》《山东文学》《诗潮》《当代小说》《诗歌风尚》《中国文学》《北方文学》《诗林》《山风》等报刊发表。曾出版两部诗文集《恰同学少年》《正逢高中时》。作品入选 2014 年、2015 年《中国高校文学作品排行榜》。

这 座 城

廖婷(江西)

云雾里的山中有座城
不真切,好喜欢

路边的街角店面
还有拂过春夏的风,都好温柔
暮中的城是粉色的,也恰似温柔

只有你
一个人拿着年代颇为久远的相机
记录下这座城,一个人的城
再没人来过
如果你不爱这世界,至少会爱这座城

（优秀奖）

【作者简介】

廖婷,现就读于江西艺术职业学院。怪异的脑洞少女。我与我周旋,宁作我。

乡雪情

铭芮（山东）

初春,夜,临清迎来了去年入冬后的首场雪天,花片很大,像棉球,但又像姑娘,展着含蓄的舞姿。

走在街上,仰望高处,天空像颗蓝宝石,散落着钻石般的光芒,眺望远处,两排树穿着洁白的衣裳,似祷告中的圣女,而脚下,柏油路也仿佛迎来了无数会眨眼的星星,让这雪天也暖了起来,我转过身,两排不规则的脚印一前一后,像是要陪我奔赴未来的友人。

忽的,我仿佛看到了一位女王,她的笑容神秘且浪漫,白色的礼服随风摇曳着,为她增添了几许可爱,看似姑娘般俏皮,但又不失贵妇的典雅,我不觉一笑,似对女王的回礼。

雪越下越大了,大地好像披上一层轻薄的白纱,几堆儿爆竹碎屑隐约可见,如那羞红脸的待嫁姑娘,可一想到雾霾,便完全没了那般兴致,不觉看向别处,看向那片纯白,雪花在路灯的照耀下,闪着晶光,像破碎的玻璃,像透亮的水晶,像奢华的钻石,但又有着水母般的温柔。

雪,我见过不同城市的,它们都一样,与临清的一样,但唯一不同的便是那种"味",那种树与土的情味,它让我懂得,世上越廉价的东西越无价,像这"乡雪情",可否问句远方的游子,你有多久没尝到家乡的雪味了,是什么原因让你与它久别难逢,那些因由与归乡回家相比是否又真的那么重要?

初春雪夜,路上行人并不多,就算一两人走过,也比不上白日的喧嚣,间或打破这静谧的一两声狗吠,让人不禁想起了《安徒生童话》,想起了那位卖火柴的小女孩儿,想起了童年,看着眼前的高楼,恍然明白,原来,卖火柴的小女孩就是我们,为了梦想,为了前进,为了更好的目标,不停地奔跑,我们卸下多余的负重,来到领奖台,发现这奖杯远远不比我们自认的负重珍贵,可是去的终究难以追溯,我不禁一笑。《安徒生童话》,等回家应该再拿来一读,说不定真能读出个"黄金屋"或是"颜如玉"什么的。

不知不觉走到家楼下了,我转身看了一眼,宝石蓝的浪漫加配这清纯的白,高贵却又不失奢华,仿佛身处法国巴黎,这让人不禁感慨,原来,上帝才是真正杰出的艺术家。

(优秀奖)

【作者简介】

铭芮,原名:张明珠,90后。山东临清人,曾考入《聊城日报》为记者,并陆续担任校报记者五年,作品偶见各校报与网络。

归去来兮

郑懿烽(哈尔滨)

夕阳西下,周围的一切和我都好像早已凝固成一幅画面——浓密的杨树林,耀眼的逸夫楼,漫步的学子,和蔼的老师……

在科技高速发展的今天,各行各业都被 AI 智能冲击着,机器人和教师行业的矛盾越来越突出,这使我不得不开始担心老师们会被冷冰冰的机器人所替代,担心是否有一天机器人会站在讲台上,机器人会用它独特的思维审视着每一个学生,这是多么的骇人听闻!因此我要带头守护教师行业这一最后的"净土",替我敬爱的老师们寻回教师行业的本真。

在客观上,机器人在其他领域固然取得了不可忽视的成就:囊胃镜机器人能做到无痛检测;人民检察院案管机器人可以接待诉讼者;智能机器人分拣系统则大大提高了快递的邮寄效率。

但,教师,不是劳动型行业,可以被机器人取代;教师,不但要拥有渊博的学识,更要拥有教书育人的情怀。所谓的好老师是什么? 在各位学识素养相似情况下,比较的就是谁的教书方法更易被学生所接受,谁的方法普适性更强,谁就会脱颖而出。倘若机器人大军攻陷了教师行业,我认为有以下两点不妥:一、机器人只会机械传授知识,水平相同,那么所教出来的学生就如同机器人,水平相同,没有区分度,不利于人才的选拔以及重要职位的选举;二、机器人所教出来的学生进步空间不大,机器人只会教授你课本上的知识,并不会教授你做人的道理,那么机器人的学生就会成为冷血动物,毫无素质人性可言。我想这也是机器人和人类的最大差异所在罢。

在主观上,机器人无论如何倚傍科技,也无法达到人类情感的高度。其一,教书育人,顾名思义,就是要倾尽所有,投入你自己去让你的学生有所收获,直至长大后有所成就。机器人做得到吗?尚且不说机器人的文化程度能否比肩一代名师,就说机器人懂得什么叫"爱"吗?试问哪一个老师不爱自己的学生?但有朝一日机器人站在了讲台上,这一切的一切都将不复存在,学生感受不到爱,就无法在将来给予爱,久而久之,没有了爱的照耀,整个社会就会被蒙上一层阴霾,我们现在所拥有的一切,到了将来也只怕会变成奢望!其二,机器人并不会针对学生性格的差异进行个性化教授,这意味着什么?这意味着有很大一部分学生将失去汲取知识的机会,有很大一部分学生会因此走向人生的岔路口,随着时间的推移,社会上的人才逐渐消失,人类真正走上了自杀的道路。

另外,机器人的思维毕竟是算法形成的,教授人类时也必然无法察觉人类的情感波动从而调整教学进度,这也就极易造成教与学脱节,学生对于知识的吸收也必然不会太好。人类的情感波动我们人类自己都无法弄清楚,又怎么能转换进机器人的思维呢?因此机器人和人类还是有着一道无法跨域的鸿沟,这也就决定着机器人只能局限于劳动型产业,而不能涉足脑力输出型产业。

南华秋水,漆园傲史。教师这个行业是高尚的,不容许任何人替代的,莘莘学子自然需要一个具有人类情感的教师去指引!

笔者行文至此,不禁想起一首诗:漂泊流浪多少年/来也匆匆/去也匆匆/自信天下一支笔/文也纵横/武也纵横/纵横天下论英雄!

归去来兮!天马行空间,眼前笼罩着一阵阵飘荡的云雾,在惝恍与朦胧中超过时间的阻隔,梦回长安,寻那教师的本真……

男 女 有 别

郑懿烽(哈尔滨)

尘封多时的河水,恢复了往日的生机,悄然流淌;雪白光秃的大地,也被嫩绿装扮,悄然苏醒。在这无声无息之间,春的气息充满了每个角落。春,满载着希望,孕育着成功,悄然而至了。在这万物复苏,生机勃勃的季节——春天,又怎能不引起我无尽的回忆？又怎能忘记春光中的真爱？

一

我也许不能真正读懂父亲对我的爱。可当那父亲粗犷的大手打到我的脸上时,我清醒了,我懂得了那种爱的真谛。我带着糟糕的成绩单,拖着疲惫的身体回家,但心情并不沉重,因为就在刚才,我发现自己很有篮球天赋。父亲看过成绩单后像我预料的那样大发雷霆,大声斥责一通,而我却极为不屑地回答他那些我认为是废话的问题。

我不理睬他在吼些什么,只是满屋找水喝,因为如此热天打一场篮球是很累的,我躺在床上,打开收音机,任凭父亲指出我的种种缺点和错误。终于父亲愤怒了,他举起那巨大的手,重重地打在了我的脸上,我被这突然的一掌"激怒"了,我充满"仇恨"地瞪着他,心里满是愤怒与不服。当时的我认为他没有权利打我,即使我犯了滔天大错,也应由法律来制裁我,不用他来管我,况且只是一次考试没考好。现在想来我当时还真是聪明,因为这种想法,使我第一次在挨打之后没有流泪。

父亲咬紧嘴唇,再一次举起手时,在他的眼睛中闪现一滴泪珠,他红红的眼睛努力控制没让那泪滴流出来,嘴角微微地抽动几下,缓慢地放下手,用略带颤抖的声音说:"我这次只是失望,不是绝望,我希望你……好自为之吧！"然后转身头也不回地朝屋里走去。他的背影逐渐模糊起来,不是因为距离远了,也不是因为灯光暗了,而是我的眼中早已布满了泪水,模糊中看到父亲转过身来,露出了笑脸,满意地点着头……

二

和煦的春光映照着大地,送来了温暖与生机。嫩嫩的小草感到了生气与活力,从大地母亲的怀抱中钻出来。此时的我仿佛成了霜打的小草,毫无生气,浑身火热,似火烧一般,体温计一口气冲到了 40 度,往日沉着的妈妈也吓得不知所措。我在昏昏沉沉中仿佛看到了妈妈不停忙碌的身影,一会儿用冷毛巾放在我头上,一会儿给我吃药,一会儿与医生电话问询,一会儿……在我记忆中妈妈一直处于高度紧张的精神状态中。此时我被一种不可名状的感情深深打动。病魔被母亲对儿子真诚而无声的爱所征服。第二天体温终于恢复正常，妈妈这才如释重负。我醒来时，妈妈已经在我床前睡着了。见此情景，感动的泪夺眶而出……

在春暖花开的春天，在运动场上跑步是多么激奋的活动！一次不小心扭伤了脚，是母亲不间断地给我敷药，鼓励。在我心中，她那温柔的话语是我战胜病痛的良药。

如果说雄狮也会流泪，那绝不是因为被猎人打到一枪后的疼痛，而是在看到他的子女们连野兔也抓不到时的心痛；如果说，天鹅也会坚毅，那绝不是与她人争斗时的愤怒，而是在看到她的孩子无助时本能的坚强。男性也会流泪女性做了母亲也会独自撑起一片天！

男女有别，但男和女可以组成一个完美的家，去呵护他们的孩子，使其成长，壮大。

男女有别，父爱和母爱体现的方式虽然不同，但他们都是有着同一个目标，那就是努力将孩子抚养成人；

男女有别，父亲和母亲的个性构筑爱的巢穴。因为在父母眼中，孩子才是这个家的核心和存在的意义。

家，是什么？有人说家是迷路时的灯。有人说家是一叶小舟依傍的岸。但我说，家是李白杯中酒的沉醉，更是背井离乡的人背上一捧家乡土的踏实。家是一种奢侈，是他乡游子含泪吟出的"每逢佳节倍思亲"，是落叶对根的依恋。

家很简单，甚至有几分简陋。但正是在这份简陋中，爸爸坚实的臂膀为我遮风挡雨；妈妈的关怀有些古老，可是那唠叨是多么美妙的爱的诗歌。当我遇到荆棘时，回家寻找心灵的慰藉；等我带回一丝成功，家人用放大镜看它，以它为荣。这就是家，在这里渐渐长大，我不再用年轻气盛去伤害默默爱我的心，也不会在自己羽翼未丰的时候去幻想外面的天有多大，终有一天我要离开家，拼出自己的天地，可我一定还会飞累了，就来这里休憩，喝点妈妈做的汤，和爸爸唠唠家常，尝尝如此阳光般温暖的家的味道，是平和，是舒畅。那一刻，我懂得了爱的真谛——

男女那么渺小，却各有千秋

他们的一生平平淡淡，却生活美满

上帝要他们高尚，所以让他们平凡

他们的日子像白米，每粒都是艰难

上天赋予他们不起眼的躯壳

装着山川、风物和爱

让他们两个人活出一个世界

时 间 随 想

郑懿烽（哈尔滨）

人生如河，带着沧桑与凝重不知疲倦地流向未知的远方，人生中的一个个瞬间就像河里的浪花，划过水面，溅起涟漪，又悠悠地荡漾开去……

昙花大概是一瞬间的最著名的代表了。试想如水的月夜，昙花轻轻绽放在有微风的亭中。那莹白的花瓣玉一般光洁、清朗，周遭荡开如梦如幻的圣洁的光晕。那是怎样的一瞬啊，月为之泻下清辉，夜为之万籁俱寂。如此美丽的生命却只有一瞬，你为之扼腕叹息吗？不必如此。昙花开放的一瞬包孕了天地灵气，博得了举世惊艳，更体现着自然的至纯、至真。这样绚丽、辉煌的一瞬，一生一次，已是造化的最大眷顾。真的，一次足矣。

不知你是否见过这样的一瞬间：街道上原本川流不息的车辆全部停下来，不为红灯，更不为总统的驾临，原来是一位鸭妈妈要带着它刚长出黄色绒毛的宝宝们去河里练习游泳，待它们悠然离去，街道才恢复了繁忙。这样的一瞬与瞬息万变的国际形势相比实在是微不足道。然而，这样的一瞬，让世界荡漾着温馨，让心灵得到净化，让人性得到升华；这样的一瞬，这样的一瞬体现着爱和温情这个人类生生不息的主题。此刻，你还认为它微不足道吗？

不会忘记这样的一瞬：当五星红旗飘扬在国际赛场的上空时，几分钟前还生龙活虎的运动健儿此刻已是泪流满面。伤痛不曾使他们哭泣，竞争不会让他们动摇，可就在这该举杯欢庆的巅峰时刻，他们却泪水满脸。你会为这样的一瞬间疑惑吗？无须疑惑，记住这比珍珠还宝贵的充溢着酸涩与甜蜜的一瞬吧！这一瞬的背后，有着多少汗水与艰辛，背负着多少等待与夙愿。这样的一瞬是绚丽的蝶,经历了痛苦的辗转与蜕变;这样的一瞬是明艳的花,经历了风霜的煎熬与磨炼。

这就是一瞬,体现了自然的美好、人性的光辉和人生奋斗不息的轨迹。即便这样,人们也总是追求永恒而忽视一瞬,但上天给了人类追求永恒的心,却忘记给予人类追求永恒的翅膀。比起宇宙的历程,人类光辉灿烂的历史只是一瞬,人类高度发达的文明只是一瞬,人类从起源到发展再到灭亡也许也只是一瞬,而个人的荣辱褒贬就更是一瞬了。既然无法永恒,为何不抓住一瞬?既然无法把握奔涌前行的河流,为何不做一朵快乐的浪花?是的,把握住一瞬,把握住眼前,把握住今天,在一瞬间实现人生的价值,放射耀眼的光芒,这样的一瞬也就成了永恒。

【作者简介】

郑懿烽,男 17 岁,现为哈尔滨师范大学附属中学高二九班学生。从小热爱文学创作,从小学三年级开始发表文学作品,曾多次获过省及哈尔滨市作文大赛奖励;除了文学之外,他还擅长快板表演、主持等,2009 年曾获得"中央电视台爱我中华金话筒少儿主持人"十级证书。经常在学校和班级活动中担任主持人,如在中国国际青少年动漫周开幕式文艺演出担任主持人、哈市教委主办的"让少儿歌曲插上动漫的翅膀飞翔"文艺晚会主持人、哈尔滨市教委主办的"阳光校园成长大型文艺汇演"担任主持人……他是一个爱好广泛的学生,喜欢文学、艺术表演、口才主持等。曾经在《生活报》《小作家报》《语文报》《黑龙江晨报》《中学生优秀作文》等处发表文学作品数十篇,作品被生活知道网、东北网、黑龙江新闻网等多家网站转载。

第七辑　中国云天文学总社核心成员展示

中国云天文学社社长碧云天的作品

碧云天（哈尔滨）

厉害了，我的国

厉害了，我的国

你的命运是壮丽的瀑布

你的历史是摇天撼地的版画

岁月之光漾出陈旧的风景

隐隐闪现浮浮沉沉的盛衰荣辱

在历史的凹陷处突耸起来

大漠风中隐隐有秦汉之水涌来

烽火台赫然走进历史

恢宏的音韵里似有胡马长嘶

古老的喉腔里仿佛飞鸿长鸣

厉害了，我的国

千百年来，

你依然洋溢着大漠的炎凉

千百年来，

你依然昭示着塞外的风雨

你是大漠风锻打的一把无奈之锁

昏昏然，锁了两千年倜傥风流

用淋漓的鲜血与嶙峋的白骨

用弥漫的狼烟与熊熊的烽火

终于完成了一页沉重的历史

沿着你长而又长的脊背爬行

怎么也爬不出你沧桑古老的传说

边塞风席卷的狼烟早已化作

白云点点

塞外的胡马弓刀早已经化作

星月高悬

厉害了，我的国

多少次我把你伫望，

从秦时明月至汉时关楼

厉害了，我的国

在华夏这张悲壮而雄浑的版图上

你横亘成历史的沧桑与辉煌

几千年一程再一程的怨声载道

残肢槁骨里有羯鼓和铜号的哀鸣

残垣断壁里发出孟姜女哭夫的呻吟

厉害了，我的国

你已把弯了几千年的脊背直起来了

世间再也容不下膨胀的野心

十三亿黄皮肤黑头发的精灵

再度营造你世人瞩目的气魄

你那钢铁英魂

让各种语言文字的操纵者争相阅读

你拾起一把滴血的长矛

刻下了凄凄惋惋的历史版画

长江,再也没有比你更坚贞的信念

长城,再也没有比你更伟岸的体魄

黄山,再也没有比你更忧患的历史

黄河,再也没有比你更旷远的传说

乡 愁 凝 噎

昨夜,一场寒流

凝固了您饱满的《乡愁》

北风无语凝噎

犹如刀锋锐利

一点一点地

切割着我的疼痛

乡愁早就在我的灵魂深处

一醉方休　长醉难醒

江南,雨巷中您是否还撑着

那把旧年的油纸伞

向远方的远方眺望

东海岸边的岛礁上

你留下的家书

此刻,墨迹是否已经风干了

信封,已经封口

该贴上那枚小小的邮票了

连同您

湿漉漉沉甸甸的《乡愁》

寄回你日思夜想的故园

乡愁凝噎　思绪如烟

曼妙了多少才子佳人

吟哦了多少倥偬光阴

北方之一

在思念的季节

在北方的冬季

在马克思的庄园里

雪从索菲亚教堂的钟声里

蔓延到光阴之外

来自天外的雪花

落满古典的檐角

朔风敲打我无眠的思想

沿着向北的方向

思念如潮水般漫上心头

归乡,岁月枯黄

城市，模糊在

一首老歌之外

沿着北来雁阵

舞过的风景线

我把自己，邮回

第一声啼哭的土地

母亲早已在小城车站

站成一尊含泪的雕像

北方之二

思念的季节在北方秋季

在落叶在柴扉在车影以及一本诗集里

雁阵南飞的悲歌如锋利的严寒

从蒲公英放飞的漫天白雪里

持续到时光之外

清寒濒至。倒映在哲学的中央

滴血的羽毛不加思索地奋不顾身地

拥抱大平原上的最后一缕秋阳

那份以生命最后的炙热来表达的爱

笼罩着索菲亚教堂广场

古典的屋檐被北风一遍遍奚落

而我的兄弟

正好赶上这场寒流

孤独。无助。疼痛。天花板下

渴望的泪水
潮水般涌上心头

剩余的诉说，注满了星光

北方的阳光无法温暖
花朵的芬芳有气无力
空旷的墓地
插满了坚硬的蒿草和悲凉
那些前往祭奠的人
似乎耗尽了一生的火力
也无法抵达
长眠在墓地的
这些扛过枪的灵魂
迎风站立的墓碑
闪耀着英雄们单纯的梦境
凝望残雪。墓碑上
剩余的诉说
注满了冷漠的星光

2018 年清明，写给父亲和弟弟

坐在城市
最孤僻的一角
想象。墓地的积雪
已经感受到了春雷的猛烈

走了多年的父亲和刚走的弟弟

是不是还在时光的电路里

忙碌着摆弄着他们心爱的扳手钳子和电线

缠绕了灵魂和虚空

凌乱如麻的心情。在灰暗的心空

总会有一些黄的花白的花

与雨雪和泪水交融

盛满金灿灿的器皿

北风就像一把利刃

冷冷地切割着我本就模糊的视觉

盛大的情怀

隐藏在一朵冰凌花的蕊中

冰雪结晶的泪滴

闪烁着人性的光芒

远处隆隆的机器声

打碎了我的一个

永远无法醒来的梦

天花板下

孤独的理想越来越荒凉

我的父亲

我的兄弟

怎么就听不见我的歌唱

我疾驰的白马和宝剑

收藏了无数的悲苦

看透了远方

看透了远方的尘世

再也没有任何力气

奔赴那些戴着面具的

祭扫的人群

于是，我

坐在城市

最孤僻的一角

想象。墓地的积雪

已经感受到了春雷的猛烈

写给父亲的颂词

电焊的弧光

一直很美

照耀着我们永远泛青的年华

童年的梦里

一直演绎着正负电荷

相互交融的魔咒

那一年，大雪厚重

充满金属的忧伤

父亲，你手持焊枪的手

你指挥架线工人的手势

在风雪中渐渐模糊

一场尘世的大雪

在鹰的翅膀下呼啸而过

父亲,你山一样的背影

豁然开朗

仰望的目光就像

你手中焊枪的弧光

空灵而辽远

今天,是一个属于你的节日

超载多年的思念　开始拥堵

在巨大的磁场里我们无法自拔

碎裂的缤纷的记忆

纷落成昨夜一场天涯寒雨

打湿了每一张干净的面容

父亲,你所在的那座小城

始终有一条电缆

牵系着我筋疲力尽的足音

想念焕发着人伦奶香

我以谦卑的渴望

插入这个虚空的人世

今天,用一首新鲜的诗歌

为你唱和

(2018.06.17)

新 年 感 言

大雪落在 2017 年的边沿

你若安好 花自倾城

——首届中国「华语精品悦读」文学作品大奖赛获奖作品集

一只雪鸟在雪地上
模拟春天新鲜的足迹
铿锵,坚定,深沉而自信

寒风呼啸
远去的兄弟手持悲苦和寂寥
在天花板的暗纹里放下透明的悲伤
蓝色,金色,紫色
叮当作响的服装
或柔美,或缤纷,或亮泽

我策马停下来
仰望孤零零的枝丫
闪烁晶莹的光芒
我们举起透明的词语
修饰一些寒冷的长句或短语

据说,过了今晚就明年了
得意之下
我搂了搂勃发的内心
鼓励一下自己

感恩路上
同行的逆行的所有的人
我站在岁月苦寒的峰巅
傻笑。然后,策马扬鞭
得得的马蹄

踏碎满地光阴

（2017.12.31）

你的世界，我不想做一个过客

爱情，那些智慧的痛苦
花千骨
生死劫
一声清唱
乱了谁的琴弦？

亲爱的，在我最孤独的时候
你离我远去
远方很冷　远方很暗

我们拥有远方
远方很远很远
你的世界
我不想做一个过客……

两个人的天空，时阴时雨
那最苦的情感也是最浓的慰藉
我们的爱情。我们这 365 天
一直飞扬风雨的爱情
是不是那年我揉碎的梅花？

朵朵梅花开在旧时的伤口上
那命中花朵,我冰冷的情人
我举手为树,让你伏于肩头
忧忧伤伤地哭
月夜琴声
点亮不泯的灯盏

灯　　盏

那盏灯
是湖南口音的诗人
从很深很深的水底打捞上来的
那年月。我的祖国贫血
秧苗的根须。总是伸向火热和煎熬
父辈们,把积压了多年的泪水
倾洒于风中
那灯火。在暗夜里明亮而辉煌
它被十三支铁臂率先擎起
在坎坷而泥泞
在通往草地和雪山的道路上
一点点感受春天
那盏灯的温暖
就生长在大地与天空之间

那盏灯
总是让我们
纯净若江河的波光

去温暖。去润泽每一棵麦苗

让他们在人世间饱满地歌唱

就在这个秋天

就在这个宁静的午后

我突然想起那灼灼的灯盏

还有你。令我仰望多年的

湖南口音的诗人

突然想起,你挥一挥手

中国革命就前赴后继

就星星之火可以燎原

我的诗人啊

我们的灯盏

至今。灼灼……

我亲爱的女儿

我的女儿

现在是八月的尾声了

我和你的母亲恪守了整个夏天的内容

这不能使我们期待你的目光

只照亮几个,不眠之夜

咱家窗前的月季正拾窃了馥郁

馥郁的容颜正是你的啼哭

我亲爱的女儿

你微扬的小手抚摸了

我们多少个殚精竭虑的日子

在这个夏天里，我几乎忘记了写诗

整日想你美好的笑颜

以及你飞翔的翅膀

在我忽略了你的瞬间

会从空中突然降临

让我泪流满面

我接受了一生的幸福

我的女儿

这是一个装满童话的八月

作为父亲，我恐怕

我连死也会缀满喜悦的花环

那么，81 种鲜花会合唱吗？

这个金色的夏天

我和你母亲的爱情

才是那种真正的不谢的花

因为有了你，这一生会经久不衰

（1998.08.24　黄昏）

村口，感受黄昏

黄昏的村口

一个人的站姿很美

能感觉到土地慵懒的气息

黑夜即将慢慢升起

大片大片的玉米地

大片大片的向日葵

醉卧于九月

黄昏的曼妙之中

一种香喷喷的乡愁

正笼罩在你的周围

岁月已完成,春夏之旅

秋天是一个饱满的驿站

此刻,印制精美的信封

盛不下盈盈的乡愁

你伫忘远方

以炙热的目光回望

因为丰满的庄稼

正以一种羡慕的姿势

表现恋情

表达充实的想象

你再不用去想什么

心里会实实在在的

感受到黄昏后土地的深沉

眼睛睁得大大的

感受小村的黄昏

暖暖的

(1998.09.04　午后)

北 大 荒

想起北大荒

就想起一双伤情的眼睛

两道鞭影,自回眸的瞬间抽打过来

坐在山坡上

看见一些牛羊正痛苦地咀嚼着

想起你的时候

就想起那些反穿着羊皮袄的人民

就想起人参貂皮靰鞡草的世界

如今是谁的一声长叹

至高粱动情的穗上

猩红地滚过。所有的庄稼

自脊背上

长成我们不断炊烟的日子

而牛羊却于前头

走进一种归宿。夕阳里

有一只图腾之鸟

正东西南北地飞着

叫着飞着

中国云天文学社佛学文化顾问释耀法的作品

释耀法（南京）

迎着阳光打开山门

春天清晨，一缕阳光照在山门上

昨夜无眠。你是否在一个光明的词语中

酝酿着今晨蓬勃的诗意

黎明之光仿佛害羞的少年

时而会躲进云层里

时而也会露出甜甜的笑脸

你从东方缓缓升起

模糊的山门慢慢地变得清晰

庄严的山门被笼罩在光线中

照在门钉上闪闪发光

慈光耀眼。光耀三宝之地

让人内心充满喜悦和法乐

春天的甘露浸润着芳草

花蕊的核心，一粒粒珍珠

清澈透明

光阴荏苒不留客

你慢慢地披着彩霞升起

微风吹来
露珠不见了
露珠被光和风带走
留下了花草的芳香
瞬间感受到春的到来
感受到阳光与我如此近

寺内有钟鼓声
也有木鱼声和诵经声
声声入耳唤醒梦中人
寺内清规戒律降服了烦恼
庄严的道场震撼了内心世界
梵音又让人心肺敞开
跟随梵音心情起伏不定
瞬间放下一切杂念
音符回荡漾在耳边
内心深处此刻寻找自我
让心静下……
在春光下播上菩提种子
让甘露法雨催根发芽

我打开山门
迎接你啊,清晨的阳光
迎接善男信女

把菩提种子洒在春光下

播向远方——

让菩提种子在寺内外

蔓延开花结果……

（2018.3.21 写于寺中）

思 念 香 椿

春天来了

山道边田埂上水塘边花园里

迎春而立的香椿树

一处处一棵棵发出新芽

你有独特的味道

我你相识十五载了

相识于佛学院餐桌上

红色的上衣

翠绿的长裤

你坐在圆盘里

同学们围你而坐

而我默默地看着你

今天遇见你

让我回想起那些陈年往事

当年同参们都喜欢你

法师也捧你,叫你椿

有时同学上山追寻你

为了你,尝尽了喜怒哀乐

为了你,也会吵嘴

有时把你藏进了床柜里

那是情感的珍藏

这一切仿佛就在眼前就在昨天

香椿,你来了

你把我带回了学僧年代

你像是为友谊而来

思念同窗道友

思念过去一起念佛、出坡

思念我们一起出入禅堂

思念留在了菩提路上

悲喜离合　四季轮回

经过春雨的洗礼

你的气味还是依然诱人

月光退场

迎着日出你换上了新颜

微风拂面,你含笑迎春

香椿,你是春天的标志

香椿,你是我的菜

香椿,你让我回忆

香椿,舌尖上的味道

香椿,记忆中的同学情

(2018.3.28 写于寺中)

生 活 照

有人对我说:

师父你拍的照片好美好专业

有人问我:师父你是专业学过摄影吗?

你的照片太专业了

还有人问我:师父你用的什么好相机……

我告诉他们:我没学过摄影也没有好相机

更谈不上专业摄影

我是在生活中随缘留影

我把青春和道场融合在一起

这里是家。点滴变化心中都有感受

用平常心欣赏自然变化

付出诚心去做身边的事

观日出、看云海、闻花赏月

瞬间把生活留在相册里

艺术在自然中,艺术在生活中

我的照片就是我的生活

(2018.04.09 写于寺中)

陌生人，晚安

一只碗
一根棍
一个人
困境的生活

走在风雨中
生活变得迷茫
扶起摔倒的老人
没有掌声和感恩

一份乞食
一份祝福
大爱的心愿
内在品德无需乞讨

墙角的家　外在的相
理事双明的陌生人，晚安

（2018.04.11 写于寺中）

【写作背景】

这首短诗中反映了一个社会现象，也是笔者三年前在火车站看到的真实情景，老人摔倒了，没有人扶，是一个乞丐扶起她，哦，老人起来没有说一声"谢谢"，生活改变了一个人的命运，而命运背后本质上的东西不可以改变，那就是品德和良知，有那么多人也不扶老人，而一个乞丐却扶了，我们穿得好，不如乞丐良心好，回想起此事特别赞叹乞丐，他的大爱令人敬佩。今天"云天十四行"让我写出往事，写出感悟。

中国云天文学社黑龙江分社社长马雁凌的作品

马雁凌（黑龙江）

梨花，一世璀璨

春风长袖舞动唤醒小兴安

金黄与淡紫尚未谢幕

香雪拥抱枝头芳华漫天

沃野仿佛正在举行盛大的庆典

你的韵味在戏曲里绕梁

你的足迹在大地上舒展

你的气息在晨昏中起伏

你的洁白在绚丽间傲然

你的纯真一尘不染

你在形形色色的娇嫩里挺立

你不用任何颜色涂抹浓淡

你　始终不屑争芳斗艳

你的品格闪烁着清辉

令所有的山雀蛀虫羞惭

你素净的脸庞如同皎月

令所有的龌龊惊慌四散

你用一生的风骨镌刻誓言

质本洁来还洁去

你用最后的力气呼喊

清清白白才是一世的璀璨

阅 读 梨 花

从戏曲里听过你的韵味

从梨树上见过你的芳容

从微风中嗅到过你的馨香

从暴雨中看到你的凋零

你纯洁得一尘不染

我羞于用世俗的目光把你浏览

你自信那本色的容颜

足以支撑起不倒的信念

白色的裙裾

写满坚贞与纯洁

甚至　我不敢触摸你的脸庞

甚至　我不敢呼吸你的芳香

纵然纯洁的美丽如此短暂

你的高傲也绝不随风飘散

你就那样静静地站在枝头

用生命书写一世的诺言

致　春　天

一年一度如约前来

踏响冰冻三尺的北疆

长袖抖出芳香绚丽

笑容灿烂渐次绽放

色彩从四面八方漫延

高山峻岭敞开胸膛

松柏杨柳伸出臂膀

江河脱去铠甲多声部合唱

你采集一缕缕金线

为大地山峦编织锦绣衣裳

你把一颗颗珍珠撒满田野山冈

大地蓬勃着苍翠的希望

啊　春天　你这宇宙的女儿

在四季演出中最先出场

以无边无际的炽热

点燃无数个红月亮

金山银山熠熠闪光

森林再次挺起坚强的胸膛

小兴安岭即将举行盛大演出

雄浑的交响乐已经奏响

贺 春 天

沉默一冬的河水开嗓了

醒来的小草推开尘封的窗帘

森林家族开始活动筋骨

冰凌花拎着晶莹的裙裾绽开笑脸

你站在江河之上如期而来

一群群精灵渲染着梦幻

你掠过无垠的原野

薄纱下隆起的憧憬徐徐渐变

你铺开一幅无字长卷

看谁蘸着汗水与心血尽情渲染

在流失了收成的土地上

看谁的希望最先结出芳香与斑斓

哦 一场新的竞赛即将开始

声声金鼓响彻长天

我将追赶着春天的脚步

把浪漫播种在现实的田园

走进原始林

——五营国家森林公园印象

红松,是名贵的树种,天然红松林经过几亿年的更替演化形成。全世界一半以上的红松分布在小兴安岭,伊春被誉为"红松故乡",五营被誉"红松故乡"之花的花中蕊……

——题记

陆陆续续穿透地表

却无法挣脱母亲丝丝缕缕的牵挂

凸起的血管输送着生命之源

你的身躯落满太阳的童话

日月牵出长长的丝线

一圈一圈缠绕着躯干

千百年的心路写满故事

在山川大地散发芳香

六角精灵如期而至

开始了漫长的冰雕雪塑

原始林里省略了所有的颜色

唯有你顽强地举着标志

一根根虬枝书写着象形文字

一束束针叶低吟着心曲

你的气息传送到云霄

为地球献出绵绵的清新

点点滴滴的心血汩汩流出

凝成一颗硕大的祖母绿

山花野草纷纷争夺春色

你依然默默无语地舒展永恒

中国云天文学社澳洲分社社长 Sunflower 的作品

Sunflower(澳洲)

意　象

黑色天空那清冷如水的眼眸

投下它苍白的目光

街市的灯火点起一片陆离

代替了日间的斑斓

饥饿的城市包裹着烟火香

还有各种潜伏的欲望

酒吧里,盛放着一群不甘寂寞的人的癫狂

一串串游历在街头巷尾的烟圈

仿佛燃烧着从一个个拥挤的胸腔

撕扯出来的琐碎心事……

模糊的夜

疲惫在纷扰中继续无处逃亡

快乐或是感伤都获得暂时的假释

再趁午夜潜回梦开始的地方隐藏

日光下

一些植物已经把昨日枯萎的花遗忘

城市的一切一如往常

日子又掉了一张

一种假设——最后

最后

还有多少想走的路没有走？

人间的路总比生命长久

最后

还有多少想说的故事没有说？

大多数人一生都沉默

有多少对多少错

人，谁是完美的

有多少遗憾多少失落

人生，都差不多

最后

你曾为谁噬骨地爱过

真情不问值不值得

最后

你曾被谁真心待过

曾经拥有就不必计较结果

有多少失多少得

人生的命题

加减是不可避免的必修课

有多少苦多少乐

生命的过程

就是不断练习死而复活

玫瑰的眼泪

杯中

是醉了的水

红的妩媚,像玫瑰的眼泪

挑衅的气味,蛊惑着味蕾

酸涩的热烈,将防备都灼退

虚伪都沉睡,缄默的声音从心底起飞

爱的恨的痛的无处隐晦

哭了笑了伤了都是沉醉

是谁

将中了魔咒的花蕾放入酒杯

它把刺交给了谁

玫瑰的眼泪

醉了的水

饮下的人开始问

自己是谁

想是谁

幸福,你可以停驻脚步

痛苦,你可以就此深睡

孤独,你可以暂且不归

醉

人生谁不醉一回

看谁会怕

醉

孔雀十四行

我　　满身翎羽

不为丈量天空的高度

不屑追求风的自由

只在自己的王国遗世独立

每个清晨

我用最甘冽的清泉洗刷深藏的锐器

酝酿着我蓄谋已久的迷阵

每个黄昏

我踩着万丈霞光练习孤傲的舞步

等待着一个走入阵中的靶心

当锐器展开如上弦之箭
警告你别靠近
除非你想
万劫不复乱箭穿心！

冬日的鼻息

你占据了所有的晨昏
风和雨中了魔咒
投下你打造的冷箭

痛，从肌肤到骨骼
到心到肺到呼吸

拼命想忘记你的寒冷
屋内开着持续的暖风
当我走近门窗
你冰冷的鼻息
早已刺穿那些无法恒温的物体
和它们未闭紧的牙关
你就在那里
等着我走近你的阵里

想像蛇一般冬眠

你若安好 花自倾城

——首届中国『华语精品悦读』文学作品大奖赛获奖作品集

梦中的马只奔向春天

风将我的庭院烘暖

阳光在细碎的喷泉中

开出金银色的花絮

芬芳被晨露唤醒

将它们赠予远道而来的蝴蝶

而我要用这些美丽

煮一杯光阴的清茶

……

冬日会过去

连同这冰冷的鼻息

一切都有期限

因为有时间

【作者简介】

Sunflower,娟子,原名王宝娟。中国云天文学社澳洲分社社长兼总编辑。西澳科廷大学护理本科学历,现在西澳做一名注册护士。喜欢古现代诗词。现于诗词世界学习古诗词中。喜欢用诗歌表现感动自己的东西以及表达自己的心声。如果您从我的诗句中寻到心灵的共鸣和愉悦,我会非常欣喜。诗歌一定应该是美的,不仅语言,内容也是要干净高尚的。另外,诗不应仅局限于欣赏、消遣的范畴里,而是可以具有一种更深一层的积极的意义,这个意义就是不但帮助作者,也帮助正好有相似情愫及态度的人把那种感觉、情愫,从内心深处唤醒、抒发出来,那么它就可能成为精神治愈的良药,启发人生的哲思,激人奋进的旗帜等等,总之,唤起人内心真、善、美的东西。这是我所认为的诗的终极意义和功能。仅为个人观点。我的每首诗，于我有时可以说是可遇不可求的，我感觉到它，抓到了，就有了。感恩遇见。

中国云天文学社甘肃分社社长刘芳的作品

刘芳（甘肃）

转　角

自从遇见

恰似一场春暖花开

隐藏不住心底的笑意

总想把幸福牢牢握在掌心

每一句话语都字斟句酌

每一个眼神都顾盼生辉

用无数个白昼和黑夜

经历着尘世间最幸福的劫难

一场骤风吹乱了温暖的思绪

原来说好的誓言都是昙花一现

眼神里掩藏不住丁点的忧伤

指尖的温度

再难以温暖半世的苍凉

岁月举着一把锋利的刀

从额角划过

直至左心室和右心房

像午夜高脚杯中流淌的红色液体

涂抹了一地的殇

微醺的醉眼中折射出无尽的冷暖自知

落魄如是

一路踉跄

一路孑孓

身后的月光碎了一地

时间的解药

也医不好心底的殇

往事就像是长在心底的罂粟花

试着用一支舞曲的时间

燃烧曾经的千丝万缕

再用一堆零星的文字

祭奠着天秤座的痴心梦想

在转角处忽略掉日子里的所有苍茫

（二等奖）

【作者简介】

刘芳,80后,甘肃通渭人,教师,文字爱好者。中国云天文学社甘肃分社社长。偶尔用文字触碰内心最柔软的地方,由于文笔有限所以一直坚持学习！始终相信"学无止境"！

中国云天文学社广西分社社长唐华智的作品

唐华智（广西）

梦之故乡·春

等待　这一望无垠的春色

却关不住　葱茏翠绿的梦曦

百花斗艳　连绵到天涯海角

百鸟啼鸣　梦醒时分萦绕着柔情

唯　心神宁静致远

唯　静待花开香飘

唯　故乡装在心里

山峦绿影重现

溪流逸动欢歌

春风过处　暖馨轻抚着冰凉

绿的气息　芬芳蔓延在原野

眼前　喜悦欢快明了

眼前　期盼和梦醒来

眼前　故乡之春真美

抬头仰望天际

轻叹故乡之春

思乡　眼泪和酸楚

流淌在　梦的画廊深处

不经意间　流走的岁月光阴

祈祷　用春天的故事述说

等待　用厚爱扶起失落的记忆

埋藏　无穷无尽的思乡之苦

独斟独饮　梦里酿制的香醇

惊叹春风之柔和

赏析弯月之孤独

静待　血色残阳之凄美

翘盼　春色回归之萌动

春风化雨　湿润了苦涩的心田

岁月重生　攥紧故乡的臂膀

不愿松手　相依相偎在梦里

邂逅在梦境中故乡的春天里

处处春色涌动着阳光

流光溢彩　斑斓优美

共赏　百草吐绿之景象

同品　甘泉雨露之甜蜜

回味　故乡人儿之纯朴

柔情百转归故里

离别相思记心头

让彼此　心声共鸣

让彼此　心存感激

让彼此　思念长久

乡愁羞涩　在春天里漫步

用真真切切的情感播种

用擦不掉的思念镌刻

记住　故乡里的一草一木

记住　故乡里的一事一物

记住　故乡里的兄弟姐妹

记住　故乡里的父老乡亲

梦之故乡　永远沐浴在春天里

流　水

你从高处来

往低处去

一路轻歌曼舞

一路激荡逸动

不愿做安逸的停留

过江河入海洋

涓涓细流汇聚成滔滔江海

你时而温婉平和

时而狂放奔泻

时而悲壮滔天

就在这变幻莫测之间

润泽了青山大地

秀美了江河湖海

滋养了世间万物

你自由而洒脱

任性而天然

柔美而粗犷

在奔流不息中

在岁月流逝中

书写世间执着惊奇的传说

——水滴石穿

山村感怀

深秋的清晨

清新的空气沁人心肺

远处的山林匍匐宁静

风飒飒

雨朦胧

鸟朦胧

树朦胧

山峦叠嶂

云雾缭绕

气势磅礴

我独自站在

群峰包围的小山村里

凝目看着

烟囱里升起的袅袅炊烟

宛若腾云驾雾

扬烟万里

云卷云舒

把我的思虑杂念

带上了九重天

山村的静谧

让我遗忘了

人间的喧嚣

我站在世外桃源的角落里

独自陶醉

没有你，怎么传奇

我是北海的一滴水

与海浪快乐地拍岸

你是海中涌动的潮流

掀起绚丽的波澜

惊涛骇浪的绝唱

大海的故事

没有你，一滴水怎么传奇

你是三月的南宁

春鸟唤出嫩芽

春风浩荡的花香

杨柳的堤岸茶歌袅袅

我的爱情在你的季节里做梦

没有你,我的爱怎么传奇

诗韵蔓延过山冈

情谊跨越千山万水

最美的季节,在海边遇见你

海涨潮了,我找不到自己

诗酒的远方,梦都在吟唱

快乐是种暖

没有你,怎么传奇

我是一切随风的人

我是一切随风的人

简单而透明

可以让自己龟缩在一朵花里

地老天荒

可以让自己镶嵌在一片叶里

天地合一

风起云涌　潮起潮落

花开花谢　叶生叶落

来时轻柔去时无痕

坐在时光的隧道里

淡泊心性

恬然安静

无欲无求

即使不能修炼成佛

也要在刹那里永恒

与草木低语　与天地共禅

与往事干杯　与苦闷告别

就让一切随风去

人生应该边走边忘

没必要背着昨天上路

不必守着过去不放

也不必把很多人请进自己的生命

简单地活着

有一颗禅心

即是解脱

活在当下　爱在当下

清雅自乐　问心无愧

珍惜每分每秒的好时光

我是一切随风的人

就像风儿一样

自由自在的主宰喜怒哀乐

悲欢离合

直到风平浪静

心静如止水

让自己活得洒脱自如

【作者简介】

唐华智,笔名智壹,籍贯广西宾阳,中国云天文学社广西分社社长兼总编辑、世纪文学传媒广西总社总社长兼总编辑、全民悦读南宁阅读会文学总监。现居住南宁市,从事铁路工作,热爱文学、法律和书法。在《世纪文学传媒》《江南传媒》《新时代文学传媒》《精品悦读》《瑶乡风采》《文斋堂》等知名网络文学平台发表诗歌两百余首,并有作品《我心中的航母》荣获一等奖,"华语精品悦读"首届文学作品大奖赛荣获三等奖,首届乡村诗大赛入围作品《我的故乡,让我爱得如此深沉》等佳作推出。写诗喜欢率性而为,顺其自然,源于生活、美于生活、高于生活,在诗的海洋里自由翱翔、用心思考。让人生在耕云种月的境界里,有酒有诗有书法有远方、有你有我有他有大家、有情有义有爱有奉献!

中国云天文学社宁夏分社社长张雯的作品

张雯(宁夏)

生命的本源

举起杯我不喝

酒

只闻味道

生活的泥土

低到尘埃里的渴望

泥土，我存活过的每个细胞

散发着简单，朴实的真

生命的本源，滋养灵魂的维他命

统统取走，香料，味精，添加剂

举杯平眉

我目测人生的高度

清澈，见底

香气挂杯，最恰当的人生

酿制醇酒的人

他一定品尝过苦涩

抵制过泡沫

搭理过浮躁，汲食过良知

端起杯，我看到自己

（2018.06 某个安静的午后）

带着风去旅行

卸下满天乌云

牵一缕风，去旅行

叶子是最好的船

载上阳光,载上希望

载上失落的心

带上风去旅行

落定

在无人岛

扯一片海澜披在身上

把你揽在怀里

让鱼爬过脚尖,走动

带着风去旅行

把郁闷的日子搅碎

在黄昏里,糅进

夕阳西沉

带着风去旅行

把梦植在荒野

大树的末端

不必再倾听季节的咳喘

看白云安详走近

烈酒与弱女子

无论多么美丽的女子

都抵挡不了一杯烈酒

从骨子里渗出的倔强

就像这微醉的风

它走过大山走过平原却无法穿越

历史的涟漪

生命如歌,唱响涌动

在脉搏里的激烈

饮一杯酒水,我再爱江山

爱这夜幕中的黄土地

它闪烁的殷红,墨绿

森林般的狂想,是一曲不眠的夜歌

蓬勃着灵魂深处的自然

都将长成明天

我们喜欢的模样

饮去今朝,再跨越美丽

杯中践行岁月

时光一路向北

陌生的城市,熟悉的人

一只鸟飞过北方

南方的夜就长出枝丫

它栖在西湖最柔美的睡姿里

记忆中一座城市的模样

婆婆丁,只是从他的口中听说

无法想象

一座城市有怎样的高温

才出炉一首好诗

车子在高速上行驶

油只剩最后一滴

耳机里却传出向前,向前

你这个撒旦

说笑间一个冬天过去

小轩窗,西风凉

百花凋零,烟花烫

那只鸟飞过北方

南方的栅栏在打盹

你掀开夜色,随手把梦轻轻合上

遇见,是生命中的一场修行

太阳晒进心房,最晦涩部分

分割肉体凡胎

不舍的枝丫

让季节,穿过灵魂

空荡荡的胸膛

摆渡人,站在高处

我安放自己

疼痛一节节长高

脱掉岁月的袈裟

解开风凉的纽扣

我接受风雨的洗礼

日子变得宽广,厚重

吞下委屈,喂大格局

我与巨人同行

【作者简介】

张雯,原名张彩云,生于宁夏。电视专题片策划撰稿人,中国华语精品文学作家学会会员;中国华语精品文学作家学会,中国云天文学社宁夏分社社长兼总编辑;中华文学签约作家,中华文学驻宁夏站站长,总编。撰写电视专题百余部。自小热爱文学,作品曾被多个网络电台和电视台作为朗读素材,曾在全国诗歌大奖赛中获奖,其中《人生如花,何为彷徨》在"希望杯"大赛中荣获优秀奖;《女儿志》荣获中国作家协会、文艺报社文学佳作奖;《打捞》被评为《芒种》全国诗歌大奖赛二等奖。

人生感悟:一个行走在诗行里,热爱泥土,感恩生活,永远遥望天空,追求生活芬芳的人。

诗观:诗言志,诗达情! 诗是开阔内心世界的钥匙,诗是艺术人生的再现,诗是人类精神世界宝贵的食粮。

中国云天文学社广东分社社长唐春元的作品

唐春元（广东）

（一）假如

假如，可以重新选择

我愿做一只小鸟钟情于那枝头

离地三尺三

假如，天上没有太阳

黑夜就更长

就可以在黑夜里做各种各样的梦

生活没有患得患失

来不及假如

还是选择直立行走吧！

（二）雨后初晴

走失几天的太阳

在湖底捞起

拍了拍身上的水

腾空而起

微风吹拂

将昨日阴霾扔进沟壑

静静地

晾晒那一颗潮湿的心

（三）涟漪

微雨中

任风吹乱发梢

思绪断线

思念的船被打翻

泛起的波纹

在水中颤抖

多想化身湖畔的蝴蝶

扑向水面

死也不挣扎

（四）西瓜

蜿蜒的瓜藤

如同，父亲的脚步

他穿过田野，墨守在阡陌

以静静的姿态等开花结果

汗珠凝成硕果

浇灌出甜蜜

父亲欣喜地笑了

笑得绯红

终盼，瓜熟蒂落

【作者简介】

唐春元，笔名太阳升起，大学学历，江西广昌人，中国云天文学社广东分社社长，香港诗人联盟协会会员，县作协会员，中国诗歌网注册会员，曾有诗歌散文见于《海峡文学》，广州《青年作家》《精品阅读》《华文现代诗》《草根诗刊》等等，喜欢诗歌，热爱生活，现工作于广东东莞。

中国云天文学社浙江分社社长冯世鑫的作品

冯世鑫（浙江）

西溪拥有万堆雪

天高云淡西溪漫，秋蝉礼赞雪一遍。

赤日当空雪不融，风飑荻花起钓滩。

西溪划轻舟，欣赏漫漫游，野荻遍黄犊，西溪拥有万堆雪，沧波卧钓舟。

成群白鹭有旧友，惊喜相识有新鸥。

狗尾花，随风摇曳，与荻花相得益彰。

鱼游碧湖，荻花遮蔽，荻杆呵护，鱼撒欢儿任自由。

河溪四隅,兼葭弥望,楼阁塔榭观芦,推窗底事雪弥漫,远笼竹浪烟仍翠,花时如雪。

身置西溪湿地,赏心雪絮尽眸收。

人烦嚣尘时,疑问陶潜何处有?桃源不须觅,西溪自雅幽。

月夜江楼醉梦

(一)

朝暮邀钱江,梦醉绿叶妆。

碧波樟伞丝柳扬。

携友楼阁揽胜,侧身邀斜阳

骄阳当午热,冰轮夜半凉。

一帘幽梦又徘茫。

醉亦梦放,醉亦婵娟亮,

醉亦玉钩悬帐,

投影靓丽芳。

(二)

柳绿映春江,花瓣逐波荡。

阙楼倩影越调唱。

浅草暗香何方?

痴梦醉心房。

玉盘映钱塘,妲娥桂酒香。

倏然回梦缠绵荡。

即使嫣红,即使落梨殇,

即使花绽花凋,

心潮随澜漾。

富春江画卷

碧波百里载扁舟,

江流宛转绕山流。

随风过鸟不栖树,

满江游鱼不识钩。

富春江,美卷图,

一网撒下银鱼收。

兴起渔翁唱晚歌,

归帆夕照云霞舞。

忆韶华军旅

忆韶华,英姿勃发,剑在手。

研读雄卷习武,

军营琴声雅悠。

越百米障碍腾飞遽,

互格斗、吾擂战鼓。

曾万米奔袭汗如注,

血汗著春秋。

钱江、波涛汹涌骇怵,

号官兵武装激流渡，

天堑亦征服。

军区校场赛，项项荣殊。

把盏歌舞，

难忘怀，岁月虬江同度。

雄鹰分飞各省州，

常牵挂、如丝亦缕。

感念叹，几多离别苦，

微平台、畅谈情笃，

皆冀盼，千言云聚武林叙。

人 间 天 堂

西湖似平镜，镜中映亭阁，百拱圆桥水中漂；无数绿伞倒曲影，百花水中在含笑；水中有重山，收揽武林楼万座；倒映蓝天白云，容纳日月星辰；我摇扁舟湖心中，恰似架舟游太空。

白堤彩带系腰，一排杨柳一排桃；苏堤六拱桥，间棵杨柳间棵桃；奇花异木林荫道，林荫深处掩侣笑，对对情侣互抱腰，美景丽人相映照。

西子人文景观多，溶洞园林山潭泉，塔寺榭阁亭碑桥；古今诗文千千万，典故神话广传说。

四季轮回换新装：苏堤春晓，夏荷馨香，平湖秋月，断桥残雪……八月桂花香，九月菊花黄，寒冬腊月梅花放，植物园里季花展，柳浪闻莺人鸟乐；西子花卉越万坰，四季时时花飘香。

青山绿水滴翠美，灼灼百花满枝头；四处楼台古乐响，有人放歌，琴声悠扬；九溪潺潺拨琴弦，仿佛天堂籁音响。

湖中有画舫，扁舟满湖摇荡；湖风扬起翅膀，掀起心田波浪；游客移步尽情赏，宛如人在画中央；墨客灵感吟兴起，手舞足蹈仰天唱；西子四时似画图，城山绕湖水平铺；千景点缀万重翠，日月金波灿明珠；他乡游客至此时，以为身置天仙湖；云游四海回首看，人文景观天下无。

【作者简介】

　　史进单夫，实名冯世鑫。中国云天文学社浙江分社社长、总编；浙江省作家协会作家、诗人；《世界诗人》签约作家、诗人。合著和独著报告文学集、散文集、诗词集 16 部；参与编撰《国检志》《浙检志》11 部；诗词总 800 余首，散文 700 余篇。其中《来自日本 50 亿巨额索赔》获国家报告文学一等奖，《书缘》《淡去的炊烟》等，获全国散文、诗词一等奖。近期着力进行诗词赋、散文等文学作品创作。

中国云天文学社河北分社社长傅北生的作品

傅北生（河北）

岁 月 温 度

时间背面

光阴的目光凝重深远

繁华散尽

窖藏的岁月

尘封了最持久的醇香

鹅黄浅绿的往事在平静中保温

夕阳透过年轮的缝隙

弥漫着浓浓的阳光味道

枫叶的背景中

竖笛在透明的记忆中传得最远

秋天的叶脉中

金黄挺直了胸膛

记忆一直在打坐

沧桑静静流过了面容

结晶出颜色最美的风华

华美的乐章中

生命的鼓点匀缓敲响

仿佛年轻又一次光临

身影刻在不同的年轮中

依旧美轮美奂

恍惚中

黎明阳光的光辉再次照亮额头

阅 读 时 光

藏匿的博大在宁静中竖立

理想一直行走在世界之外

心溶解在田园深处

一朵花摇曳着心事

显露的一角

以一种独特的方式正把心撑得很满

路的尽头

信念很满足地收割

心情正在灶台上烹煮

季节的画册五颜六色正好聚齐

一杯茶正和时间一起论道

花开无人

穿过光阴告诉你

我正绽放

等待在岁月深处发光

孕育在背景中长成风景

而我,品着时光翻看着往事沉思

拷　　问

路途的尽头风雨狂妄施虐

大雨浸泡很多岁月

洗掉的季节

目光在乌云之外

空置的小凳放在风中静候

磨难的经历又一次沉沦

巨浪和黑云只是一次雨季的葬礼

浊浪之中

精卫再次振翅

闪电这次离心很近

愤怒的门大开

每一次相见都方式独特

一些生命必须在云与海的相见中

见证不屈的时段

我也会冒雨穿过海滩

空无一人的海边

脚印不会隐没

呼唤撑满时间

我期待雨中有一只手扶我走过

生命里的春

春天是把所有的希望向下

接触大地

然后升华

积聚力量向上挺拔

离天空越来越近

来完成生命的绽放

但，离根部却越来越远

思念在季节里变得越来越重

重得变成落叶回归根部聚首

生命的萌动

顶开坚硬的土地

即使不幸遇到了一块巨大的岩石

依然以最柔软的方式

哪怕让身体弯曲

也依然将向往指向天空

每一朵花都是一个爱情的故事

花蕊都变成了荷尔蒙

飞向爱的远方

因为太渴望爱情

最终将自己枯萎成果实

夕阳下的坚守

天空洞开

思想在远方灿烂

地平线分开两种世界

太阳的金发梳理成一个玄妙的境界

远望是一次升华

在心的边缘

思绪鼎足而立

顺着感悟的枝条攀缘

一次泼墨

大写意的人生

又一次挥毫人间冷暖

有炊烟渐渐入画

灯光渐暖挂在画面中部

款步而来的你

倚窗凝望

等一次夕阳西下的月色

笛声响起

心情隐入月色等待自燃

【作者简介】

　　傅北生,笔名傅北声,1985 年从事文学创作,河北散文学会会员,张家口市作家协会会员,宣化区作家协会常务副主席,中国华语精品文学作家学会、中国云天文学社签约作家(诗人)、中国云天文学社河北分社社长兼总编辑,《长城文艺》签约作家,曾在《工人日报》《中国青年报》《当代青年》《齐鲁文学》、中国作家在线、中国诗歌网等30余家报刊和网络平台发表小说、诗歌、报告文学、散文500余篇首,作品入选多种文集,诗歌、散文、小说入选北京铁路分局系列丛书,作品多次获省市征文一二等奖。作品《输和赢都很精彩》曾被中央人民广播电台439播音室播出。

中国云天文学社安徽分社社长谈新柱的作品

谈新柱(安徽)

九张机 红泪浸枕湿

(词林正韵——定格)

墨兰娇蕊怕羞低,不掩幽芳涧谷弥。
穹昊无常泼迅雨,侬心长恨误佳期。

一张机,桃红柳绿燕衔泥。
和风送爽阳婆丽,愁慵对镜,奈何憔瘦,待我换新衣。

两张机,田田藕叶与天齐。
蜻蜓点水荷尖憩,无关风景,若莲心苦,孤影魂游离。

三张机,菊黄陌巷凤蝶迷。
人山人海空寻觅,几番相认,缘何不应,盈眶泪儿滴。

四张机，琼苞玉屑北风凄。

漂零南苑白盐霁，终须有尽，冤家孽债，垂命无绝期。

五张机，东方鱼肚鹊高枝。

喳喳争报吉祥事，衣裳轮饰，胭脂轻抹，但恐悦容迟。

六张机，辰当正午影竿直。

搭荫远眺绰约似，临风玉树，婆娑岔路，饭菜无心食。

七张机，苍穹月朗数星稀。

羡杀小女银河嫉，鹊桥相会，牛郎织女，岁岁有七夕。

八张机，如轮日月树梢急。

妙龄初恋薄情你，他乡遇酒，可曾轻许，夜夜梦相依。

九张机，荣枯草木又秋实。

何夕不惑今初几，徐娘渐老，芳华已去，红泪浸枕湿。

裁诗，妹今泣血料难知。

一年四季伤心事，三餐无味，如柴纤指，躯干若行尸。

填词，话长纸短不堪思。

哥哥莫待荒坟至，千年蝶变，无须复始，余憾笑狂痴。

附庸风雅无聊度，一把辛酸有所值。

文字拈来纯戏作，而今烈女几人识。

百字令　秋

秋

枝瘦

叶落悠

孤海独舟

每逢最多愁

莫不因了红豆

淡然一笑抛脑后

人生短暂怎堪个忧

似水流年莫教枉白头

且待我静闻桂香听鸟啾

一日三餐粗茶淡饭有

日起三竿图个自由

管他富贵或公侯

子非鱼焉知游

无争独处幽

兴来诗诌

三两友

叙旧

柔

四 君 子

（七绝四式藏头新韵）

梅

暗含羞蕊寒英吐
香透严冬在雪窗
疏权裁冰尘世净
影响多少客流章

兰

暗谷幽居不屑争
香飘几许赏识闻
疏狂漫漫花清淡
影像谦谦雅士诚

竹

暗竹侧畔品清高
香骨拔节俊九霄
疏彻超然天地立
影接红日赞君骄

菊

暗白月光独自放

香袭浓郁百花杀

疏才不际聊发赋

影映霜凌愈奋拔

厉害了，我的国

一八四〇年

坚船利炮开到了珠江

鸦片战争

正式打响

尽管军民

奋力抵抗

大刀长矛

怎敌得了洋炮洋抢

辱国的　南京条约

开启了近代史的割地赔偿

一九〇〇年

八国联军如同豺狼

蜂拥进入天安门广场

杀人满城　鲜血流淌

抢劫奸淫

掠夺我不计其数的宝藏

丧权的　辛丑条约

本息赔银九点八亿两

沉重的灾难

整个民族遭殃

一九三一年

小日本太猖狂

霸占了我东北三省

实行了杀光　烧光　抢光

令人发指的活体解剖

简直丧尽天良

数千万条平民之命

形同草莽

多少人流离失所

多少人家破人亡

一九四九年

在天安门城楼上

从此站起来了　的声音

在全世界回荡

洋钉　洋火　洋油的记忆

是多么的凄凉

两弹一星的成功发射

是多么的辉煌

工业大国的转变

把社会主义的基础夯

二〇一二年

习　李闪亮登场

铁腕反腐

坚定了马克思主义信仰

忧党　忧国　忧民

体现了责任与担当

伟大的民族复兴之梦

高瞻远瞩的思想

一带一路战略

引领世界经济发展畅想

二〇一三年

嫦娥三号登陆月亮

玉兔月球车

开始工作　对月测量

神舟十号和天宫一号

交会对接　技术杠杠

自主研制

目标飞行最棒

艰苦攻关

展现中国人力量

二〇一六年

制定了十三五大纲

经济　社会　民生

会对多领域产生影响

给国际社会

带来重大机遇和希望

量子计算机运算速度

举世无双

深海空间站的目标

是大海　星辰　宇宙茫茫

二〇一七年

朱日和基地尘土飞扬

沙场阅兵

枪炮弹药上膛

正义之师

步伐威武雄壮

有信心　有能力

是多么的毅然铿锵

亮亮肌肉

看谁胆敢再嚣张

二〇一八年

屈辱历史不忘

任它帝国主义航母

东风快递定将它海底埋葬

万众一心

祝愿祖国更加繁荣富强

炎黄子孙无论走在哪里

都自信地把头高昂

厉害了　我的国

必将迎来万邦朝贺盛世大唐

红尘有你，真好

（莎士比亚体十四行诗）

我最爱在漫漫长夜里独处

一个人把岁月与寂寞煎熬

我说过我寂寞　但我并不孤独

我的世界　充满你的音容笑貌

点燃了一根又一根香烟
思绪　像骏马一样奔腾
多少犹豫不决　多少胡想连篇
扣动扳机　瞄准了永远不可能

我不愿我的爱　成为你的负担
如果是那样　我将会锥心痛楚
你的快乐　你的平安
就是我最大的幸福

今夜为你　描写下爱情的诗
今夜与你　做梦中才能做的事

【作者简介】

　　谈新柱,网名:露垂芳草;安徽省淮南市八公山区人;初中文化。中国诗歌网认证蓝 V 诗人;中国精品文学作家学会、中国云天文学社会员,签约作家、诗人;中国云天文学社安徽分社社长(总编辑)。作品散见于各网络公众平台、省级纸媒报刊。2017 年获《世界诗人》编辑部十大年度人物荣誉称号;2008 年首次参与"情感文艺大奖赛",作品《半起半落》获得二等奖;2018 年参与首届中国"华语精品悦读"文学作品大奖赛,作品《千盅醉·凤台美》,获得一等奖。作品入选《华语精品悦读》《新诗百年·中国当代诗人佳作选》《中国当代诗歌大辞典》等合集。

中国云天文学社新情诗分社社长水波横的作品

水波横（江苏）

残　雪

很多时候
序幕一拉开
就很难后退

这场雪下了两夜
残留数月
在背阳的地方等下一场雪

一只脚伸进阳光里
而另一只鞋
永远沾着雪

他与她之间
隔着的不是一场雪
是一片白茫茫的海

抚摸这个冬天
快乐和伤痛都化成了水
泛滥成灾

有人的地方没有积雪

雪尚存

而她丢失了一段岁月

这残雪

是一种等待

一场赤裸裸的覆盖

站在斑驳的往事里

乍暖还寒

一纸盟约僵化在早春二月

（2018.02.10）

呼　吸

灯火阑珊的一瞥

如惊鸿

将心事默默在水底轻绽

前世枯竭的泪啊

又潺潺而还

在尔必经的路口

站成一棵白桤皑皑的树

如誓言

不离,不乱

夜是一片水
将一切淹没又试探
水之湄
是谁弃舟涉水而来
抚琴无言

琴声如尔的手
在秀发上缓缓流淌
一扫弦
丝弦骤断
呼吸乱了,琴声也乱

穿过黑暗
穿过秋水
我知道
抚摸我的绝不是尔的手
是呼吸

我灼热的唇是岸
一颔首,一微笑
等尔,来攀缘

暗　恋

　　"世界那么美,可你却从来没有在意过我。"这是一场跨越了一生的暗恋,这是一个等待了四十年的拥抱。

——题记

（一）

一屋子的热情

被一把吉他点燃

欢笑,眼泪,呼喊

而他们并不青春

高中同学 40 年再相聚

人生多少落落起起

无从说起

他在台上唱得深情

她在角落听得入迷

……

上铺的兄弟已经离去

麻花辫稀疏已不能盘起

男人们和着泪水一干到底

女人们哭哭笑笑百感交集

他

还是那样高大挺拔神采奕奕

鬓角些许银色白丝

她

安静坐于角落一隅

还是那么淡淡然那么不经意

午夜风乍起

同学会意犹未尽将息

一声声保重一句句珍惜

明年再约起

（二）

重逢的喜悦渐渐散去

一切又回到老样子

一日

他接到一个信息

是那个安静的女同学

来到他的城市

约他喝茶聊天相叙

对她印象模糊依稀

想不起和她有过什么交集

也不记得同学会那天她坐在哪里

但是同学一场不便推辞

放下公司事宜

来到约定茶室

四周打量她靠窗端坐一袭白衣

神情仿佛有些迷离

寒暄落座茶盏端起
她苍白的皮肤慢慢泛起血丝
她说，冒昧打扰，不好意思
他说，都是同学，哪里哪里
她说，你还是老样子
他说，毕业后大家都没了联系

她放下茶杯，垂下眼皮
再抬头，眼睛里有雾升起
看着窗外，默默不语
气氛一时尴尬不已
一斟一饮
他问，这次过来可有什么事情
她说，路过，就想到你在这里

聊聊同学聊聊老师
他和她好像没有太多共同的回忆
每个话题都只三言两语
又是沉默又是无词

这个下午
这个秋日的下午
他和他
同框在一个画面里
没事了，她慢慢站立

说得云淡风轻波澜不起

相视一笑手握在一起

互道平安各自离去

（三）

生活依旧在继续

时隔数月他与一同学偶遇

聊到她

老同学欲言又止

一直单身……父母已去

如今退休一人独居

身体不好一直就医

……

出于礼貌拿起电话请她聚聚

电话那头气若游丝但有欣喜

她说，不好意思人在医院身染病疾

他说，什么医院我来看你

她却不愿告知

他放下电话驱车数十里

来到小城各家医院问询

功夫不负终于寻至

她躺在病榻全身仪器吸着氧气

看到他推门进入那一刻

她的眼中突然光芒亮起

暗喜带着歉意

找到主治医生详细问起

乳腺癌晚期已告不治

回到病房

她说，没有大碍就住几日

他说，好好治病出院我们聚聚

她从枕下摸出一个本子

红色缎面已经有点破旧不已

她说，这是我的日记，给你

看完记得还我

他说，好好好

（四）

回到家，迫不及待翻开日记

"世界那么美，你却从来没有在意我"

这是扉页题词

[1976 年 9 月 6 日　雨]

你要走了

去祖国最西端的哨所

红其拉普哨所去当兵

我该不该对你说出我的情思

但这样会不会影响到你

我默默无闻又不美丽

而你热情洋溢高大帅气

他小心翼翼翻看着日记

思绪拉回当时

唐山大地震那年的冬季

他响应祖国召唤应征入伍

那个年代大家思想都很封闭

即使喜欢某个异性也是深藏心底

那时他玉树临风风华义气

同学里仿佛是有一个女生叫白灵

白净秀气

看见他就脸红害羞匆匆躲避

可他并没有留意

[1983 年 3 月 15 日 阴]

你结婚了,一定很幸福很甜蜜

你是我一生的暗恋

可你甚至没有认真地看我一次

我却用人生最美好的时光

那么执着地喜欢你

给你写了一页又一页的日记

我的白天我的黑夜都属于你

看到这里

他的心充满怜惜,一声叹息

在部队五年里

他摸爬滚打入了党,提了干

他回到家乡

她却被推荐上大学去了外地

缘分就此失之交臂

他改革开放自开公司

事业顺利养儿育女

她大学毕业留校为师

孑然一身形单影只

（五）

[1988 年 12 月 26 日　阴]

山有木兮木有枝

心悦君兮君不知

又是一年岁末

依旧是,你要幸福顺利

记忆会慢慢老去

但是

你永远都是我心中那个爱笑的男孩子

他的双眸有些潮湿

自己的生活风生水起

在一城之隔的城市

有个女人却为他暗自悲戚

而他不知

[1998 年 9 月 8 日　雨]

今天的心情一如这天气

灰暗潮湿

家人亲戚又在逼我相亲

父母觉得我不可理喻

可我知道自己心里的归属地

既然不能与你共度一生

余生，我就自己

请允许我任性一辈子

[2009 年 6 月 18 日　晴]

是不知所起的一往而深

是一石激起的前世今生

圈圈　点点　滴滴

层层　叠叠　漓漓

你的微笑

是涟漪

在扩散在捆绑在囚禁

一颗心

最浅的涟漪是最深的陷阱

绕不出自己

[2016 年 11 月 23 日　阴]

40 年匆匆白驹过隙

多少不可言说的相思

只能倾吐在日记里

明天同学会我们就要见面

你可会一眼把我认识

我太期待见到你

（六）

翻看至此，他百感交集

因为自己

耽误了一个女人最好的年纪

还因为长年闷郁身患重疾

傻啊，你，太傻啊……

唤来夫人递上日记

你也看看

夫人狐疑低头看字

女人敏感几页看过

就说，写的是你

他说她现在很可怜需要帮助

明天医院请和我一起

夫人点头应允

次日

他携着夫人来到医院

她卧床不起周身插满管子

夫人心善也是湿了眼睛

她拉着他的她的手：你好福气

她拉着他的手：我很开心，最后还能见到你

归途

夫人说，好可怜的女人

你要多陪陪她

他摇摇头又点点头

太傻了……我会的

就这样隔三岔五派司机送点慰问品

有空也会医院探视

给她讲讲社会上的一些奇闻乐事

慢慢地她精神状态有所好转

平时她的堂弟及家人护理

（七）

[2017 年 7 月 13 日　多云]

我……要……见……你

13 号上午，

他正在召开公司会议

突然接到她堂弟的信息

说她不行了，已抢救二日

人一直处于昏迷

时常喊着他的名字

放下电话他让司机立即备车

途中折返又拿上日记

中午的时候赶到医院

她堂弟看见他连声感激

拉他来到她的床边

对着她的耳边说，姐，潘总来了

姐,潘总来看你了

好大一会,她才微微地睁开了眼皮

伸出颤颤巍巍的手指

手很凉很凉,脸很白很白

有气无力断断续续

老同学,真是不好意思……

这一个月来,因为有你……

我很开心,也很知足

今天,你可以抱抱我吗?……

微弱的气息夹杂一丝期许

（八）

夏日的阳光照在512的窗棂上

她依偎在他的左肩

他环抱着她的身体

一滴泪顺着她的脸庞滴落在他的手背

滚烫无比

她气若游丝,一声谢谢你!

指着那本日记

请给我带到那边去

时间定格在18:11

夕阳血色如洗

她慢慢合上了双眼

睡在他怀里

一个默默等待了 40 年的怀抱里

那本厚厚的日记滑落在地

世界那么美

可你却从来没有在意过我

一切都是命中注定

残酷或美丽

都是一个结局

爱情来过

可是失之交臂

一次没有开花的恋情

暗香一生荼蘼

【作者简介】

陈云婷,网名水波横。70后,喜阅读,爱文字,乐摄影,好旅行。现在江苏市立医院工作。中国云天文学社新情诗分社社长兼总编辑;中国云天文学社会员,中国华语精品文学作家学会会员,中国女摄影家协会会员,常州市女摄影家协会会员,常州市手机摄影协会会员,信奉摄影是路为纸,景成册;写作是行作笔,心当墨。文字作品与摄影作品发表在各网络平台广受好评。

中国云天文学社北京分社社长杨彦的作品

杨彦（北京）

春

春释放隐忍了一冬的柔情

踮起稚嫩的脚尖如约而至

掀起一湖波澜

被岁月浸染的日子

把陈年的坑洼抹平

春用油画般玲珑的躯体

沉醉于诗一样的夜晚

那些还未冒出的鹅黄淡绿

萌动在起伏的山峦里

暗流涌动的云，浩瀚深远的海

都在旷达无声的窒息里缱绻

暗藏着春的蓬勃生机

春呢喃时的缠绵

如虫子爬过肌肤的每一寸

春沉醉时的妩媚

如嫩手轻摸脸庞的每一处

成为无言以诉的心潮澎湃

燃烧的篝火在黑夜里窜动
贯穿经脉的各个角落
直达穹顶之中
春张开干渴的嘴疯狂地吮吸
痴迷遗落的温情，或许是
一些怀念的碎笺

春　　耕

犁铧推开阳光涂抹的田野
赤脚行走在烂泥埂上
每一粒种子都是心中的梦想
播种的希望成了春的主题

从蓓蕾到盛开，腾起或沉默
藏匿在季节深处的秘籍
让我看到了生命的力量
春的气息告诉我
这必然是一个蓬勃的季节

所有的美好难以想象
不毛之地也能长出希望
沿着日子的轨迹抚摸土地
探寻土地的芬芳与神秘
土地生长着爱

爱就是春耕后茂盛的庄稼

遇 见 春 雨

心还沉浸在冬的凛冽里

一场突如其来的春雨

将那些爬墙的杏冒绿的柳

搁浅在记忆的长廊里

闲情逸致在天地间轻轻划过

遇见一场风雨送春归来,宛如

江南女子缓步走出深闺

伸开双臂拥抱如烟细雨,思念

潮一般涌来湿透无语的期盼

如丝的春雨,柔美飘逸

编织一张无边的大网

网住雨后的雨,滋润那些

褪色的玫瑰在黑夜里芬芳

网住一群涌动的细胞

在怀春的血管里舞蹈

温　　暖

蜷缩在颠簸的公交车里

车门处掠过的风

吹凉了指尖,冰冻了脚趾

路灯拉长了消瘦的树杆

从冰冷的手心
看风清洗我蒙尘的魂
风终究有一天把我吹走
一切将归于尘土
岁月鞭笞我走出怀旧的节拍

透过冷冷的车窗
星光发出微弱的光
灵魂与骨头撞击的声音
正淹没我时光里积攒的心语

向往的春天无法绕道
找到属于自己的沉静
穿梭中心随同季节一起升温
没有翅膀更渴望飞翔

想着白天的事

阳光触动灵动的指尖
键盘里喷出光阴的味道
如火如荼的欲望
在紧闭的玻璃墙里藏匿

将岁月浓缩在轮回的空间

白天成了平淡的花事

像阳光沐浴前世今生

有情人的爱抚，在远方

恣意铺展在太阳中奔跑

带电的秘密呻吟在

五彩斑斓的夜晚，瑟瑟的风

涂满白天的心事

儿时的记忆在脑海里

翻滚青春岁月的温暖

春天的花期回味生命的过往

一成不变的生活多了些

令人惊喜的曲线，灵魂的燃烧

和绽放在律动中的呼唤

想着白天的事，青涩的诗行

在黑夜里日渐丰满

（二等奖）

【作者简介】

杨彦，一个平平淡淡的小女人。中国云天文学社北京分社社长。平淡的五官，平淡的经历，平淡的生活，平淡的情感，平淡中与书茶相伴，与文字结缘，好读书，常吟诗。微信号：yan714353

中国云天文学社山东分社社长潮子的作品

潮子（山东）

不再害怕枪口

孤独在黑夜里游

思念赶不走

爱情是我童话里的虚构

爱了痛了哭了我已满足

我是躲在角落里受伤的困兽

不要再举起你的枪口

你给我的伤害已足够

滴血的伤口谁能止住

我是你伤后哀求的困兽

渴望你将手伸出

留恋你深夜里的温柔

将我从童话里带走

你为何没有回头

难道我们的故事纯属虚构

爱你从来没有后悔过

不求爱情能天长地久

我是你伤后哀求的困兽

渴望你曾经的温柔

看到你转身后的泪流

想知道那泪是不是为我

你转身默默远走

没有看到你留恋的回头

我是你伤后哀求的困兽

你已把我的心全部带走

我是你伤后哀求的困兽

举起你我不再害怕的枪口

我决定不会再去闪躲

倒在你枪下如同睡在你的怀中

我已离不开你的温柔

举起你我不再害怕的枪口

我决定不会再去闪躲

倒在你枪下如同睡在你的怀中

那夜我为你流泪

那个漆黑的夜

狂风扯乱树的发

落叶碎一地

谁的刀

在空中挥舞

雨

从被闪电撕裂的缝隙中倾泻

我再次

路过你窗下的那条街道

默默守着你卧室的灯光熄灭

为你蓄起的长发

在你看不见的窗前

我一缕一缕将它剪碎

也剪掉我们曾经的每一段记忆

落下的雨

不要为我哭泣

洗掉我的疲惫就好

你不珍惜我不怪你

从今夜起

做一个安静的女子

不再为你的爱而纠结

雨不会一直下不停

你的灯

照不亮整个黑夜

今夜的雨

请把我为你最后的流泪冲走

我用这样的方式与你告别

对不起

我又忍不住路过了你的窗前

带着寂寞上路

路边的花儿不因我而开

风儿还是潇洒到处走

鸟儿

你的欢快不要打破我的缄默

我的心真的累了

给我一个寺院

只做这寺中唯一的和尚

让灵魂随香火在云中停泊

晨钟和暮鼓是最美的音乐

泥塑的佛

盘腿而坐

和我一起闭眼缄默

过滤

过滤掉所有尘世的喧嚣

我想在这喧嚣的尘世里安睡

挖 坑 埋 妻

妻太懒

太阳出来了

她还没有从被窝里出来

她耍赖

早晨抱着我的腿不让早起

说没有抱的东西她睡不着

她要我在意她在意的每个日子

她要每个在意的日子里都有礼物

她要我陪她从一个服装店出来

再钻进另一个服装店

从不关心我是否疲惫

受够了

受够了她的自私

决定买把锄头挖坑埋掉她

出门带足了钱

给自己一万个埋她的理由

怕自己后悔

在买锄头的路上

我发现了她爱吃的青菜

不小心就停下了脚

看到了她爱吃的水果

我停下了脚

遇到了她喜欢的衣服

我不小心花光了买锄头的钱

只有提着一堆她喜欢的东西

低头回家做饭

这个时间

她应该饿了

让我在黑夜里走进你的疲惫

黑夜里

所有窗子都已熄灯

你的那盏还坚持亮着

我轻轻走进你亮光的窗棂

让迷茫的孤独靠你更近

我看到了一个成熟的稳重

在夜灯的亮处苦读

你额角的发

开始有了银色的丝

在沟壑的额头

我看到了你的疲惫

悲悯的心升腾一丝心疼

好想

将头贴近你背

让灵魂贴近离你心脏最近的地方

随文字

走进你的灵魂深处安息

【作者简介】

潮子,本名李新潮,山东菏泽鄄城人,特警、散打教官。中国云天文学社山东分社社长。鄄,伏羲之桑梓,尧舜之故里,人杰地灵的地方,哺育了潮子的灵感,他用好奇的眼睛观察这个世界,用纯净的灵魂感悟人生,用感恩的心态对待周围的一切。有海子的浪漫,有女人的细腻,有军人的气质,有梁山好汉的奔放。面朝大海,春暖花开。

中国云天文学社巴西分社社长季俊群的作品

季俊群（巴西）

春色，飘香雪地

盘古开天的栈道
遗落一缕及腰的长发

朔风呼啸
一场来自天外的暴雪
打醒了梦

举目远眺
一朵寒梅四处寻找
从未闻过的芳香　弥漫

透红的白玉
淌下两行醒目的泪水
那源头　两颗明珠闪亮着

淡雅的唇红
伴随着风雪飘满银白的大地

你，又一次敲开我的心扉

阵雨后

斑斓的翅膀,半空掠过

一滴露珠

不知从哪里掉下

眼眸

闪亮着

一湾秋水的深度

浅浅的笑容

噬魂

勾起

曾经沧海寻找

日思夜呓的梦

什么风

把你重新吹入眼帘

轻轻地

你,来到了我的生活

犹如你走

爱驶进港湾

捧着一束玫瑰红

期待着朝阳十年如一日

双手围成心形的祝福港

帘帘幽梦酝酿其中

什么时候水流入港湾

正圆的月光窜进来

那月影　映照我

心坎里的蜜倒出来

彩蝶和蜜蜂相互追逐

一首恋曲把缕缕青丝捧上云端

暗香，飘过一场雪

红尘的那头

挪来一场雪

笛声横空

你的长发

波涛掠过

眼眸与月光相约

酒与红唇相见

你被桃花染红的脸庞

漫延出心的浪花

撞击天空的蓝

溢出我心底千年醇香

跟你　陪时光老去

大西洋　海风吹拂

一份感情　随着阳光植入生命

同饮晨露

桃花染红脸庞

交杯圆月

醇香　飘满时光

十五年

日月轮桩

多少骄子　多少贵人

东流淘尽

白霜扯上头

皱纹爬行脸上

今天

风雪霸行

心中的血液　沸腾起来

抱紧了倾心的你

裹上披风

陪同笑过风霜雪雨

厮守　在时光中老去

【作者简介】

季俊群,笔名子禾,浙江青田人,旅巴西诗人,《凤凰诗刊》美洲总社副社长、副总编,中国云天文学社巴西分社社长,《辽宁文学》签约作家。获 2017 年《辽宁文学》"秋叶红"比赛三等奖,获 2017 年汉诗联盟首届"蝴蝶杯"优秀作品奖。作品散见于各大纸网刊。诗入选《中国爱情诗刊》《中国诗人生日大典》《中国当代诗歌大辞典》《大西北诗人》《兰苑文学最美爱情诗集》《草根诗刊》等纸刊诗集。

中国云天文学社北美分社社长曹红雨的作品

曹红雨（美国）

纽约七月

饥渴的白云　蜂拥而至
堵塞了纽约的七月
正值交通　日照的高峰
绿树　草地拥挤在中央公园
寸步难行　狂躁地按响蝉鸣

云朵炸群　东奔西突
几只在帝国大厦的玻璃墙幕
嗅来嗅去　寻找树荫
几只盯着证券交易所的显示屏
焦虑不安地等着由红变绿

流火只在夜晚当值
指挥银河的流星
热昏了头的流萤
屡屡违章　飞上阳台
撞疼纳凉的烟斗　直冒火星

费城博物馆邂逅元青花

看你　不能凑得太近

太近　就被湖田窑的烟火

熏得直流眼泪

咫尺的距离　不敢摸你

我怕　怕强盗留下的手印

与我腾龙状的指纹　扭打在一起

你我只能屏息倾听

我听冰裂纹下无奈的叹息

你听血管里火焰的啵啵哔哔

我是一株野莜麦

故乡的黄土　只爱大麦小麦

还在抽穗的时节　一株

野莜麦　被视为杂草

拔掉　扔进了一块陌生的土地

这块土地的人们　不种熟悉的庄稼

只种大片大片的绿草

这片头顶的天空　不飞熟悉的鸟

偶尔有片似曾相识的积雨云

在我干渴的望眼里　飘过

如草　在异国的岁月中　枯了

如草　在他乡的日子里　绿了

割草机无数次地碾身而过

秀发被无数次地剃掉　我仍记得

四十里的莜面三十里的糕

二十里的白面饿断腰

一如在黄土高坡的荒凉里

吼着悲壮的秦腔　活着

哼着寂寞的歌谣　绿着

我是一株野莜麦

在北美的骄阳里

成熟了一季又一季

等不到　故乡熟悉的镰刀

这穗颗粒饱满的乡愁呵

一些喂了天空飞过的雁阵

一些在大西洋的季风中零落

水　泥　墙

冷灰　光滑　细腻

这是一袋水泥　我觉得

它应该有另一个名字

骨灰　山的骨灰

你是一座山　曾经

屹立在我一次又一次

轮回的路上　你

是否记得

春天的花香　夏日的阳光

秋天的红叶　冬日的白雪

风花雪月的往事

高山流水的青苔

在一万度的高温中解体

灰飞烟灭的还有你

亿万年的记忆

一万丈的雄伟

一行热泪　洒落

在这桶清澈的水里

我以海水的咸涩

复苏你的呼吸

钢筋做你的骨头

再一次　让你站立

站立成一道

密不透风的墙

当爬山虎的绿荫

覆盖你裸露的冷灰

我的眼睛是你的窗

像海一样

湛蓝湛蓝

故乡一夜

天涯浪迹　梦

从不跟着身子走

挤在失眠里　推搡着身影

跄跄踉踉　在回家路上

所有的瞌睡　打包

装满行囊　手提肩扛

沉甸甸　跋涉一万一千公里

背回家　一股脑儿　倒在土炕上

爹把他的鼾声　搓软　弄皱　抖松

装进娘手缝的新枕里　自己不忍用

塞在我的脖后　搂着我的头

窗外如被似帐的月光　娘一把扯来

轻手轻脚　盖在我的梦上

旱烟锅蹲在凳子　依旧沉默寡言

这辈子没学会说爱字　想字

更不用提思念这个词

只让烟火星　忽明忽暗　瞅着我

旱烟味依旧浓烈　熏跑

几只想来唠嗑的蚊子

蒲扇老了　盘腿坐在炕沿

叶脉裸瘦如张开的手　闲不住

轻轻摇　挡回爹的咳嗽　不许碰我

轻轻拂　撩起月光　给儿子的梦洗澡

闭上眼　侧身朝墙　鼾声微起

佯装睡得很香甜　偷偷拉过

夜色的被单　蹭一蹭

我泪流满面的脸

父　亲

（一）

一棵老槐　立在后院

枝丫的鸟巢里　扑棱棱着童年

我在父亲的肩头　轻轻触摸

叽叽喳喳的春天

（二）

鸟儿去了远方　老槐

呵护着空鸟巢　不忍丢掉

星星偶尔打盹　太阳有时歇脚

父亲来信说　他常听见鸟叫

（三）

布满老茧的大手　滑过麦芒

如滑过黄狗的脊梁

麦芒跟金毛一样溜光

麦香在父亲的指缝　流淌

（四）

叉开五指　似铧犁黝黑铮亮

攥紧拳头　如碌碡峋峋硬朗

夏季秋季是掌心的老茧

父亲骄傲地一弛一张

（五）

儿时的课本　作业本

书信　以及有我文字的旧报刊

是父亲的藏品　清理遗物时

泪眼才读懂目不识丁的父亲

（六）

故乡最高的一座岭　叫秦岭

生命中最高的一座山　是父亲

天涯的秦岭很遥远　睁眼闭眼

父亲总是巍峨了我视线

【作者简介】

曹红雨,生于大秦雍州。中国云天文学社北美分社社长兼总编辑,现居美国宾州枫林深处,以房地产工程施工及投资养身,以闲眼里读诗写诗养心。诗歌散见于国内外文学期刊网刊等诸多媒体平台。诗歌如果不是理想的歌唱,那就是梦魇里灵魂的呐喊。微信(QQ):157375900

第八辑　禅意人生

释耀法（南京）

（一）四赞荷花

盆中现身做红莲

甘露结珠洗尘缘

现身红莲无他事

只为了却前世愿

清晨盆边有你的清香

踏着露珠我围绕周边

蜘蛛在花叶间架了桥

微风吹来网桥在摆动

东方日出光芒四射

蜻蜓点水舞姿优美

朵朵荷花含苞待放

绿叶托起花儿更美

殿前道边随处生存

荷花出淤泥而不染

庄严道场教化众生

一身洁白无染呈现

（2017.06.14 写于寺中）

（二）时 间

一秒钟很短,短得让我们无法抓住

一天时间也短暂

清晨的露水,瞬间被阳光带走

风哦,吹着云朵,转瞬就现出晚霞

一月时间也不长

风来雨去,转眼夏去秋来

一年也很短,春夏秋冬,四季短暂轮回

短得昨天还秋阳高照

明天也许就看见下雪了

冰消雪融,几天的工夫

也许春风就吹醒了柳树

春意盎然,野花飘香

一辈子其实也很短

短得在记忆里上小学

还没有来得及享受时间

青春已经悄然飘过

时间，就像一位魔术师

我们转身时，不经意间它已把我们带入老年

一辈子啊，时间太短

还没有和亲朋好友，好好交流

也没有来得及对身边的人道一声感恩

此刻已迈不动脚步

时间太短、人生路领悟得太迟

我想我们要珍惜，时间

珍惜身边的，亲朋好友

珍惜同事，学长、家人的缘分

一旦错过、一去不回

时间是我们终生追寻的一场戏

（2017.06.28 写于寺中）

（三）三支香

左手拿起

理顺三支香

在烛火中点燃

用平常心供养佛

祈愿民众生活安康

祈愿世界和平无灾难

不为己但愿众生得安乐

僧侣上的三支香是付出心

上的是大爱包容——香

敬的是信仰平等——香

用的是三支付出——香

信士

三支香

烛火点燃

口中小念着

敬三世一切佛

供养佛法僧三宝

三支香入炉一字平

合十口中念家人平安

祈求子孙能够光宗耀祖

祈求三宝加倍呵护开智慧

无时无刻为着家人在忙碌着

三支不为己为家人有所求的香

三支未净之香

三支牵挂之香

香客

叫喊中

请三支香

不定心点着

香在火烛乱舞

点燃礼拜入香炉

小声说着打牌赢钱

赢钱了就来还愿上香

做生意顺风顺水往上走

无病无灾家宅安康来还愿

孙子年底考好成绩拿三好生

猪病了能让猪早日好起来吃食

打工在外的儿子平平安安不惦家

姑娘和女婿要离婚不可离还有小孩

……

三支讲条件之香

三支交易之香

三支烦恼香……

(2017.07.26.写于寺中)

（四）试问

试问你是一个出家人

你能否在鸡鸣时起床

在闹市区淡定看红尘

任邪风吹起依然看破

试问居山无人登门时

可保养圣胎守住自性？

断然剪去心中的贪念

可在风雨飘摇中成长？

试问出家会让你丢了好多朋友

今天你的初心菩提种子还在吗？

轻轻穿起你的福田衣走向大殿

与同参道友携手走在菩提路上

试问无法入道你怎么办？
你定尽力去做道中之事
默默敞开宽广胸襟
细细品味人世沧桑

生活，试问你
何处寻觅你的坚强
秋风送爽秋雨正凉
人生如秋雨翩然而过
人生苦短来不及彷徨
迈开脚步行走在菩提路上
时间不等人
你前进的步伐来不及徘徊

试问人生是苦还是乐
苦乐人生皆自知

（2017.08.12.写于寺中）

（五）金秋，经历一场紫薇花开的盛景

秋风乍起，秋雨渐凉
紫薇沉陷于季节的罅隙
如同一首老歌，在秋天里反复吟唱

紫薇将自己缥缈的歌声
送入每一个花瓣的核心
让一大朵一大朵的故事演绎得美丽动人
瞬间让那些赏花人陶醉

萧索的秋风,渐凉的秋雨
紫薇在风雨中摇曳
金秋,我们分明
能听到紫薇的心跳
能听到四季轮回的呼唤

转眼是秋,花开花落四十载
岁月像梦一样反复更迭
守着秋夜的微凉
只有在梦里,可重新把花儿悄悄染红

转身,已人到中年
青春已逝,我们把最美的故事埋在花瓣中
紫薇会为我们记下每一个浪漫时刻
那是紫薇的天性
把自己最美好的年华
留在赏花人的记忆里

风吹花落,漫天下着花瓣雨
一花一世界一叶一菩提
轻轻地放眼望去
再也找不到火红的紫薇花

秋风吹过

吹散了花,吹落了树叶

吹散了我的忧思

温柔的叶子在冷冷秋风中瑟缩着

那一刻寂静,永恒

恍如静静人世

每一个轮回都是造化因果

每一次花开都有一场花落

不悲不喜,等待下一个轮回

(2017.08.30 写于寺中)

（六）大山里的秋天

我穿行于秋天的薄雾间

风起,雾气随风遨游

犹如神龙在山闲庭漫步

仿佛眷恋着那一缕阳光

太阳跳出山头

阳光带着缕缕柔情

照醒万物

普照秋天的果实

日照山头,万物苏醒,千姿百态

各自展示着秋天的美

枫叶像火,银杏果落　叶黄

银杏树穿上了黄金甲

画师把它画在了画板上

板栗树上的板栗,也不断地落着

一个个小刺球落在地面

好像山中小刺猬集体下山

山坡上玉米已一片金黄

远看如同一块金箔放在山中

闪闪发光,好美

风吹枣树摇摆不定

枣子啪啪地掉落仿佛在下枣雨

水库边上的柿树、柿子也熟了

红红的柿子像小灯笼挂在树枝上

随风摆动

听,一个柿子掉入水中

柿子在水中不断地旋转

好如醉汉驾小舟行驶湖中打转转

一群野鸭,从水面滑翔飞起

我的目光随着它们飞去的方向看去

半山腰,好多不知名的山花开得正旺

大片菊黄的小野菊

深呼吸闻到野菊的香味

西南坡靠着寺院有一片红

那是正在盛开的曼陀罗花

又名彼岸花是佛门四花之一

太阳日行一周

鸟儿唱着归巢曲

天色渐晚

夕阳洒落在树梢上

金黄的叶片闪闪发光

秋天的山色如此美丽

山里秋天是丰收、喜悦、农家的秋天

大山的秋、让我想,让我恋。

我要写下此景、拍下此景

我要把秋留在相册里

把大山的秋天留在我的记忆中

(2017.09.20 写于寺中)

(七)雨的空间

雨,不会诉说心情

任意填写任意想象

无私的空间

全方位填写

无风的雨

无闪电的夜晚

只有空间和雨水

那是多浪漫的诗意

独自一人在如画的雨幕中绽放

想说……无语

想画……无纸
诗情画意的最高境界
我们用心静静聆听
静静地把此情此景写入心中

（2017.09.21 写于寺中）

（八）听雨

午后无助。拍下一张照片
不知给谁看？

秋雨一直在下，没人告诉我雨会下多久
想出去走走，又不知去处

真想有人陪陪我
陪我听风听雨听古寺的钟声

撑起雨伞撑起我的心
站在雨中，看秋风吹落叶子

听听心跳，听听雨声
让那烦恼随雨水而去吧
让烦躁的心在雨声静下

（九）人生之舟

出去走走

你若安好 花自倾城
——首届中国『华语精品悦读』文学作品大奖赛获奖作品集

走出家乡

在人流中漂泊

仿佛一叶小舟漂泊在大海中

在海洋中不定地摇摆

我的前程

我的梦想

随风飘扬

一切离我那么遥远

我的小舟何时靠岸？

风止舟停

在陌生的城市生存下来

带着梦想

带着希望

心存感恩奔向前程

感恩城市接受了我

感恩帮助过我的人

几十载的风雨漂泊

有心酸、有泪水

有喜怒哀乐

做过乞丐、喝过污水

住过窑洞

上过工地、搬过砖头

扛过木材，下过河

摆过地摊，开过商店

推过独轮车，开过汽车

吃过剩饭，上过高档宾馆

人生啊！……

十年河东、十年河西

漂泊的人生之舟，靠岸了

今天

党的政策好

生存是我的过去

生活是我的现在

时常有意境

梦中的思念

思念家乡和双亲

思念儿时小伙伴

深秋的树叶被风吹落

秋景的示意

叶落归根

我的归宿、我的家乡

走走、想想、看看

家乡

西方……

人生之舟

归宿何方……

(2017.10.18 写于寺中)

（十）村庄

记忆中的村庄

土坯草房,泥路、泥谷场

小伙伴玩耍的地方

滑滑梯在沟坡上

村庄、上空,时常回荡着吵闹的声音

友谊的种子在生根发芽

叙说童年的故事。

夜晚娃的哭声,划破了整个村庄

村庄是家,日出而作日落而息

在这里生活,乡里乡亲互帮互助

邻里如亲和睦相处

教养下一代,村风良普和谐

今天,村庄旧貌换新颜

泥路变成水泥路

茅草房换成别墅楼房

路边上水沟还在,水不再是以前的水

一切都变了,村庄换上新衣裳

走在水泥路上,找着儿时的感觉

想再听听娃的哭声听不到了……

还有汽车的叫声,看到的是生面孔

热情的邻里已成为过去

关门的不再是陌生人

也许,我已老

儿时的伙伴都去哪儿了

我老了,可我懂得邻里

我懂得家乡

蓝天白云和古老的绿水村庄

都去哪儿了……

一切都停在记忆中

我不懂经济

我懂村庄的命运

改变、发展

村庄,你可读过故人的心

(2017.11.01 写于寺中)

(十一)云颂

初冬,北风渐起

白云飘飘,我沉陷在云朵间

蓝蓝的天空是我的胸怀

谁说那是天?

那是故事那是记忆

那是梦想镂刻往事飘飘如云

棉花糖一样的云朵啊

包裹着儿时棉花糖一样的梦想

洁白如花的你啊,朵朵相依相连

空隙中用蓝色点缀

仿佛叙说旧年那些苍凉的往事

映照苍穹回味无穷

微风吹起,飘过的云儿能让你心醉

吹来五彩云,朝霞的云一条线

霞光四射半边天

午时躲进深蓝的天空里

天空蓝得耀眼、蓝得如海

晚霞烧红了云彩的脸

倒映水中百般妩媚

初冬的风吹起最后一片落叶

叶被风带走、也带走了云

带走了希望和梦想

希望是云勤恳地在蓝天中遨游

梦想是前程。火烧云的激情奔跑在路上

昭示人间百态,冷暖自知

眨眼间云儿不见了

没有留下只言片语

我的青春我的梦想

梦已经被你带走

我要追逐,追逐我的梦想

让我的心不再停留

让青春更加辉煌

让梦和云一起飘扬

昭示人间,纷纷扰扰世态炎凉

(2017.11.08 写于寺中)

(十二)初冬,银杏树

叶黄如金,摄影的季节

江南初冬,有四季如画的景色

红的、黄的、绿的、青的

七彩世界,讲述镜头下的故事

日出云海,寺院钟声悠扬

山中林荫道打坐的禅人

夕阳下的宝塔,记录在相机里

北风吹过,银杏树叶落在飞檐上

顺间领悟人生如叶,生老病死苦

此景,塑造了新的画面

随时间的走动

镜头记录四季生态变化

记录了喜怒哀乐

记录了悲欢离合

记录了人生足迹

（2017.11.16 写于寺中）

（十三）叶落归根

冬天来了

北风呼啸。树枝扭动摆着婀娜的腰肢

抖落手中金黄的叶子

一片两片三片……千万片……

仿佛天空恩赐予人间的金箔

树枝们叽叽喳喳地推搡着互相鞭打着

击落了无数叶子

恰似催促孩子们出门

祈愿。叶子们无忧无虑地

在世俗中漂泊

身在江湖而心永远向着根的方向

岁月催落无忧的叶片

落了。意味着下一个春天的枝头

还要回来。

一季的轮回只是暂时的放下

放下了春天的娇嫩

丢掉夏日的肥壮

舍去秋天的丰硕与沉淀

冬天,突然懂得了生命的缘起

冬季枝与叶的分离是保养圣胎
今天的坠落是为了明年的重生
一季的离别
一世的受用
付出真心将回收温暖

风舞。舞出此生最绚烂的英姿
舞出雪雨风霜的冰冷
舞出了最后的美颜
舞醒了一生的飘零
用心去瞭望和等待
等待下一个轮回
等待下一个春天的到来

生命如诗。叶子,终于停止了舞姿
在大树的脚下止步
节气渐深,叶落归根。恰似游子回家
这是归来,这是奉献
这是古话,叶落归根

(2017.11.22 写于寺中)

(十四)又见梨都砀山

初冬的砀山,没有了春天的梨花

没有夏季的炎热，没有秋菊的芬芳

一切美景都被北风带走

只有记忆中的桃梨春景花海澎湃

又见梨都砀山城，记忆里的砀山

东南瓜果飘香，北地旷野梨园千亩

西城的桃子满天下

十年河东十年河西

今天的砀山已经是梨都了

崭新的梨花大道

古黄河边有国际赛马场

郊区有高速公路也有高铁站

一排排一栋栋楼房

是城市发展的标志

回首十年

一缕夕阳光落下

打开车窗释放一路的劳顿

深呼吸窗外空气

一丝丝的泥土气味

是砀山人民劳作的成果

是砀山乡土的味道

仿佛回到了春天

梨都花海

人间仙境

梨都冬天也美

夜晚灯光闪烁

让冬季的梨都不再萧瑟

远处传来候鸟的叫声

梨都人守护着这些空中来客

梨都是鸟的天堂

人久居的家园

此景是人与自然和谐共存

是生态平衡的写照

又见冬天

春,就快要来了

记忆中的老火车站

依然接送故人

砀山

也许十年前就写下一笔

写下了缘

今天的梨都

只是旅人路上的一个驿站

旅途中分不开的伙伴

有你路上就不再有孤寂

我愿冬季的梨都不再冷

愿春天早日到来

让梨花满城

开在每个人心里

愿梨都人心如梨花洁白无瑕

心如花蕾包容自信

心如阳光

把大爱洒在黄河古道两岸

（2017.11.29 写于砀山）

（十五）扫落叶

冬晨，薄雾飘缈

阳光透过薄雾洒落在殿堂瓦片上

山雀迎着日出在树梢上跳跃

古寺天池，远离闹市的一方净土

信徒礼拜的幽静所在

风吹叶落，天池铺满金黄

季节的轮回，薄雾潇洒地行走在叶面上

却不知叶落何处

雄伟的大雄宝殿

依旧注视着天池

注视着飘然落下的叶子

叶色如金，叶美绝伦

拖着扫把，扫去落叶

扫去尘埃，扫出清洁的板砖

露出干净的地面
道场变得清净庄严

扫地,扫出尘世的渊源
扫去世俗的琐事
琐事如乱石盖顶
扫除心中的荒芜
扫天池、扫心地
扫除心里的尘埃
扫除多世的罪业
扫除俗世的忧烦
扫除厄缘结善缘
地扫净、国土净
心净、利乐有情

扫地

扫天池

扫出心地

扫出新面目

扫出心地法门

扫出佛门龙象来

扫出众生的心中愿

扫出众生平安吉祥愿

扫出众生家宅安康之愿

(2017.12.06 写于武汉)

（十六）风霜雪意

风如雄狮夜吼

半边月溢出淡淡的月光

吹醒一夜的梦幻，带走梦中的倦怠

冬晨风霜凝重，寒风刺骨

日出东山，僧开山门

迎接崭新的冬天

寒风过山林，片片树叶飞

萧萧山景中，山里有土地和山神

也有熟悉的村庄

山崖边上有晶莹透彻的山泉

静听泉水流动之歌

北风呼啸雪花飘零

大山穿上新衣裳

洁白的盛装光照耀眼

山雀、百灵传来晨练的歌声

喜鹊在雪地里跳跃

仿佛告诉我们：瑞雪兆丰年

夕阳西下在内心深处

我不想没有阳光

不想懒床睡去

更不想入梦太深

真想日落晚点

多温暖一丝贪婪的心

让阳光多融化点雪意

让更多的人在菩提路上方便行走

晚钟声声。是法,是禅

随钟声忏悔过去的业缘

钟声在山间回荡

诉说着四季的轮回和人间的冷暖

看透人生如浮云

风霜雪意示禅语

雪景阳光一时景

生命念念呼吸间

听风看雪流云烟

今天对冬有眷恋

要问山景何时美

待到明日雪化时

今夜,让钟声带我的入眠

带着我的心声皈依山野

静候:春天的到来

(2017.12.13 写于寺中客堂)

（十七）饺子

白色面粉，粉饰了人世沧桑

它是随时飘扬的原料

它是饺子的祖母

面粉，放水加色揉成面团

它就是饺子的母亲

饱满的身段

紫色的旗袍

谁看都惊喜。无须掩饰自己

这就是饺子的新肤色

这是饺子初心的等待

这是流年亘古不变的念想

白衣飘飘不再是饺子仅有的身段

新时代，多元化的搭配展现南北风味

放下了固执，梦里有这深紫色的行头

梦中的你，如今就踏踏实实地握在掌心

寻找东北白菜粉条馅

寻找中原酸菜萝卜馅

寻找江南青菜香菇馅

寻找华南豆沙冰糖馅

锅中翻滚的你
桌上的你盘中的你
身形多变的你,咋变都是饺子
越变越让人惦记

饺子,教子
让胸怀坦荡面对人生
寻找那个不忘的初心
坚守信念的教育
寻找漂在锅中的你
挑起味觉,挑起年味

轻轻地从锅中捞起
柔柔地轻声呼唤着你的名字

是你啊,我的饺子
故乡的思念,饺子的情
饺子的味,家乡的恩
饺子的皮团圆的梦
饺子、教子、做人也
……

(2017.12.20 写于寺中)

(十八)感恩 2017

感恩,过去的一年

四季轮回让我懂得人间冷暖

感恩春天,山里有新鲜的氧气
有了你万物方可生存
春天的阳光,让花儿开得更美
这是大自然给予的恩赐

有你陪伴,点点滴滴记心头
感恩夏季,雨水在地面跳跃
仿佛是音符在开交流会
火热的晚风也有一丝清凉
雨水和阳光互补世界
是生态平衡的需要

有你的存在事事有活力

感恩秋季,那些丰厚的成熟
秋风送爽,吹熟了丰润的果实
秋风抚摸过我的脸
秋用尽滚烫的诗情收获满满

感恩冬天,日出云海
乍看仙境,雪花飘零
瑞雪兆丰年,一场雪的降临
昭示着农历大年就要来了

感恩,过去的一年

万缘放下静听佛号

守护着心声那是生命的摇篮曲

感恩,二〇一七年

来寺院供奉的善男信女

是你们把彼岸花带出寺院大门

感恩,居士一七年的付出

有了你们,道场才变得清洁庄严

祈愿同行在菩提路上

让我们的内心回归自然

感恩,同行的精品悦读

有你这样平台,才有了我的空间

有众编辑的辛苦

草根的作品方可呈现

感恩,山山水水

有你方可安居乐业

国泰民安、祖国繁荣富强

感恩,一切相遇得人

有你们,我学到忍辱和等待

有你们,我懂得了关爱和付出

因为有你们一七年我过得很快

因为有你们才能播菩提种子

是你们让法乳流入世间

感恩一切法缘和缘法

新年的钟声拥抱你我

新年新画卷不在人生路上彷徨

让梦想不再是追逐

新年的爆竹声带上我祝福

祝福大家明天更美好

感恩菩提路上有你

（2018.01.03 写于寺中）

（十九）上国安寺的雪

南国忽现北国风

一夜北风。世界如梦幻

是愉悦？是开心？亦真亦幻的雪景

在过去，你很少光顾古寺

昨夜。你来得太猛太快

你洁白的身姿庄严了道场

你身轻如烟，轻得来时无人知晓

你很静。静如修禅人
你装饰了世界,每当我寻找你时,
你已伴着阳光而去
银装素裹的世界里,追寻你我的约定
相约追随佛陀的足迹

大雪啊,你停下吧
在这个冬天里我不想你过分凄厉
仰望着你。我静静地守护在寺中
是夜的狂欢,你已经累了吧?
这愿。你和大家一起安住

站在殿前端详着你
看着你飘飘然而至
在天池中你伴着香炉旋转
如同禅师在跑香
用心和鼎在交流
那是流传千年的佳话

远处的山和天混沌一片
风又一次吹起你的裙裾飘过山门
美得让我窒息,让呐喊……
我的心随你飘零
猛雪还在下、不再是梦

风止雪停,各殿堂换上新装

白色屋顶、红色檐角、黄色的墙面

现出清净庄严的上国安寺

山中的树木美得如画

真的是银装素裹

此雪景在呈现什么?

是预言瑞雪兆丰年?!

(2018.01.10 写于寺中)

（二十）水:生命之源

你住山川河流

过去的湖泊

清澈透明是你本来面目

水清甘甜是天地自然的恩赐

微风吹起水面翻起点点浪花

浪花摆动舞姿随风荡漾

这是水的本性

是自然生态的美

你,今天带着沉甸甸的伤痛

缓缓流入千家万户

你想说,没有人聆听你的心声

你想跨越山川河流回归自然

找回自我、找回过去

今天大江河流上有千万个拦坝

无人问你,无人懂你。你在想重生

你无毒无味,是众人生命中瑰宝

也是生命的缘起。生命离不开你

一日三餐唱主角的也是你

装入杯中,捧在手中

人们都想把你拥有

无声无息的你,奉献着自己的生命

用无私的大爱,呵护着众生

你柔柔的流向四方

柔时把爱撒满人间

你走过的地方就会有新生命

你是生命的守护神

花花　草草　万物靠你生长

你是万物的血脉和魂灵

牵着湖带着江连着海

你是万物生长的希望

湖面平如镜,静得照人心房

滴水之恩是生命的缘法

生命源头离不开你

点滴之水可救度众生

生命中的纯净水

我们一起感恩水源

我们一起呵护水源和生态

让我们生命源头干净纯洁

让我们生命源泉不要断流

让纯净的生命之水流入千家万户

（2018.01.17 写于寺中）

（二十一）腊八，武汉行

腊八，佛成道日

寒风吹过山中寺

居士们用爱心煮粥

用付出的心在施粥

煮的因果，施的慈悲。

一念善举结善缘

一念付出种福田

一念善心可消罪业

今日远行，黎明时赶往武汉

那是我向往的地方

那里有法身慧命

黄鹤楼，文人墨客笔下的风景

武汉的地标

登楼眺望江面雨雾濛濛

大桥如长龙飞跃在长江上

小舟划过大桥下

此景改写昔日李白诗句

武汉,现代城市

高楼耸立灯光耀眼

显出都市文化

老人漫步在公园小道上

展现和谐的生活的一个侧面

这是平安的武汉

此行武汉,求法

求无为法求临济法乳求乐公临济法嗣

报祖寺法门大开

甘泉耀法求法来

正法眼藏传大乖

法王座下又添孙

腊八,佛成道日

傍晚时我告别武汉

代着临济法乳回南京

夜间,雪花飘零

我行走在菩提路上

[2018.1.24 写于求法路上(武汉)]

（二十二）我的幸福

我的幸福是学佛

随佛陀左右,朝夕相随度今生

遇见佛缘,慈悲的佛陀

为我指明方向

是您让我明事理

是您调理我的身心

慈悲的佛陀啊

你让我悲喜共度

迷时你把我度

茫时你点化我

心烦气躁时礼拜你

您慈悲地看着我让我感悟到

礼佛一拜灭罪恒河沙

放下,得自在安住才快乐

执着不静是乱,心乱身不静不可调也

安住其心方可悟道

若遇事困顿纠结彷徨无助时

教我念佛、念法、念僧
给我光明和谆谆教诲的戒律

忏悔过去的业缘熄灭贪嗔痴
在您的教理中我领悟
万法皆有缘万事由心生万法皆是空

佛陀，赋予我僧相是在表大乘法
佛陀，赋予我智慧广结善缘
佛陀，我愿今生常追随你足下

我幸运，在无助时遇到了您
与僧侣相伴
同走菩提路
我的幸福，在丛林生活中展开
出坡，抄经，诵经，打坐
与大众同沾法乐

我能够追随佛陀就是幸福
就是佛缘
感恩慈悲的佛陀

(2018.01.27 写于寺中)

（二十三）今世缘

一句"乘愿再来"

随着愿力一次次生死轮回

一段缘也因此一遍遍周而复始

轮回路上无人知晓

五百年的轮回无人相伴

换来今世相见……

一段未了的缘

曾让我走过多少弯路

千百次的回眸千百次的等待

轮回路上没有相识

千万次的呼唤

唤醒轮回路上的雄狮

唤醒莲池中的雪莲

换来今生的遇见

您一直住在我心中

微笑看着我

梦中的您是那样的慈祥

有一份思念

就有一个故乡

故乡——有我的家园

牵丝万缕的思念好如琴弦

佛——让我跟随您吧

今世相见就是缘

哪怕就是匆匆一拜

拜去过去的业缘

心里瞬间顶礼

真诚顶礼灭罪恒河沙

美好的祝福，烙印在心间

今世是缘让我再皈依您

哪怕是昙花一现

我的心也要皈依佛门

那是我的家

深深眷恋的三宝地

梦中常常问佛

我从哪里来？要到哪里去？

我又是谁……

不想再受生死轮回之苦

佛陀慈悲地听我说

佛，您在心中、在梦中、在堂内

走遍天涯海角都存在我的心田里

是我思念佛、还是佛牵挂我

多生的愿力

今世见您是缘

在心动的那一瞬间

庄严的佛像烙印在心田

今世相见是缘

哪怕是昙花一现

哪怕是佛瞬间度化

我要跟随您回故乡

虔诚地顶礼伟大的佛陀

（2018.02.07 写于寺中）

（二十四）红包

红包,千年流传的风俗

装着祝福盛满寄托

在九年的往事中

持续到今天

持续到网络红尘中

把友谊与亲情互动

长辈的呵护不仅是钱,那更是心意

时常想起小时候,盼春节、盼红包

给长辈磕头拿红包

那时,所得红包都由妈妈保管着

"儿子,妈帮你收好,开学做学费。"

早年的红包啊,常常让我回忆

外公会用红纸自制红包

小伙伴时常蹲在墙边比红包多少

今天蠢蠢欲动打开红包

再也找不到当年的感觉

多想穿越时空

多想让妈妈为我再管一回红包

多想外公再用红纸给我做个红包

长大了，当年的红包不见了

红包是年味，让人思乡

千里之外，思念家的味道

红包是亲情，每年都有人惦记你

年除夕的红包

团圆桌上的亲情，家人的团聚那是爱的红包

长大后，远离家乡出家为僧

看到红包就知道帮助

那是结缘，那是放下

红包，带着我的心发给别人

那里面装的是平安

装的是欢喜和平等心

也有慈悲和友爱之心

里面更多是呵护和关心

我的红包是祈福之语

添福添寿　　身体健康

智慧增长　　家宅安康

平安吉祥　　万事顺达

我的红包是祝愿之心

愿你事业有成愿你学习进步

愿你前程似锦愿你六时吉祥

愿你菩提路上早开智慧

红包是相祝福才是真

愿大家新年快乐,吉祥如意

愿世界和平愿祖国繁荣昌盛

(2018.02.14 写于寺中)

（二十五）新年,我念佛

新年,鞭炮声响起

华夏大地喜气洋洋

家家户户换上新衣裳

大红的春联贴在门上

随着春雨慢慢褪色

新年悄悄离去

而我的佛号依然存在

一年又一年在念

新年,寺院生活多了点忙碌

僧人的心依然静如止水

迎来的是祈福人

送走的是还愿人

留下的是念佛的我

新年,佛祖前

忏悔过去的业缘

求解脱法门

离相修行无为修心

新年,我念佛

希望佛慈悲呵护

让法乳流入有缘人的心田里

让我的心早日安住

斩断轮回之路

新年,我念佛

这想苦海变莲池

道场清净庄严

众人智慧增长

新年,我念佛

只为感恩

感恩护持惭愧山僧耀法之人

感恩你们的发心与护持

新年,我念佛

祝福护持上国安寺的居士、信众

祝福和我同行菩提路的人

愿你们身心安康、出入平安

祈愿你们家宅、企业吉祥

新年,我念佛,念法,念僧

只想把念佛功德回向

回向给有缘之人

请求三宝呵护众生

让社会和谐无灾无难

让世界和平众生安居乐业

愿佛号声传三千界

愿见闻者吉祥如意

(2018.02.21 写于寺中)

(二十六)心梦,请不要再流浪

人生如梦

梦,何以此消彼长?

梦,安在天堂

梦境变化无常

有梦就有哀伤

快乐和悲伤纳入心房

菩提的种子,慈悲的心田。

除了时常要去浇灌

还要晒晒太阳

梦啊,你的舞蹈阳光一样

温暖,暗香……

有梦,心灵的窗口就明亮

门前,花草鲜艳

吸收日月精华

甘露,法雨,阳光

菩提,心花绽放

梦,无须再流浪

窗外的世界不属于你

匆匆看过去

放生池、花草树木自然景色

这是生态的美

一阵风飘来

带走了落叶

带走了梦想

心随风飘去远方

关上窗户、打开心门

用心去听窗外、水的流声

用心去感悟、大山的灵性……

用心去领悟自然的美

梦,安住在心屋里

让梦,继续前行

菩提路上不要止步

看着禅宗公案

悠闲的白云在头顶徜徉

追问心屋住着谁

梦想,菩提路,莲花,菩提果

我问白云我是谁? 白云无声,花儿自放

晚钟响起梦幻被钟声敲醒

如同山中鸟儿遭遇了风雨

飞行在恐惧的黑夜中

寻觅着出路不想再流浪

只想心屋里能有我

只为菩提路上能够成全梦想

今日前行只为明天菩提道上一缕阳光

（二十七）春之歌

一

春天来了

我和春,散步在山间小道上

看着山坡上抹绿的树芽

春,推开了花儿的门

花儿散发出浓浓的香味

春光明媚的日子

阳光温暖了心房

春天就在身旁

天空呈现出洁白的云朵

山雀欢快地唱着山歌

我跟着春的脚步前行

二

春来了

眼见山坡抹绿

耳听春风徐徐

鼻闻花香袅袅

舌尖甜味悠长

我们身轻如燕

我们的意识啊

也正随春风而来

带着生活的希望

带着感恩的心

我对大自然的述说

是心的依恋

是对春的表白和呵护

三

大地回春

昨晚春雨带着雷电从天空而来

星星吓得躲进云层深处

风婆婆时不时跳起广场舞

无情地吹落嫩树芽

树妈妈伤心的流泪

呼唤着掉落的娃

今天，雨过天晴

花草各自绽放最美的身姿

气温升高，春回来了

万里江山现出春色盎然景色

春，如画

春，如歌

四

万法皆讲缘

春风吹醒梦中人

新年新气象

春到

百花争艳

蜜蜂飞在花丛里

蝴蝶伴舞半空中

春风轻轻吹起

柳絮飘落寺院前

冰雪融化在小溪里

山泉流水，迎新春

鸟儿们报喜，春到来

百姓安居乐业，家家旺

家宅安康事事成

五

一年四季在于春

春没有忘记时间

阳光雨露春光好

丢下美丽的容貌

静下心来和自然拥抱

用心去聆听宇宙

用心去念佛

让菩提种子生根发芽

让菩提花开在春光下

让生命之花永远留在春天里

这是生命之歌

这是……春之歌

（2018.03.07 写于寺中）

（二十八）金边瑞香开在寺院里

你四季常青树叶满是金边

深秋做的苞迎着春光绽放

她就是金边瑞香

叶片，整齐碧绿边有金黄

好如玉镶金

美得让你心都酥了

壮硕的躯干是生命的奔腾

让我感受到健康的存在

花色淡紫、艳不媚俗

这是人和自然的杰作

是自然与艺术的存在

金边瑞香，含笑地迎着春风

在等待最佳阳光

让春风和阳光撞击

撞击出最好的花苞

有繁花似锦的感觉

刹那间放下

浓浓的清香，迎面扑来

飘出独有香气

花儿正在盛开，开在春天里

金边端香站在天池中

她们站在鼎的周围

站成了"卐"图

站了个造型是在护教

献出自我青春以身供养三宝

让道场变得清净庄严

金边瑞香在表法

告诉我们不忘初心

守护三宝菩提心不变

耐寒的身躯告诉我们珍爱生命

茂密的树叶告诉我们做人要有平常心

用平常心去结人缘去结欢喜缘、不攀缘

独特的香气告诉我们要珍惜

珍惜当下珍惜眼前独有的生活

珍惜缘法珍惜身边的人和事

(2018.03.14 写于寺中)

（二十九）迎着阳光打开山门

春天,清晨一缕阳光照在山门上

昨夜无眠,你是否在一个光明的词语中

酝酿着今晨蓬勃的诗意

黎明之光仿佛害羞的少年

时而会躲进云层里

时而也会露出甜甜的笑脸

你从东方缓缓升起

模糊的山门慢慢地变得清晰

庄严的山门被笼罩在光线中

照在门钉上闪闪发光

慈光耀眼,光耀三宝之地

让人内心充满喜悦和法乐

春天的甘露浸润着芳草

花蕊的核心,一粒粒珍珠

清澈透明,光阴荏苒不留客

你慢慢地披着彩霞升起

微风吹来露珠不见了

露珠被光和风带走

留下了花草的芳香

瞬间感受到春的到来

感受到阳光与我如此近

听——寺内有钟鼓声

也有木鱼声和诵经声

声声入耳唤醒梦中人

寺内清规戒律降服了烦恼

庄严的道场震撼了内心世界

梵音又让人心肺敞开

跟随梵音心情起伏不定

瞬间放下一切杂念

音符回荡漾在耳边

内心深处此刻寻找自我

让心静下……

在春光下播上菩提种子

让甘露法雨催根发芽

我打开山门迎接你啊，清晨的阳光

迎接善男信女，把菩提种子洒在春光下

播向远方——

让菩提种子在寺内外

蔓延开花结果……

（2018.3.21 写于寺中）

散文卷

如歌散板

第一辑　感恩的心

大平原,我的保姆

碧云天(黑龙江)

有血污,也有婴孩。　　　　　　　　　　　　　　　　——鲁迅

(一)

曾寂寞千年,曾千年荒原。

我把心跳久久地放在一种期待里。我一头就撞开了你的胸膛,猝然跌倒在你的脚下。我们很累,我们贪婪地注视着你,大平原啊! 我的保姆。

(二)

从南到北,几千里的空宇,大雁不知道来回了多少次。在花朵打开人伦的绝唱里,中国北方,那个叫北大荒的地方,已悄然粉墨登场。

谁的一声吆喝,自浩瀚原野动情地滚过?

终于我找到了你。终于我来到了你的身旁:我向你汹涌而来,那波浪是我向你朝拜的姿势,那涛声是我对你呼唤的心音。我跋涉了千年寻找了千年迷茫的千年,我饥渴了千年痛苦了千年焦虑了千年,看我满眼忧伤满眼疲惫满眼渴

望,看我满身尘埃满身创伤满身血污!

你收留我容纳我理解我吧,大平原!

你考验我磨砺我摔打我吧,大平原!

(三)

大平原啊,我的保姆,你喂养了一切。

包括上帝和时间,谁在大平原的大风雪中止步?谁又在苦寒中挥霍着泪水?

一场暴风雪来的时候,大平原归隐于一种神圣的洁白里,大静入空。

背靠黑土的是我苦乐的父老乡亲。划开尘世的一场大雪,那位独立寒秋的诗人,曾写下过与世无争的诗篇。在木鱼敲走的岁月里,我还累,读懂了一步,平原颂辞。

此刻,12月的雪鸟,在深冬的阳光中祥和而居……

(四)

许多年前的梦想,已经遇到吉祥的经典:机器文化以及上层建筑,从青苗的根部攀缘上升,在北方在大平原的深处,从一座城市到另一座城市,潮水不经意地打开经济的铁门一扇又一扇,电脑键盘上的嘀嗒声,被春风从打开的窗子动情地送出,这是时代的圣乐,比王昭君的琵琶声动人心魄。收敛的天空,光明的灯盏,正悄悄地照亮人间,大平原啊,我的保姆,此刻,你可以安详地睡去……

只是北方大平原的花期短暂,四合的雪色围困了梦境。穿过中国北方人民古典的村庄,寻觅春天的地址,而这里春天的地址很不详细,只记得滞重喑哑的江河和土地,只是记得镰刀和斧头抵达旗帜的道路是那么艰辛,只记得北极星,从高处擦亮大平原的眼睛,擦亮中国的眼睛,擦亮世界的眼睛……

(五)

大平原啊,我的保姆!

以你一千年的孤独,接受我的汹涌吧!

以你一万年的沉默,接受我的热烈吧!

你不必跪立为岸,你不必匍匐为滩,你不必悸动如风,你不必挥泪如雨。当我向你飞奔而来,我就是你的骨肉和血液,当我向你滚滚而来,我就是你的太阳你的月亮你的天空你的四季。你的身影,每日每夜映在我的心上,沉思的前额,每分每秒都刻在我的眼里,你就是我生命的终点,你就是我灵魂的神祇!

1998 年 10 月 18 日

感恩的心

碧云天(黑龙江)

感恩的心感谢有你/伴我一生/让我有勇气做我自己/感恩的心感谢命运/花开花落我一样会珍惜……

——题记

岁月更迭,白驹过隙。

我对这个世界,始终怀有一颗感恩的心。对世界,对生活充满了乐观和宽容,而,不再对人世间的世态炎凉,充满怨愤。

天是蓝的,水是清的,人是善意而微笑的,我会感恩一切的美好。

如果春风正暖,我会感恩上苍,赐给我舒心和惬意;如果阳光炙热,我会感恩阳光催促我与酷暑搏杀得酣畅淋漓;天阴着,如果没有邂逅一场雨,我会感恩上苍,它让我在抑郁幽怨后,学会冷静思考;如果天阴着,下起了小雨,我会感恩天空,带给我一场诗意的洗礼;如果天阴着,下起了大雨,我会感恩这个世界,让大雨冲刷了污浊和脏秽……

我感恩这个苍凉的人世,感恩世态炎凉的罅隙里,倾泻出来的一缕温暖的阳光,其实我感恩一切善意的暖,感恩亲人、感恩朋友、感恩领导、感恩同事、感恩他们的宽容和笑意……

我也感恩这个世界上的一切丑恶,受了冤枉,我感恩它使我学会了坚韧;遭遇了白眼,我感恩它使我清醒和理智;遭到辱骂,我感恩它让我看到了自己灵魂的高洁和尊严。

我感恩贫穷,它使我知道如何节俭,使我对一点点的富足倍加珍惜;我感恩艰难,它使我懂得生存的不易,使我懂得每一次的欢愉时光,来了要珍惜。我感恩苍凉和冷漠,它们使我学会了在孤独中踽踽前行!

总之,我对这个二手苍茫的红尘世界,充满念念不忘的感恩之心。

感恩一路上遇见的每一个人,感恩遇见,感恩有你。感恩我生命中遇见的每一个人,感恩你们,无论风雨,不离不弃的陪伴,感恩你们一路上的呵护与宽容。最后,也感恩我自己,终于,拥有了一颗充满柔软和坚忍的心,不带任何一把利刃和一滴眼泪……

感恩的心/感谢命运花开花落/我一样会珍惜……

2018 年 2 月 15 日

苍天沮丧　秋风寒凉

——写给英年早逝的弟弟

碧云天(哈尔滨)

弟弟,毕诗龙于 2017 年 10 月 23 日(霜降)晚 10 时 50 分,与世长辞,享年 41 岁。生前供职于黑龙江省克山县供电局,连续多年获得先进党员、先进工作者、劳动模范等称号,尽管病魔缠身四载有余,一直坚持在工作岗位上,即使躺在了病榻上,还电话遥控坚持工作,他短暂的一生,是充满光环的一生,他短暂的人生之路,是铺满鲜花的路……

——题记

亲爱的弟弟,这些天,我们的眼泪一直没有风干过。苍天沮丧,秋风悲吟。你的音容虽逝,你的德泽永存。

那一天,那一夜。星光暗淡,北风悲吟。

你的老妈、你的兄长、你的姐姐、你的妻儿、你的好领导好同事……

都站在你离世的医院长廊里,泪流成河。密集的泪珠敲打着蔚蓝色的让人窒息的空气,稀里哗啦的哭声,钻进每一个时空的骨节。

长夜煎熬长夜当哭。那么多的期待,那么多的拉扯,那么多双手啊,都没有把你拉回尘世。我们的心,被利剑割锯成了大片大片的疼痛。

灵车。一路奔袭,一路佛号相送。你的师父、你的三哥、你的大哥、你的壮壮……

佛号和哭声缭绕成世间最悲情最华丽的圣乐,悲歌高唱与寒风抗衡。

你多年上下班走过的长街上,送你的车轮碾碎了满地的霜寒,车轮碾碎了满地喧嚣的声响,成了午夜尖叫的哀乐,低空里横七竖八的电线,此刻,是否也冷冷地停止了输送电波,这是一个灯光凄迷的夜晚。

北风偷走了讷莫尔河上隐约的潮声,在这个深秋夜幕里,悲伤逆流成永远奔腾的河。

不知始于何处,不知止于何方。

这是一个到处都经过粉饰的世界,有那么多人都戴着面具,我分明看见,那些鲜艳的年青的颜色,在没人注意的楼道拐角处,没有眼泪。而且,正嚣张地窃笑着,那表情正悄悄散发着腐朽的气息……

陀罗经被笼罩了一切,那只是一块长满悲情的玻璃吧?被某个擦肩而过的回忆一碰,就摔倒了坚硬的往生,那一地的碎片,带着这个深秋难以晴朗的天气,化作了一声声长长的叹息,所有人的心绪都充满荒凉,在半梦半醒之间重重叠叠!

有一张用世态炎凉拼凑的脸孔,一半在哭,一半在笑。亲爱的弟弟啊!你根本就不知道,这是一个多么易碎的世界,一面闪着水晶的光泽,一面布满了蛛网的裂痕。

亲爱的弟弟,不要彷徨与不安。

听吧,所有人说的话,你都能仔细倾听;

看吧,你是佛门弟子你在天有灵,所有人的真实面孔你都能看得见。

看看谁,给你挖过陷阱,

看看谁,给过你鲜花和掌声,

看看谁,在你离开后把诺言当了西风……

命运替你关了一道门,

却又为你打开了一扇窗!!

2017 年 10 月 27 日　冰城

给心灵安放一面镜子,照亮人生

碧云天(黑龙江)

"假使人生是一部书,这部书真大! 一时不易看完。"这是钱钟书老先生的见解。这位作家兼学者,在酷嗜古今中外文史哲典籍的同时,从来也未放松,对于人生这部无字大书的阅读。

"人生不虚度,读书是支柱。"谁愿做庸人? 庸人总是混混沌沌地过日子,始终没有一个清晰的指向。鲁迅在他 23 岁的时候,读社会,也读自己,一种强烈的爱国主义深情匹夫有责的责任感激励着他的心,于是他写出了一鸣惊人的《自题小像》。这首充满爱国主义激情的诗歌,成为鲁迅战斗一生的起点。"我以我血荐轩辕",志向高远,雄伟动人。

独自己,要有这种强烈的责任感,这种意识使人高昂奋进,激励人们去把握正确的人生指向。人不一定能使自己伟大,但经过有效的投入,少一点平庸就会使自己多一点崇高。

一位青年诗人说:"我们渴望求得鲜花,却曾摘下毒草,我们寻觅甘果却曾饮下苦汁,我们反对灌输却曾拾人牙慧……"

不必苦恼,最明智的人生态度莫过于正视人生。不必灰心,让自己学会校正人生的方向,最好在心灵安装一面镜子,这面镜子叫自知之明。

有了这面镜子,哪是长处,哪是短处,就一目了然了。有了这面镜子就能照见自己真实的面目,就会谦虚,就不会盲目炫耀和骄傲自满。

人只有一生而没有永生,在有限的生命中学会阅读自己,让人生的每一个年龄段,都放射出独特的光彩。

贝多芬创作《命运交响曲》在第一乐章里,他遭遇了完全绝望的苦难,在第二乐章里有悲歌式的忧伤和温柔的爱的申诉。他奋力地扼住命运的咽喉,胜利地跨入第三乐章,第四乐章……用长号吹奏出,坚强有力而又充满青春气息的对自由的欢庆。这位世界闻名的大音乐家,用一曲交响乐,谱写了自己命运的历程。

如何阅读自己?贝多芬,从性格上和行动上为我们提供了参考。

充满风雨的人生才是完整的人生,尽管痛苦难以超脱,人生在战胜厄运的进程中却是可以升华的!一个人总有孤独的时候,这时候正好阅读自己,梳理一下纷乱的思绪,调整一下进取的罗盘,学会忍耐孤独和利用孤独。

阅读自己可以参考别人对自己的评语,但不能一味地将别人的建议当成自己行动的指南。有所鉴别有所筛选,修正自己完善自己,让自己去适应丰富多彩的人生!

阅读自己可以经常变换角度,从各个方面审视自己评判自己,立体的思维容易获得完整全面的认知和丰富的人生感受!

其实每一个人都是我们的镜子,我们把每一面镜子都安放在我们心灵深处,闲暇时休憩时照照镜子,忙碌时悲伤时,照照镜子,我们就会发现自己选择的方向是否出现了偏差?

让我们每一个人都擦亮自己心中的镜子,让镜子照亮我们的人生!

红红的嫁衣

碧云天（黑龙江）

又是一个美丽的黄昏。岁月已走进深秋，雨薇又来到了尹桐的墓地。此刻，雨薇泪眼迷蒙，自言自语道："我为你穿了一件极艳丽的红裙，艳得如滴血的樱桃，素缎的质地，你会喜欢的，我知道。你会像以前那样直直地看着我笑，并且说，'我喜欢死了'，你总是喜欢用'死了'这个词代表你的极限。"

尹桐是中文系的高才生，很敏感，因而也很脆弱，有时脆弱得不像个22岁的男人，更像一个十六七岁的大男孩。

尹桐和雨薇是在烟雨纷飞的日子里结识的。

一天，尹桐到美术系去找人，路过橱窗时看到了雨薇的画，觉得这幅画的作者一定是一个善良，可爱的女孩吧，凝望了许久，便见画而钟情画的主人了。

后来，尹桐一直要证明雨薇也是一见钟情的。再后来，他们便一起写字画画学习，倒也志同道合。雨薇对服装非常感兴趣，穿的衣服也多是自己设计制作的。一米七二的个头儿，加上姣好的身材与端庄的相貌，走到哪里都牵引大片大片艳羡的目光。尹桐更是男模的身材。衣服考究学了多年的文科与书法很大气，他们周围常常是一片艳羡之声："这两个人怎么长的，简直是绝配啊?!"那段时光，他们满是幸福的感觉！

三年，相识相伴的时光，像一朵祥云一样，不经意间便悄然而逝了。尹桐毕业后分配到了故乡的一座小城，做了一名中学教师。毕业临行前，他对雨薇说："乖，还有一年，你也毕业了。我在红地毯的那端，等着你，身穿红红的嫁衣向我走来！"

那天，他们一起去街上买了一块红缎子，准备做一件红红的嫁衣。尹桐说："雨薇，你穿上嫁衣时，定是惊心动魄的美！"

又是一年，毕业季。雨薇与执意要留她在大都市的爸爸妈妈闹翻了，到了那座小城在尹桐旁边的一所小学教书。他们冲破重重阻力，终于走到了一起，仿佛美好的日子,才刚刚开始。尹桐比以前更光彩照人了,还多了些男人味,只是也多了很多烦心事。他一心想成为最优秀的诗人和书法家。他最大的愿望是能在北京开一次他的文学研讨会在国家美术馆办一次自己的书展。他参加了许多大大小小的比赛,获得了一大堆狗屎证书,可是就是没有人承认他……

此时,他如同困兽一般,他决定走另一条少有人走的路,先从赚钱开始,再自费出版一本自己的集子,于是他投入了一场无边无际的战斗!从偏僻小山村走出来的他,小城里认识不了几个人。雨薇则更是糟糕。所以尹桐每天忙着七绕八绕地找人,回到家脾气不好,雨薇知道他心里委屈,以前他是那么恃才傲物,而雨薇所能做的,也只能是更加细心温柔呵护和安慰。时间长了尹桐觉得很厌烦,终于有一天他们分手了。

雨薇在一个秋雨绵绵的日子里,离开了那座让她爱过恨过也痛过的小城。因为伞下,没有尹桐,那座小城,变得太陌生了……

两年后的一个午夜,电话铃声响了,传来的是尹桐的很有磁性的声音,只是随着一声"你现在还好吗?"之后,他哭了。那哭泣声依然让雨薇的心很疼很疼。

"回到我身边来吧,亲爱的,我需要你的支持与爱……"尹桐已经泣不成声。

"这,已经不可能了,虽然,我依然只身一人,并且永远地爱着你……因为我伤得太深……我需要慢慢疗伤……"

电话挂了。

日子在心痛与煎熬中过了两个月。突然一个雨天,雨薇收到了尹桐的一位朋友的来信,告诉他尹桐为救一名落水儿童永远地去了,他终于走上了三毛,顾城和海子一样的道路,只不过是方向不同而归宿相同罢了!

"尹桐,我穿了这件与你举行婚礼时穿的衣服来看你了,还为你带来了一大束血色的红玫瑰。夕阳下,它们格外凄凉冷艳,我依然一个人,依然深爱着你,只是以后再也不会穿这件红红的嫁衣了。这样惊心动魄的美丽,只穿给你看,也只有你最懂得是不是?!"

雨后,黄昏的夕阳照在雨薇凄美的容颜上,一幅绝美的《伊人扫墓图》久久地定格在惆怅凄美的黄昏里,远远的天边,一件红红的嫁衣在风中飘荡着……

乳房的故事

水波横（江苏）

好似晴空霹雳，朋友得了乳房 ca，而且是双侧的！当栀子得知这个消息已是诊断书下来后的两周，躺在病床上的朋友，脸色和白色的被服一样惨白。在栀子面前，朋友低诉的不是对病魔的恐惧，而是……她不想手术！

"为什么?!"沉默……

朋友早年父母双亡，和老公是同窗七年的同学，老公爱她无以复加。住院的前一晚，老公对她身体深深的迷恋，依依的不舍，让她心比病痛！于是她决定了！任何的劝阻，包括丈夫的恳求都改变不了她的决定！她说：我要给他留下最美的回忆，我要带着完整的自己去见天堂里的父母，让父母看看美丽的女儿！

朋友走了。也许完美，但……让人唏嘘……

事隔数月，可留给栀子的困惑却难以消散，每每想起，仍泪水滑落……生命与爱情对于女人均难以割舍，可她甘愿给爱的人留下了美丽的身体……乳房对于女人和男人真的那么重要吗？曾看到过一句话，女人身上但凡男人喜欢的地方都是多事之秋。

这是一个真实的故事。朋友的名字叫梅落，很凄婉的名字。也许，名字也能昭示一个人的命运吧！梅落，梅落，只有香如故！梅的用心，其实栀子也是能理解其用心良苦的！因为是恶性的，查出来时已经扩散了！而且，梅自己就是一位外科医生啊！不是不知道生命的可爱！她已知道自己时日不多，她只想给爱人留下完美的记忆，没有残缺的身体。因为某些缘故结婚七年的他们一直没有自己的孩子，而梅的丈夫是个特爱孩子的男人！记得那时栀子在接小孩的时候，曾不止一次看见梅的丈夫在小区的幼稚园门口，面对天真烂漫的孩子，出神地望，贪婪地看，那份痴迷令栀子不想打扰……虽然，在梅的有生之日，他们未曾为此红过一次脸，但这一直是善良的梅心中难以言说的痛。

在梅弥留的那些日子，梅对栀子说："我已如此，不能给他留下任何东西，唯有无形的爱和有形的身体！希望我走后，他能拥有更完美更丰富的爱，梅妻鹤子一直是他心中的渴望啊……"栀子无言，只有泪下。

梅走时是清晨,走得很安静,像小睡一般,唇边有隐隐的笑……栀子知道,天堂里,慈爱的父母正张开双臂拥抱花样的孩子……梅走后,梅丈夫的痛苦栀子不想在此缀言,那种状态,令任何人见了都会动容。只有小孩子那无邪的眼神,童稚的话语,才会让他绽开笑颜,解开眉头……

怀念不是一朝一夕,我们只能陪他默默度过!

你 的 样 子

水波横（江苏）

为什么刚刚还在一起,一分开,就想不起你的样子。

为什么在一起时,把你深深凝视,一丝一毫地刻在心里,不见你时,却描摹不出你的样子?

是爱得不够,还是用情不深? 不是! 不是! 没有一分一秒不在感受你! 回味你!

可是,就是怎么也想不起你的样子。

科室里有一个女孩子,正是花开的年纪,悄悄地恋爱了。只要看看那花瓣一样扬起的嘴角,就知道那爱是多么甜蜜! 可是,有一天,她却对栀子说:"为什么,和他一分开,就想不起他的样子? 越想越模糊!"看着她为爱情皱起的眉头,栀子说:"你们相爱前彼此一定不相识吧!"她既惊讶又佩服,直点头。

因为栀子想起了自己的初恋,一见钟情,却相互陌生。就在感情的两条小径相互交集的时候,明明日思夜想,却就是忘记了他的模样! 等下次见面,把他悄悄打量,拼命地记住,可是分别后,又是一片模糊。无论怎么全身心地想,也是一片茫然。直到热恋后才越来越清晰。现在想来那是一段美妙又折磨人的幸福时光。

记得曾在《读者》上看到一篇文章,就这种现象有一种解释,依稀是用情太深,脑子里已没了别的思维,太单一太集中,记忆就会模糊! 正所谓,水墨要留白,风景要映衬。一味地想一件事一个人,反而会混乱记忆。

席慕蓉说:"今生相逢,总觉得有些前缘未尽,却又很恍惚,无法仔细地去分辨,无法一一地向你说出……"

于是栀子对那女孩说,不是你爱得不够,是爱得太用气力。情,不知所起,一往而深。说的就是这样的状态吧。

(三等奖)

三 千 尘 缘

于小兰(四川)

此刻,站在如水一般的月色里,风儿徐徐地从身边吹过。我的心儿慢慢地绽开,像怒放的花朵。就这样炫美地感觉着,生命是何其的交响着一曲曲爱的礼歌。也许,这样美好而执着的梦着,念着,想着,痛与快乐的交织便是最真实的生活。一种因梦想的美而毋须落入俗套的一种超越自我,萧瑟的洒洒脱脱。喜欢就是喜欢,欣赏就是欣赏,爱了就是爱了,没有什么对错,人生本也不是一首平铺直叙的歌。也许,总有些雨滴会注定落在我们的生命里;也许,本身极其孤独的灵魂,正因了心中所塑造的伟岸的影子,便从此不会孤独了;抑或孤独,也便是一种最丰富的安静了。

也许,苍老之时,回过头去看所有的周遭际遇与生活,便会深刻的感慨,梦了多少年,想了多少年,那样的感觉真是不易。要知道,一个人,愿意用所有的时光去切切地想念,始终是很难,很难。人生经典的感觉今生是不会再有了。无论世事会如何的辗转与改变,就让沧海变成桑田。也许,终有一天,老了,所有的回忆也慢慢地变得模糊起来,不再知道是雨水还是泪水模糊了视线。也许,梦想一生的梦想也不会暗淡和改变。有些人是你一辈子也无法离开的。也许,你并不知道彼此有多少回茫茫人海里的擦肩或不经意间的转眼。也许,一辈子就这样单单地相思着一个人,没有走完生命的最后旅程,却可以在别样的心灵感觉中静静地相伴。也许,对于一个如诗般的女人来说,一生能拥有一个美丽的梦想已经是一个很幸福的人生了,已经很值得一过了。

也许,除了梦想,这样的生活对我来说,就足够好了。倦了有一张床,渴了有一碗汤,快乐时唱一首歌,忧愁时写一首诗,孤独时有书为伴,白天去为面包努力,夜晚便与最清浅的文字相连,我的姓名本也属于这些简单与平凡。经历和拥有的并不太多,却也不少,物质与精神上的所有,载在我的生命列车上刚好,足够滋养我的肉身与灵魂,可以愉快而轻松地走完光辉而又难忘的人生旅程。这样的岁月,这样的人生,我已深感幸福与满足。我可以坦然地给自己的人生完美地交一份答卷,还有对这个世界的血肉牵连以及无法割舍的依恋,早已积累成了我心中幸福的源泉。所以,我想,就这样幸福着,一直幸福着,直到永远,永远……

人生的所有过往,似一位哲人,留下苔痕斑驳的岁月之墙无声地诠释着所有的往事,一任你在心底刻下多少的沧桑,多少的故事,所有依稀还见的昨天,也无论驻留了你多少的离合与悲欢,渐行渐远的总是我们注定的脚步,唯留心底的便是那些繁华的梦和往事如烟。也许,这样痴情的想念,固然优美和浪漫;也许,这样的依恋会因了一厢情愿的辗转而漫长,会终因了疲倦难抵终点;也许,就这样独自地望天上的月亮,遥想你在天涯路上的路宿风餐,自然会凝结成彼此一生一世的缠绵和静静的相伴。让风儿带去我的誓言,我一直就在你身边,从未走远。宁愿相信我们前世有缘,来世也不会改变!

淡淡而柔美的月光,将我感性的心照耀得好亮好亮,如水一般。也许,月亮蔓延着的清冷的光辉,可以覆盖我所有的无奈。我可以在雨落的尘埃之间,寻求残留的冬天。因为,在那个冬天,我们相识,我们相遇,我们尘缘三千转身才发现。相信吗?梦开始的里面并没有你,因为它只是一个极其幻美的影子,永远不可能在现实中沉陷。然而,过滤了多年,沉静了多年,尘封的所有梦境都被你踏遍。谁又能真的预见,坚实的父爱离去之后,在山川载不动的悲哀里,你却来到我的身边,静静地给了我一份寒冬里的温暖!

怀 念 父 亲

于小兰(四川)

天,渐渐地黑了下来。

我独自站在冷风吹过的江边,水如镜子一般,照亮了所有的思念。奇妙的梦,呼应着我眼前的流岚。静静地伫立,我把所有的关于父亲的一切过往开始反复地思念,思念。江边有许多的星星点点,人们在此刻悲切地怀念那些远走的亲人,抑或朋友。

父亲已经离去多日,也不知道究竟走了多远,会不会在这别样的日子里能找到回家的路,心痛我的思念和泪水涟涟。看着人们点燃的所有烛火,我更加的悲伤。许久许久以来,心里堆积的挂念和牵绊都在此刻倾泻而出。

我真的好想父亲的爱。滚滚的红尘里有太多的坎坷和艰险,我无法看清与应对伪善的脸。父亲,我好想你的一切心爱。多年以来,你教会了我许多的人生信念,也教会了我执着而坚强地面对岁月的快乐和辛酸。亲爱的父亲,天堂冷吗?感觉孤独吗?那里是不是满是黑暗?回忆,总会将我的心和你的心粘连。想象中,我都感觉到了痛楚和撕裂的无限,那病中的痛苦和肉体的折磨是不是你早已无法承受的重?

每一次翻阅你看过的所有书籍,我都会流连。我真的好想问你,人生是不是真的好短暂?永远是不是真的永远?轮回里是不是所有的疑惑都有答案?无论怎样相爱的人都终究会分开?我们都很孤独?回想你的每一次教诲都响彻耳畔,回想自己每一次的伤怀和委屈,都能告诉自己要记得你的话。你说过,人博大的胸怀,是在无数次的委屈、误解、伤怀、反思、明志、崛起的过程中被撑大的;人的一生,不是生活给我们的很少,而是我们计较得太多,才会感觉不到简单的快乐和幸福……

父亲啊!当我每一次想你的时候,独坐在曾经你喜爱的书房里,畅游在无尽的知识海洋里的时候,我总是想,来世里你是不是还可以做我最亲爱最伟大的父亲,我还可以做你最值得荣耀的女儿呢?你无数次的鼓励给予了我多少的力量,催促我不停地向着希望前往……

深夜里,我闭上眼睛,总会想起那些曾经的欢笑,想起那些我们讨论过的人生,还有那些我并不懂爱情的关于爱情的问题。想起那些苦与痛的日子,我总是悲喜交织着每一点的情感,回想病痛中你与病魔抗拒的画面。我真的只有无语问苍天?你用超人般的毅力,用最让世界感动的精神诠释着你的信念。你说,女儿,一切都会好的。可是,父亲,你哪里知道女儿的疼呢?医生说的那些话，那些我一遍一遍颤抖而签下的病危通知单，我好怕。看着你的痛，想着你的伤，看着医生的手术刀在你胸前划过的刹那，我痛，好痛，痛得无法呼吸。父亲老了，老天为何还要你承受如此的痛苦？让所有的痛加在我的身上吧！为什么除了哭泣，女儿只有无能呢？

苍天有情亦无情。父亲用那样的生命坚强，书写了奇迹的定义，可是，它仍然在我父亲痛与痛的重复中带走了他，带走了我的亲爱。它不管我的心与肉的撕裂。父亲的一生都在与书为伴。出生在边远的乡村，一步步地走出来，很是不易。他总是以知识分子独有和特有的清高保留着做人的本分。我不知道父亲是否真的拥有爱情。但我相信，他一定有一颗丰富而美好的心灵，文章写得极其漂亮，永不停息地坚持思考和学习。也许，对于父亲来说，简单就是美。

父亲离去的那段日子，我无法从压抑的心情里走出，脑际满是父亲的影子。母亲也想想哭哭。我明白了生命的支柱的深刻含义。我想起了父亲的托付，好好地照顾好母亲。待泪水浸透了心的每一个角落之后，我终于明白父亲说过的话。无论我们今天面对多么不能承受的痛苦，无论我们今天拥有多少欣喜，明天我们还是要继续。终于，想明白了生与死的道理，相信都是人在所难免的结局，也该看得透生命的周遭际遇了。

也许，最终的一缕青烟，便是任何人都无法逃避的悲剧。这也便是一切生命最终的归宿。每一个生命从开始到结束，就像一只散发着微弱光芒的蜡烛，在俗世红尘中随风摇曳。不管这风是如何的安详和沉静，如何的肆虐凌乱，只要那只蜡烛始终散发着微弱的光芒，有限的光芒，我们就有理由好好地存在，好好地爱，好好地活下去。

遥望墨色的天际，站在清明节追念亲人的时光里，想着此刻所有的人和我一样对亲人的无限怀念，我深深地祝福他们，愿他们幸福安康！

在我心中永远屹立的父亲啊，让我伴着你，伴着你的苦涩和苦涩后的幸福，像一棵棵苍劲而有力的参天大树，在日渐寒冷的时刻和源源不断地痛苦中好好地相恋与相惜……

（三等奖）

【作者简介】

于小兰,笔名如烟,从事文化传媒工作多年,爱读书,爱旅游,多篇文章曾在市级,省级媒体和国家级杂志刊登,另有,散文作品常见于各大文学网络平台。常怀着对文字的崇拜与热爱,畅游于天马行空的心灵盛宴之中,天涯独行的路上,每一个人都是孤独的行者,人生有如咖啡,所有的味道都得自己去品,诗意的栖居,诗和远方都能将文字惊艳。沉淀内心,安守流年,直至永远……

红尘有你,真好

如梦晨曦(黑龙江)

一幕烟雨江南,依稀在梦中出现。

你是那凝眸静坐的女子,把美景入怀,把相思浸染,把希望放飞明天。

花香鸟语,碧水蓝天,再不必故步自封,往来于自己的半亩花田。

世界之大,山水万千,穿越红尘去亲近自然,是人之乐,心之乐,相遇之乐!

最安宁的时光,匆匆流转。诗意辽远在心间,那些关于爱,关于感动,关于念想,关于欢愉,总是以流年的名义,来得急不可待,去得心有牵绊……

春夏秋冬,时间轮回在每一个明日的期待中。山河浸染,希望葳蕤,今天怎么面对,明天怎么行走,也许无须多问,只要有你,有我,所有的便都是值得,包括那些许的期待和记忆!也恰如那秋之荒芜,终有一天,会绿了荒芜、绿了雪原、绿了辽远!

一个人,行走半生,历经了生命的千山万水,风风雨雨抑或生死考验,于是便会无比的珍惜,珍惜当下,珍惜眼前……

每一个途经的日子,每一个心心念念,总是有所祈盼:愿岁月静好无殇,愿一切安好无恙。时时刻刻,都秉承自己心里最真的希望,希望余生平安,希望幸福永远,希望和相信每一天,都会在这眉眼之间,陡然升起殷殷希冀,快乐也会弥漫于心田……未来之日,让我们尽管去握紧手心里的幸福,尽可能地拥有爱和健康,绽放属于自己的生命精彩,除此之外,皆若浮云一般!

很多时候，平心而论，最好的喜欢是不被打扰，远离喧嚣，远离无聊的人和事，一杯一茶，一字一句，一诗一行，做最喜欢的自己，做最开心的自己，不辜负，也不孤独，任花自开落，水自漂流，人来人往，超然物外，心无挂碍，像风一样自由，像海一样深沉，像花一样欢颜！

着实应该感恩生命的这万般赐予。

每个夜晚，轻揽一湾月色，静谧之中，也总是习惯以思者的姿态，与自己与这个尘世对望，且以深情如许，寄予万千希冀，感恩纷杂红尘之中，还有这一脉馨香和心思兀自绽放在文字里，无畏光阴默默流转，何惧红颜渐渐老矣……

时间匆匆，去的去了，来的会来，站在相逢的路口，我们等一切等，也别一切别。

落墨时光之上的，一定都是前世的缘分；让心雀跃欢愉的，一定都是今生的注定。我们只需一页页，一天天，依着心的脉络，深情的书写：红尘有你，一切安好……

若说一切可以记忆，我愿把这一切深深藏起。在寂寞孤独的时候，它是一心暖意，是黑暗中的一线光，是所有美好的愿，足以安放自己，告别无处可去。

请让我们相信，岁月之中，有一朵花儿永远是开放在心里的，她带着岁月的沉香，沐着风的灵气和阳光雨露的滋养，绽开我们所有的希冀，把每个未来的日子唤醒，一切会在我们的意料之中，也会在我们的意料之外。

一个心中有爱的人，心中必将有花开，有四季常青，必将抵御一切未知的挫折和考验，把日子生幽香，把愿望化精简，把生命亦燃，真实地活出自己的与众不同……

恰如那海鸥飞处，一个梦的遥远。海水拍打岩石的声音，清脆悦耳，轻轻诉说着一个恒远不变的传说。时间，隔着时空，在山与水之间，在海与天之间，在此岸和彼岸之间，缄默无语。而你，如一缕清风，拂过心海，激起了阵阵涟漪。简约的美丽，如诗般，甜甜入梦；如花更如海，美丽而深邃，所有的美好，只有懂得的人才能真正地赏识和获得。

阡陌红尘，芸芸众生，各自秉承自己的使命，相遇有缘人，路过无缘客，无悲无喜，无风无雨，持一方岁月静好，安暖一生薄凉。

一心之上，总会有良人相伴，剪字为诗，对酒当歌。纵使俗世苍凉，内心依然独有繁花似锦，山水相依，真情无敌。

苦短人生，相遇总是万般美好。幸好你来，幸好我在，指上的光阴，岁月的物语，心灵的陪伴，天涯，咫尺，彼此安好，彼此珍惜！

柔软的房子

琉璃半夏（黑龙江）

这是一幢柔软的房子，只属于我。

从它存在的那一刻起，它就带着与生俱来的好奇与热情向这个世界窥探。用它的每一个触角去感知，用最敏感的神经去触碰那些渺小但却闪着荧光的美好。光与影的罅隙里，它旋转跳跃着，载着满屋子琳琅满目的财富，装着数不尽沉甸甸的梦想，和晴空下潋滟烂漫着的无尽期盼。

那些不能和别人分享的情绪，全都悉数藏在这间小小的房子里。它从未想过自己可以装得下这么多秘密。房子的墙角贴了张泛黄的旧照片，里面是一个白皙帅气的男孩子，刘海清爽安静地趴在脑袋上，冲着镜头青涩而又幸福地笑着。关于初恋，只剩下影子和藏在旧照片里的美好。一个笑，一下子就填满了一屋子的阳光。

窗台上的花盆下面，压着一张准考证。那是高考所留下的最后的一笔印迹。准考证上的那个少女停留在了18岁的盛夏里，整整齐齐的准考证号每读一遍都还会莫名地紧张。可能一辈子再也不会因为成绩而如此这般恸哭了吧，那样悲痛欲绝却又无能为力。

走出屋子来到大厅，顺势坐在正对门的沙发上。仿佛"吱呀"一声门开了，爸爸妈妈手里拎着大包小包的东西从超市购物回来。一边换鞋一边你一句我一句地念叨着，好像在说隔壁李阿姨家的孩子考上了什么985高校。妈妈从冰柜里掏出一大块牛肉说："姑娘学习累，赶紧给她做点好吃的……"

这座房子很小，小得只能装下一件事，一本书，一支笔，一双舞鞋；一个人，一段情，一篇佳话……

这座房子很大，穿堂入室，向房子的最深处瞭望，看见天花板上仍然悬满了晶莹剔透的梦想，"别忘了你曾经也是第一名"，还有诸如此类金光闪闪的，人们称之为信仰的东西。

这座房子很大很大，装得下闺密十二年前送的五角星，也装得下分手那天的烧烤和凉啤酒。装得下舞台聚光灯下翩翩起舞的自己，也装得下孤独、无助，摘下面具忧心忡忡的自己。装得下青梅竹马和儿女情长，也装得下家国情怀和心怀天下。

这座房子很大，它装得下整个世界。

亲爱的陌生人，晚安

琉璃半夏（黑龙江）

月色如水，敲打着每一瞬浅白色的寂静。有风吹过，传来淡淡的梅子清香。夜，那么轻，那么美。我坐在窗前，静静地想着关于你，和你的故事。晚安，我亲爱的陌生人。

你是那个篮球场上阳光帅气的大男孩吧，每一个旋转、跳跃、投篮，都是那样的精准无误而又不失风度。从中场到篮筐，一个完美的弧线划过，掌声四起。所有人都在为你呐喊助威，你却在阳光下轻轻一甩头，把刘海凹成一个好看的形状。你笑了，笑容就好像此刻悬挂在天上的，绵长而璀璨的北极星。此时你该睡了吧，忽闪着长长的睫毛，在梦中甜蜜地笑了起来。亲爱的陌生人，晚安。

你是那个我在校园里迷路时送我回宿舍楼的暖心学长吧。刚上大学时本来就路痴的我怎么也找不到路，偏偏还竞选上了班级的团支书。开完会想回寝的我，足足绕了三十分钟，最后还是不得不硬着头皮去问路。还好是你，微笑着冲我点头，一句"我带你走"，声音好听得像一场山野里迎春花的盛开，溢满了芬芳。送我回去后你消失在转弯的路口，从此便再也没有遇见过。你是否现在还在为了考研而挑灯夜读，还是安安静静地靠在桌前读一本自己喜欢的书？亲爱的陌生人，晚安。

你是和我坐一趟地铁的学生党，耳机里循环播放着一首不知名的小众情歌；你是迎面走来又擦肩而过的时尚达人，红色围巾的一角在我眼前飘过，飘散着香水的味道；你是和我一样早上六点半起床赶时间的人，可能是一个打工族，可能是一枚程序员，早饭在公交车上草草了事，到了公司还得神采奕奕笑脸相迎。我们虽不曾相识也从未谋面，但我知道在这个城市的某一角一定有这样一个你,和我迈着相同的步伐,走过同样的时间节点,都载着生活里的小情绪和小欢喜,走过一样未知而又充满新奇的路。在这样一个晚上,你们从我的脑海里渐入,再渐出,又渐入,渐出,摘舍不掉。

你的眼像是我回眸刹那瞥见的那缕微光,你的馨香像是初春破土萌芽的希望,你的微笑像是海边火红而不刺眼的朝阳,你的幻象像是小时候妈妈讲起的来自远古时期美丽的童话。亲爱的陌生人,别再彷徨或是忧伤,因为至少还有一个这样陌生的我,在默默为你祈祷。愿你平安,愿你不再烦恼,愿你心中有傲骨也有慈悲。愿你乘着梦起飞,愿你有着最干净的喜欢和最炽烈的向往。

亲爱的陌生人,晚安。

长在秋天里的记忆

琉璃半夏(黑龙江)

今天立秋,想写点关于秋天的东西。突然发现小时候手到擒来的命题作文,现在竟然让自己这样无所适从。"扑哧"一声笑了出来,还记得小学的时候刚开始写作文,在整整齐齐的作文本上描写秋天。那时脑子里没什么关于秋的深刻印象,只是放心大胆地闭上眼睛去想象,天花乱坠的修辞手法便连珠炮般从脑子里蹦跳出来。一口气,三四页作文纸的"秋"就这样跃于纸上了。发回来老师批改过的作文本,本子上定会布满了红色的波浪线,然后又一篇优秀范文就这样横空出世。

我一点也没有自夸,从来不愿意碰优秀作文书的我,从接触写文章开始,几乎每一篇文都会被拿出来当作范文给大家诵读。人生的处女座同时也是第一篇被刊发在书上的小诗,是边啃苹果边从嘴里溜达出来的,那时候我六岁,读小学一年级。

小时候不懂修辞不懂升华,只是想起什么就说出来什么。写完之后自己读着一遍遍修改,单纯地想把自己笔下的东西变美。现在想来,小时候那样近乎疯狂地涉猎各种书籍,张口就来的小情绪和落笔的文字,除了天赋,更多的还是因为喜欢。记得还没上学我就已经把一千零一夜、格林童话、安徒生童话、伊索寓言的全集本全部读完。每天早上爸妈一睡醒，就会发现我一个人捧着一本厚厚的故事书津津有味地在看。以至于我的高度近视不是电子产品惹的祸，而是因为看书。

初秋，清晨六点多的微凉。印象中秋天的天空应该是很高很高并且万里无云的，可是今天的天空布满了绵长而又厚重的云朵，一簇一簇地堆积在那里，并不怎么讨人喜欢。这座城市还没睡醒，能听见清澈的鸟叫声，还能听见雏鸟扑闪着翅膀，尽力随母亲往高处飞的声音。越长大，我发现我的记忆越发变得出奇地好。很多很久远的模糊记忆，仿佛瞬间被打开，一下子真真切切浮现在脑海里。比如八九年前的秋天我和妈妈一起拾捡落在地上的红叶，夹在我最喜欢的摘抄本里做了书签。比如那个深秋那个男孩子小心翼翼地用创可贴给我包扎手上的伤口。

以前，我是最讨厌秋天的。说不清楚缘由，或许只是因为万物凋零，或许是因为天气开始变冷。总之，印象中的秋天是一个让人清醒又落寞的季节。不管作文本上再怎么赞美秋天，还是会很轻易地把它与"萧瑟""沉寂""孤独"等感知联系在一起。我也不明白我那些感性的小情绪是从哪来的，从我记事起我就有着对不同事物细致入微的感受。"这样很容易被别人当成一个疯子吧"，我一直这样顾虑着。

不知从什么时候起，对于秋的厌恶好像没有那么深了。可能是对生命的凋零不再那么敏感，还可能是习惯了独属于秋的那份冰冷的基调。关于立秋，也只是把一如既往的长篇感慨偷偷藏起，第一时间想到的是今天该吃饺子还是该吃黄瓜。

从不爱到不在乎，从排斥到接受，从满含泪水到无动于衷，从万千感慨到闭口不言，从头到尾。或许这就是成长吧。

我们，一直在赶路

琉璃半夏（黑龙江）

那个门前，不一样的人进进出出，带着他们各自的故事，揣着各自的烦恼和忧伤，潮流涌动般川流不息。

几个看似旧相识的寒暄声、一个人走路的叹息声、几个小伙子打游戏的吵嚷声、独自戴着耳机发出的哼唱声、电话那头的催着单子的工作声、小情侣连麦的嬉笑声,一齐混杂进耳朵里,混杂在这个灿烂却凛冽的初春。

天空很高很蓝,却仿佛和这个世界无关。

你很拼很努力,却好像也和这个世界无关。

你站在远处望向那扇门,你看不清那人潮中有谁在进出,也不能依据穿衣打扮和走路方式分辨出那是哪一个他。

这些人,长得不一样、终点不一样、故事不一样、想要去的地方不一样、想要的东西也不一样。可唯一相同的是,所有人,都在赶路。

而我们只是这其中的一个啊。

有的人笑嘻嘻地攥着新发的工资,他看世界哪里都是美的。有的人掩面叹息想起还没还完的房债,想起还躺在病房里的老母亲,他只看见石缝中颤抖着的小草,和地面上那个孤独绝望、无助飘摇的影子。还有人,跳脱世俗般地仰望着这个世界,带着特有的佛系属性,旁若无人似地沉浸在自己的世界里。

不管是怎样一个人,在这样的一个地点,在这一分这一秒,我们都从这个门口进出,路过,又就此别过。

或许有一天你还会不经意间在某个路口,再遇见这其中的某些人。只不过你不曾知道,你们曾经在这个门口,在这个结点,相遇过。

时空交错,我们,却一直在赶路。

虹 的 心 事

琉璃半夏(黑龙江)

它就那样安静地站在那里,不与雷电争吵,也不同风雨叫嚣。

它不需要再解释或争辩些什么,只是和从云层中刺破的阳光一起,甩开那些泥土和尘埃,安静而平和地从泥泞与潮湿中探出头来,散发出斑斓且柔和的光芒。即便不久后消失了,但也不能泯灭它所存在的意义。既然认定要离开,它就再也不会回来。或许是因为太多的不值得。那场记忆,带着风,带着雨,带着咆哮着的雷与闪,带着满天的阴霾与风沙。直到后来还混杂着出巢的鸟鸣,夕阳的色泽，和天晴时的温度。

最后，关于它，颜色和本身是一样的质地，纯净。

从不回头，从不妥协。

从不言语，也从不依靠。

偷窥记忆的人儿

琉璃半夏（黑龙江）

考完试在宿舍床上躺着，死人一般地不动，只是平静地呼吸。

我能听见心跳，窗外的车鸣，和走廊尽头女孩子们的嬉笑声。一个人，静静想起那些关于过去和属于过去的故事。它们零零星星地躺着，躲在拾荒者的被子里，一不留神就一个接一个地从记忆里滚落出来。

那一颗颗晶莹着的，蹦跳着散落下来的。是珍珠，还是泪，我分不清。

从不想过分渲染些什么，仿佛过去的那些浓墨重彩的情感也一点点淡去，直至消失。成长，剥夺了我的多愁善感，剥夺了我的感情用事，剥夺了我的好奇心和对一切事物的新鲜感。那些年里只做第一名的心气和没有人敢招惹我的锋芒，全都被岁月粉饰得圆润而平和。那些不可一世的骄傲，那些所谓自尊和光环，那些曾经向外张开的刺，此刻都服服帖帖地奄在那里，随时等待着生活所给予的下一场恶战。

我惊讶地发现我竟然可以一个人咬牙坚持着走这么久。回头看时，发现来路已经如此遥远。那些我自己以为一辈子都挺不过来的事情，都一件件含着泪吞着委屈走过来了。兵来将挡，水来土掩。没有什么是过不去的，岁月都会替你去轻描淡写。只是在回首时，它们会抽搐着以痛觉的方式提醒你，它们曾经那样真实地存在过……

可能还没到应该学会爱的年纪，就已经再也不会轻易爱上一个人了吧。可能还没离开学校步入社会，就已经看腻了世故和人心了吧。那些人，那些事，就像是一根根扎在心里的刺。不拔出来会不舒服，可是拔出来又会有殷红的鲜血流出。而且你分明地知道，没有人会为你疗伤。不如就那样让它们呆在那儿吧,让那些陈年旧事烂在记忆里,发酵也好,化作尘埃也罢,都悉数一个人收着。然后把它们带进坟墓,随你一同老去,死去。

你总说,人间有太多的不值得。不管是你拼尽全力去争取的,你费尽心思所守护的,还是你奋不顾身去相爱的,抑或是你朝思暮想所信仰的。可是你是否想过,你的存在,也真的是一种值得么? 值得什么,又值得在哪里?

人,是一种有感情的动物。他有生命,有思想,有占有欲和保护心,有喜怒哀乐。所以他除了沿袭着动物界的弱肉强食,适者生存以外,又衍生出来了一系列的嫉妒、攀比、仇恨,衍生出来了笑里藏刀和明争暗斗。

问问自己,累么?

人活在世上,没有人不累的。毕竟,玩世不恭不是我们想要的生活。可当你竭尽全力地努力了,却也无法和政策的突变去抗衡一分;当你自认为做事做到问心无愧了,却也不得不敬畏四个字"人言可畏";当你勇敢地去爱了,却意外发现了超出你认知范围的冷酷与无情;当你用忙碌来填补你的所有情绪后,你又发现生活回馈给你的"惊喜"是关于你的所有依旧是"事与愿违"。

于是开始心疼自己,心疼那些失去的睡眠和本应有的开心,然后继续死循环着下一轮的拼命奔跑和无能为力。好像好久都没有这样躺着放空了吧,这么久了,一直都没有休息过。如果这样一直躺着,就能过去一辈子就好了。

可是我不能。

因为我常常告诉自己,一个人要活得像一支队伍,不气馁,有召唤,爱自由。

因为我常常告诉自己你要变优秀,要逼着自己变强大。

因为我常常告诉自己你不能停,也不许输。

我曾经是一个多么会给自己打气的人啊!

突然有泪划过,我不知道是不是因为悲哀……

你过得好么,我们都别说谎

琉璃半夏(黑龙江)

这世上总会有一些自己并不想去触碰的东西,就像这个季节里突然闯来的心悸，就像一个人行走出没在雨后的黄昏。泥土的湿潮，细致入微的凉意，和断掉网络关掉手机只想一个人放空出去走走的念头，一起在布满阴云面无表情的天气里冒出头来。

也许是被前几日的明媚和炎热所带来，而我却只想把所有的情绪就着冰咖啡，吞下。

仿佛习惯了这种墨守成规没有波澜的生活。被时间拥簇着向前，就像早晨七点来到丹青，在电梯间里从门缝中看见的，一条飞速下滑的同样形单影只的线。瞬移的不只有我们，还有时间。

窗外有云，连成片的那种，中间没有一点的缝隙。微弱的细光从云层中闪落下来，像图书馆的窗帘投影在桌面上的图案一般。那本就幼小且无力的光，从透明的窗子射入，然后一点点地开裂，消失。

潮湿和闷热好似一堵围墙，绕着这座城市，垒得老高老高。备忘录里的记事本也一样，黑压压地栖在你心头，永远也清空不完。一个人独处的时候，脑子里会像放电影般放过很多事。而时间刚好有一只大手，把那些往事轻轻地揉搓，把那些坚硬的边边角角都一一揉化。只剩下一些软的却让人遗憾并感念的东西，留着一个人的时候拿出来静静地观赏。

我想，这就已经很好了。

白岩松说："一生中总会遇到这样的时候，你的内心已经兵荒马乱天翻地覆了，可是在别人看来你只是比平时沉默了一点，没人会觉得奇怪。这种战争，注定单枪匹马。"

就像小时候的哭笑从来都不会打折，就像真正难过的人一滴眼泪都没有掉，就像这个世界上根本不存在那么多的感同身受。

昨天晚上和朋友通电话，偶然间得知他的同学一直在关注着我的每一次推送，每一篇文章。也会因为我的文字而去思考些什么，也会因为我后台的留言回复而感到开心。突然感觉这个世界还是拥有色彩和温度的，琉璃半夏的存在也还是有意义的。尽管那个他我们未曾谋面素不相识，尽管也只是通过文字隔岸千里平行观望。

突然间就觉得生活里的那些情感，无论是欢呼雀跃还是痛哭流涕，无论是清醒到清晨四点的彻夜无眠，还是过山车般起起落落的心跳，都很值得。因为它们都是生活中的一部分，都是那个曾经的你，在时光这片领域中所投射出来的阴影。

所以就突然特别想回到过去，抱抱那个小时候的自己，告诉她：当初那么多如洪水猛兽般的情绪,虽然现在想来也许不至于,但是每一次的惊涛骇浪我都能够理解啊。

其实文人挺孤单的,他们的世界很少有人能懂,也很少有人会冒冒失失地闯入。

究其一生,文人都在流浪。

你准备好和我一起去流浪了么?

第二辑　十里桃花

花谢勿恋枝

潘鸣（四川）

大清早乘着薄雾去蔬果市场采办家用，偶见有花店售卖蜡梅。三五枝一束，密匝的花蕾花朵栖满枝丫，鹅黄油亮，在熹微晨光中尽显莞尔俏丽。欣然讨买了两束回家，用素色碎瓷花瓶蓄了水，兑一勺白糖用于催花，分别养在客厅和书房。霎时间，一脉清流暗浸润，满室梅香好怡心！欣欣陶然十余日后芬芳渐次消弭，满怀兴致再去花店，意欲来一番"梅花二弄"。及至，铺面却寻不见一朵梅影。求问店主方得知，这岁寒冬花虽然可人，盛花期却只有不足两月。时令一过，花苞不自恋老相，纷纷随风离枝而去，披纷一树便只剩如铁枝杆了。

带着几许遗憾离开，心中却倏然有所触动。这一剪寒梅，自古以来就是世间娇宠。她活在文人墨客的诗赋画轴里，活在寻常人家"疏影横斜水清浅，暗香浮动月黄昏"的一帘幽梦中，活得那般精致与美好。可是她却明白"花开花谢总有时"的事理，虽然青春苦短，芳华易逝，却不嗔不痴，无怨无悔。历经一场热烈的花事之后，悄然谢朵离枝，化作护根反哺的春泥。

自然就联想到了人世间有些事情。一段时间来，娱乐演艺和媒体圈卷起一种风潮：某些早已歇艺歇业的当年名家红角纷纷策马打道，重返江湖，在各类时尚新潮的舞台上粉墨登场，高调出镜。一时间，"谢了的花儿又重开"成了一道扯眼的风景线。那些曾经的"腕儿角儿"们，当年风华正茂时，美奂的形象、优雅的气质、卓越的才华，以及在舞台和荧屏上塑造的独具魅力的艺术形象，给广大受众留下了有口皆碑的美好印象。可是眼下他们重杀回马枪，亮相于公众视野，却全然是另一番景象：他们有的跻身歌手选秀，步上光怪陆离的台面，手握麦克，竭尽全力高声放歌。可是中气已明显不足，昔日婉啭或昂扬的一腔"好声音"味道全没了，唱到高难音区竟然还偶有走音跑调。有的重新坐镇主持、播音的交椅，一开口，音质早已失去当年珠圆玉润、字正腔圆的质感。还因为年老或生病的原因，虽然精心化了妆，镜头里仍明显呈现一副衰弱容态，甚至有因秃顶罩了假发出镜不经意穿帮露出破绽的。还看到有年龄一大把、腆着肚腩的昔年舞者，与一帮花样少年同台 PK 跳现代舞，铆足了劲拖着一副松弛的躯体艰难蹦跳，在那儿演绎时尚与蓬勃。招式之间那一份别扭，看得人一身鸡皮疙瘩，不忍卒睹。一群当年星光灿烂的非凡人士，在这一轮不合时宜的热闹趋风"走秀"中把自己折腾得够呛。其结果，非但没有收获预期的掌声，反倒把当年镌刻在广众记忆中的那一幅幅唯美老画面，一寸一寸地给磨毁了。

其实，没有谁主张让那些昔日名角们老无所为。他们经年累月积淀的专业涵养是他们个人的财富也是社会的财富，理当珍惜、挖掘和传承、弘扬。但是，适当的时候应该以适当的方式去做适当的事。比如说充分据量自身的年龄、精力、健康等综合状态和各种因素，量体裁衣，各尽所能，各司所宜。或到相应的学校和专业去任教，悉心传技授业；或登上严肃的评委席做考官当伯乐，凭一双慧眼去发现举荐那些"未来之星"；或转移到摄像镜头后面，去承担编辑、制片或导演工作，巧避"外在"衰败之短，弘扬"内在"修为之长；或者悠然居家，一边安享清福，一边著书立说，把宝贵的经验留传后人借鉴学习。至于那些需要以青春活力做底气的"走台"，和必须以新潮时尚为风范的"亮相"，真的不必再痴迷不舍、趋之若鹜了。时过境迁，终究是"雏凤清于老凤声"。有悖时势、勉为其难的强撑和较劲，最终不仅仅是让自己陷于窘迫难堪，还会殃及众多的无辜——毕竟都是公众人物。

突然想到世界体坛巨星、田径跑道上的"黑色闪电"博尔特。在连续创造了人类一百、两百米短跑极限纪录，谱写人生辉煌之时，自感巅峰已过的他，在去年八月伦敦第十六届田径世锦赛上决然宣布退役。尽管正当三十华年，但他明白，属于他的最好的时代已成历史，明天的跑道，理所当然该腾让给年轻的后起之秀了。赛场中央，英雄博尔特面对数万观众眼噙热泪哽咽道别："我已尽全力做了我该做的事，我知道，是该离去的时候了。"

一言既出，全场数万人为之惊愕，随即全体起立，报以长时间的掌声。那掌声里包含着挽留、尊重、敬佩和真诚的感动。

繁花过后，不恋枝头。毅然一个华丽转身，把优雅潇洒的背影留给人们，犹如撒一痕弥久的余香供人品味留恋——好个聪明的博尔特！

春　水　谣

潘鸣（四川）

大地惊蛰，百草回芽的时候，春水的心思就缱绻上来。

这个季节，雨最是怀柔多情。它敞开心扉一诉衷肠，便把每一块田畴、每一丛草木、每一蓬屋顶都惹得湿漉漉的。连秉性阳刚的日头都变得多愁善感，时而显出几分把持不住的失态，窘然掩面于云团之后，去稍许平复一下心情。

春雨它既不瓢泼，又不盆倾。

就那么情深深、意切切，剪不断，理还乱，若霏似雾地缠绵于苍茫天地之间，古往今来，无数的文人骚客为其独具一格的风韵所倾倒，对着那一帘亘古的幽微雨幕动情深吟浅唱——

天街小雨润如酥，草色遥看近却无。

春雨断桥人不渡，小舟撑出柳荫来。

小楼一夜听风雨，深巷明朝卖杏花。

一片春愁待酒浇风又飘飘，雨又萧萧。

青箬笠，绿蓑衣，斜风细雨不须归。

字句玑珠的辞章，抒不尽清宁婉约的情致和恬美或忧郁的意趣。

其实，除了那份柔情和娴雅，春雨还怀有一腔大善大爱。在这万物生长的季节，广袤的原野上芸芸莘莘如同万千婴儿，需要衣衫鞋帽，急待酥软的褓褓。春雨，是上苍之母紧赶着织出的绵纱，纺成的丝缕。由那无形的大手在天地之间穿针引线，织成无以计数的暖衣和偌大的温床，赐予所有破土而出的新生命一份欣欣向荣的动力和日趋茁壮的依托。

拙朴的庄户人家吟不出煽情的诗赞，但祖祖辈辈却传颂着一句农谚——春雨贵如油。一句直白的俚语饱含着渴盼和感激的双重情愫，铭记了春日甘露的无上价值和殷勤奉献。万物受了春泽滋润的恩宠，深谙知恩图报的事理。它们蓬蓬勃勃地吐芽拔节、展叶伸枝、含苞怒放、挂子结果，最终酿成丰谷美蔬、鲜珍佳肴、深林荣木，反哺于天地苍生。

远离尘嚣的村野，偶或还可见一两眼天然井泉。往日里那枯瘦得几近寂灭的洼泽，眼见着一天天又丰腴起来。地下深处一度淤塞的那些细小眼孔，在惊蛰的蠕动中重又疏通了某一缕神秘脉源。凝滞终被激活,隔阂化为无形。消停多时的汩汩之声再度续弦。一种自下而上、由里及表的潜滋暗长,就在这方寸之间悄然律动。一线生机,度成一番新的轮回。

明地里蜿蜒游走的溪河,盈涨的态势也是举目可辨。不过那一脉蕴涵的滋漫,依凭的不是夏天那种暴雨肆虐之后的泄洪溢流,而是遥远的山地源头上,春日暖阳融雪化冰后点滴涓缕的汇集。这样的流水,骨子里有一种冰清玉洁的晶莹剔透。它激情澎湃,却不事嚣张狂放;清流泛波,不捎带任何沉渣浮草。一路飞珠溅玉,弹奏出琴瑟和鸣的悦耳妙音。

大春备耕拉开了序幕。有一些浪花从溪河里分身出来,蹦蹦跳跳,欢快地跃入一方田畴。田块不大,是用于滋育秧母的。正因为耕作空间的囿狭,机械们无以施展钢臂铁脚,古老初原的农耕场景在这里才有幸得以再现。披蓑戴笠、裤腿高挽的老犁手稳健地扶着犁把,犁前的枷担承负在浑体黝黑的弯角牯牛肩胛上。他们默契配合,在泥水里来来回回反复地耕耙。他们的步履很是慢悠,像绣花一样寸寸精耕细作,连田边地角也不疏漏。他们不明白如今世道为什么越变越浮躁,做什么都贪多求快。庄稼地里,机械化、新科技,都施展上了。耕播收打自动化,过去几十天的农活,如今一阵风就卷完了。

从前养的猪叫作"年猪",眼下两个月就催得嘟儿肥。地里的蔬菜瓜果也要"催",四季更迭的种与收早乱了套。饭桌上摆的,肚子里填的,都是催红催绿催大催熟的东西。快是快了,可是原汁原味没了,地道的好东西没了,老农和牯牛明白,留给他们这么慢条斯理侍弄农事的机会行将越来越少直至终结。所以他们甚是珍惜,他们试图以自己的行为方式和最终效果来佐证:在这片大地上,"慢工出细活"的古老真理是不该被轻易忘怀的。人要足踏实地,不能指望在天上飞着过日子!最终,老农与牛捣绒了一田土坷垃,打理出几顺溜棱角分明的垄厢,看上去如奶油蛋糕一样平滑柔韧,浸泡好的谷种均匀地抛撒上去,施上淡淡的基肥。

十来天过去,再看那方畦垄,一田浅水经历闲神静气的沉淀,先前的浑浊泥水已如明镜一般澄明铮亮。垄厢上,谷种已吐芽分蘖,蔓出一片柔嫩的翠绿。

哈,这一小洼春水,竟然变成白玉镶翡翠了!

(二等奖)

【作者简介】

潘鸣,生于蜀中,临水而居。多年从事广电宣传。流连于文学百草园痴迷不舍。四川散文学会会员。时有散文、小说在《四川文学》《四川日报》《青年作家》《华西都市报》《德阳日报》和多家新媒体平台刊发。

又是一年芳草绿，我替你看那桃花十里

齐凤艳（大连）

这是我第一次如此纪念清明节吧。

而我也一定和许多人一样，一想到清明节，脑海中就会浮现杜牧的那首诗："清明时节雨纷纷，路上行人欲断魂。借问酒家何处有，牧童遥指杏花村。"

这是幼时就记在心里的，那是一幅画。柳枝婀娜新裁出，燕子斜风语呢喃，儿童牛背曲横笛，坡上雏草方萋萋。而画面的景深之处，酒旗招展，似有醴香飘逸。

这幅画，是我和你快乐的童年，山野、田地、牛羊。清明时节，万物复苏，我们在春天里奔跑：儿童散学归来早，忙趁春风放纸鸢。

我们也会背第一句和第二句，但是，那时的我们没有为它绘一幅图，我们不理解不知道不懂得祭扫之人的哀伤，因为我们不谙世事，未经历过人世间的悲欢离合，我们只知道快乐。

成长，一定要经历痛苦和哀伤吗？还是痛苦和哀伤本来就在那里，所谓人生长恨水长东。只不过有的亘古、有的遥远、有的切肤。而那与痛苦和哀伤相伴的死亡，总是激起最痛彻心扉的哀痛。因为，那逝去的，是我们生命的一部分，是我们的情和爱。

于是，每逢清明这个祭奠的节日，纷纷的雨就是思念与哀痛的泪帘。每逢此时，人心自愁思，一沾春雨一断肠。

生死两茫茫，不思量，自难忘。在这传统的祭奠的节日，带上香烛、烧纸、酒具和一颗想念的心，去墓前拜祭你吧。

沿途尘波澹澹绿无痕，草色遥看近却无，树木也生机方醒，大地却已经开始了一场新的孕育。再过几天，田野上将呈现出一片春光，不仅会有鸟栖檐上鸣滴翠，花曳风中影沁芳，更会有那梨花初带夜月，海棠半含朝雨。

此时，我不禁想起前天读到的简书作者简小爱清欢的两句诗："砰"的一声／

一朵花开了。她说,那是生命的声音,而她这首诗的题目是《绽放》。花开了,不也就是生命的绽放吗?

可当花凋零的时候呢?生命离去的时候呢?它是不是有声音,它是否留下了声音,风声、雨声,还是林涛阵阵,抑或无声无息,一个轮回归于宁静。

然而,当你在我心里,你不会无声无息,你的音容笑貌和那从前的日子永远回响在我的记忆中、生命里。

烧纸燃起的烈火,照亮我心中你永远年轻的生命,炉烟袅袅是我的思念陪伴天堂里你的灵魂。洒一杯酒吧,入春泥几许,连接到地下的溪流,你一定还能够闻到它醇厚的味道。

往事不会东流去,旧寒一缕吹起烧纸的灰烬如银蝶在我的泪光中婆娑起舞。它们柔软的翅膀带我飞翔到树梢之上。那里,几只小鸟叽叽喳喳地叫着,隐约中,我望到的可是今春北方的第一茬新芽。

又是一年芳草绿,我替你看那桃花十里。

都市一隅的诗意田园

刘丽平(哈尔滨)

平淡是生活的本色,大多数人,都是在柴米油盐烟酒茶中度过漫长岁月,时间磨平了棱角,历经了悲欢离合、酸甜苦辣的人生沧桑,唯觉平淡最美如初。

我们身边总有许许多多普普通通的人,没有什么波澜壮阔、事业通达,正如清代诗人袁枚的诗《苔》寓意的哲理人生,"白日不到处,青春恰自来。苔花如米小,也学牡丹开"。虽然很渺小,悄然绽放,不引人注目,无人喝彩,但充满自信,认真地把最美的瞬间毫无保留地奉献给家庭,奉献给社会,让平凡的生活,充满了阳光。

生活在城市里,虽没有庭院,一尺窗台,养几盆花草,剪叶浇水,将心事轻语,诗意的芬芳漫卷遐思飘向远方,悠闲与云月共话;一尺平台,红袖沾香,研墨铺宣,唐风宋雨书诗文,花鸟山水抒情怀。偶抚筝弦,筝韵悠然;隔窗听雨,烹茶与语;拥衾看雪,焚香读书。吾心安处,卧云听泉。

你留意了吗?也许你的身边就会有这样非常平凡的人。他们把平常的日子过成了他人眼里的诗意田园,简居于闹市,守着自己专属的乐园,尽心尽力,将平淡的日子过得殷实而又丰盈。

老徐大哥是我的邻居，居民楼下的一溜儿平房是挨着楼房后建的平顶房子，老徐大哥就住在平房里，二楼是他的女儿一家三口居住。

老徐大哥勤快朴实能干，只要是出门遇见他，他的手里都有一份活儿在忙。楼前的路面坑洼不平了，他就搬砖垫石填土；下雨天积水了，他就挖沟引水排涝；冬天扫雪，开春铲冰，既让自家门前整洁干净，又方便了他人，这平凡简单忙碌的生活，日复一日，从没见过他抱怨过什么，总是乐滋滋地和见面的邻居打招呼，打趣。最让我喜欢的就是老徐大哥的"空中田园"。老徐大哥充分利用了房子平顶优势，用木槽和大大小小的花盆种上了各种花草、蔬菜。我在楼上，隔着窗就能看到。春天，风起天阒，新栽种的秧苗萌发着盎然的气息、勃勃的生机；盛夏，多彩的花朵引来翩翩蝴蝶，茄子、小辣椒、小西红柿在碧绿交叠的枝叶缝隙里，令人馋涎欲滴；晚秋明月夜，蟋蟀啾唧惆怅着霜冷植株，翠减红衰；冬雪皑皑，鸟雀晨梦临窗，唤醒慵懒的时光。

鸟雀临窗，还得从老徐大哥养鸡说起，老徐大哥在房顶上建了一个小鸡窝，养了几只鸡，除了给鸡喂食外，还特意在鸡窝旁放了几个装满谷物的食盒，这是怎么回事呢？原来是麻雀常来抢食鸡食，麻雀在咱大东北这儿被戏称为"老家贼"，专门爱到人家田间地头、场院和居民区啄食晾晒的谷物或地上的遗落米粒。市区里没有庄稼地，老徐大哥的"空中田园"被一群麻雀们盯上了，从时不时地光顾，变成了现在一日三餐，按时按点地来就餐，风霜雨雪，春夏秋冬不误。

每天清晨我都被叽叽喳喳的雀鸣声唤醒，一波一波的麻雀飞来飞去，窗前电线杆子上的麻雀起起落落。最有趣的是夏天，小燕子来了，小燕子和麻雀们常常为抢占地盘，在窗前上演争夺电线杆子大战，不管是哪一方胜利了，我都是快乐的收获者。

老徐大哥辛勤的付出，不经意间，为自己平凡的都市生活找到了赏心乐事。低头种菜，抬头看花，一花一草皆可明心见性，用心的生活，为自己开启了快乐时光，为他人营造了诗意田园。

人不是向外奔走才能找寻到诗意和远方，守着平淡的生活，平凡而不平庸，淡然而不索然，放飞遐想，信步心灵深处的旅行。旅途中探索、追寻、触及那些可知的、不可知的、可遇的、不可遇的情境、情愫。亦如窗前的小小田园一方，安放一颗素心，诗意地栖居一隅，耕耘一片属于自己的，独一无二的诗意田园，从容面对生活，为自己修篱种菊，耕云种月。

原创于 2017.12.1　2018.3.9.定稿

红崖碧水,花香稻田

刘丽平(哈尔滨)

不出去走走,你永远不知道家以外的视界有多美,不亲临其境,永远不知道那山、那水、那人,不知道世事变化、人文地理,也永远不知道,党恩何在,党的光辉,就像春风化雨,"润物细无声"!

2017年8月19日,我随微信自媒体平台"文化范儿"一行去五常龙凤山的龙凤湖和营城子京旗文化稻花香生态园采风,对此深有感悟。

龙凤山风景名胜区位于五常市龙凤山乡,在长白山余脉张广才岭西坡,距哈尔滨市区170公里。我们早晨7点从哈市出发,9点到达五常与当地的文友会合前往。

龙凤山历史悠久,位于大秃顶子山下的牤牛河,水域发达、沟谷纵横,牤牛河中下游地势平缓。牤牛河宽窄不等,深浅不一,一年四季水量不定。每至汛期水势迅猛,沿河道肆意横流,水声震耳发聩,声如牛吼。一遇旱年,河水干涸。河套沿岸受内蒙古风沙侵袭,多为沙性土壤,有的河边形成了沙丘。因受地形地貌影响,每年夏季常遭洪水肆虐,冲毁房屋、淹没庄稼,百姓背井离乡深受其害。

修建水库的提议,是当时的一位县委书记,向前来视察的省秘书长级别的领导汇报请示的。省委省政府以"为人民服务"为宗旨,大力支持,1958年,由国家投资,在两山之间筑起了一条长近千米的拦河大坝,历经十载,于1968年大坝、隧洞、溢洪道、输水洞等枢纽工程基本竣工。东起龙山,西接凤山,拦腰截断牤牛河,形成了低山平湖,碧水流翠,明珠含香,平湖被龙山、凤山环抱,因而被称为龙凤湖。如今是省级风景名胜区,又被联合国大气观测组织将该地区确认为无污染的自然保护区,并在库区设立了观测站。至今,龙凤水库还在造福一方,五常的"稻花香"大米,就是这秀山灵水孕育灌溉而成。如今身临其境,"此时无声胜有声",党的光辉,无处不在,福泽绵延,惠及民生,怎能忘记,岂不入心。

　　龙凤山还有一个美丽的传说,相传在隋朝时期,八仙张果老驾祥云从此路过,俯瞰这里风水美好,景色秀丽。驻足观望,突见一只金翅凤凰正与九条巨龙在水上争斗,金凤凰展翅俯冲,欲嘴衔龙头,九条巨龙同时在水上腾起,将金凤凰团团围住,大有吞没金凤凰之势。在这紧急关头,张果老将拂尘一甩,九条巨龙同时伏卧于河东岸,化作九座山峰,金凤凰因与九条巨龙搏斗而筋疲力尽,随即也落于西岸化成一座山峰,后人将东山称之龙山,西山称之凤山,"九龙朝凤",龙凤山因此而得名。

　　牤牛河,辽金时称暮棱河,清朝时称莫勒恩河,民国初期叫漠泥河,牤牛河是漠泥河的谐音。牤牛河流经冲河、龙凤山、光辉、卫国、常堡等乡镇,在背荫河镇附近注入拉林河。

　　牤牛河由东南流向西北(河流一般都是由西向东,而牤牛河却是由东向西流),经四平山在冲河附近有支流冲河汇入,再经龙凤山水库,北折至志广乡新立屯附近,又有支流大泥河汇入,折向西流,在营城子乡马青山屯附近流入拉林河。它是由多条山泉汇聚而成,全年水质清澈,名副其实的冷水鱼的安居之所。水中冷水鱼类颇多,如柳根子、滑石柳、山鲶鱼,更有一级保护鱼类——细鳞鱼。

　　龙凤湖湖两侧是用石块砌筑成的平整护坡。坝西左岸依山为库区入口,相连的是四个泄洪的水闸,欧式的水库建筑建在凤山山坡上。坝东端右岸是水电站,紧靠龙山。那澄澈湛蓝的湖光,令我神往,梦幻遐想。

　　坐船游湖是我的最爱,站在湖岸放眼望去,湖面平稳如镜,对面的龙山静躺碧波,犹如一位巨人,卧波听涛,仰观苍穹,沉思冥想。齐光瑞老师说像极了静躺着的毛主席,我也是越看越像,于是,我们一行人便私下约定:称之为"毛公山"。

　　开船了,一幅意境幽远的水墨画卷展开,叫人叹为观止,龙山、凤山两岸相峙,"九龙朝凤",凤凰于飞,山峰陡峭连绵,翠黛隐隐碧水迢迢,烟波浩渺,湖岸参差错落,曲折蜿蜒、平缓兼有,更有红石碴子壁立绿水,红岩石断壁,直插湖底,船行近处仰面观望,顿觉红崖险峻入云,断壁苍劲雄伟,蓝天白云倒映,湖水涟漪,碧水流香,素有"红崖碧水"之美誉。远眺群山奇峰竞出,重峦叠嶂绵延,或气势磅礴,或惟妙惟肖,或婀娜逶迤,或险峻巍峨,或秀美清丽,山光水色集天地之秀,纳百川之灵。

　　中午我们美美地享受了一顿丰盛的美味鱼宴,十多斤的龙凤大鲤鱼肥美鲜香,鱼肉筋道耐嚼,和以往吃的鲤鱼不一样,还有炸黄瓜香,龙凤鳙鱼(花鲢)、龙凤黑鱼、龙凤鲫花,龙凤银鲫(这可是一般人吃不到滴)……吃完了,还想吃,难不成,我也变成吃货了,呵呵。

下午我们来到营城子,行车的路上,恣意花红柳绿,目不暇接。最美的风景在路上,瞬间而过,些许遗憾,留下回味无穷。路两侧绿树成荫,青山隐隐,沿路鲜花朵朵,稻田交错,打开车窗,漫村遍野的稻花香风扑面劲吹,香气袭人,吹乱了我的头发,迷醉了心田,爽!任可吹黑了脸皮,也不放过这乡野之风!

路过的乡村人家,铁篱笆小院,稼穑满园,平铺四野稻田锦,藤蔓篱笆瓜果妍,无不透露出富足的气息,好羡慕这田园生活!

同行的文友石威领我们来到了一块稻田,我是头一次近距离认知稻谷,沿着田埂走进稻田。

初见稻花,原来是这么娇小柔弱,清馨淡雅,犹如繁星点点,在水田里零落,依根成泥。想这稻谷的香,就是这花氤蕴的。

眺望田间地头,稻谷低垂摇曳,稻花堆香叠玉,风舞碧浪滚滚,田边高树鸣蝉,晴空曼云丽日。稻穗在风中轻轻摇曳,青蛙在塘里长鸣短叫。

咦?稻田里怎么安装了许多像鸟笼子一样的东西?

石威告诉我们,这是太阳能生态杀虫灯,是他们格林赛沃(瑞士)公司引进的瑞士技术,自动控制,白天不亮,晚上亮,专门捕杀损害稻田的虫子,稻田不施农药,杀虫全靠灯,纯天然生态生长环境。真是太神奇啦,不可思议。

石威又将笼子下面的收集盒卸下,里面有好多死掉的虫虫。他将好多盒子里的"蝲蝲蛄"收好,说回家炸着吃,是一道美味佳肴。

吓坏我了,即使是美味,我恐怕也不敢吃。

"稻花香里说丰年,听取蛙声一片。"花香稻田,怎能不留个倩影,即将到了收割的季节,丰收在望,我也是收获满满。

真是不虚此行。既科普了一些农耕知识,又开阔了视野,也让我看到了乡村日新月异的变化,在党的光辉普照下,新乡村,新气象,每个人都在平凡的生活里,发挥着各自的能量,为生活,为社会,默默地奉献,为拥有和谐宁静幸福的家园而努力!

(2017.08.19)

(优秀奖)

【作者简介】

刘丽平,笔名清平月,哈尔滨生人。1986 年哈尔滨南岗文化艺术学校毕业,哈尔滨市文史馆馆员,黑龙江省作家协会散文诗创作专业委员会会员,黑龙江中国画学会会员,黑龙江省工艺美术协会会员,哈尔滨市美协会员,哈尔滨市女画家协会会员,哈尔滨市女书法家协会会员,中国名家书画艺术院黑龙江分院副院长兼办公室主任。

自幼喜欢书法、绘画、诗词,师造化,师古人。曾受教于李秀实、乐峰、张子奇等前辈,又师从刘进荣、闫文化、吕显成老师。书法绘画作品,在哈尔滨铁路局举办的各种书法、绘画竞赛活动中,多次获得各类奖项。2011 年被哈铁电视台艺术专栏节目专题采访报道。2008 年,书法作品入选哈尔滨市南岗区组织的"百姓丹青迎奥运"大型书画集。诗歌楹联作品连续三届均有作品入编入选《中国百诗百联大赛作品集》(国内外发行)。2011 年诗歌作品获得南极茶城诗歌大赛优秀奖。有诗歌作品在《东方诗刊》上发表,有诗歌作品入编北方文艺出版社出版的《黑土英烈颂》,有诗歌作品在《生活报》发表。绘画作品参展哈尔滨市素兮.绚兮第一届女画家协会画展。

我的扶贫日志

陈传峰(山东)

"12 月 25 日,星期三,天气晴。今天寒风刺骨,鼻子水都冻出来了。老李家终于搬进了改造后的新居。两口子进去出来,出来进去,脸通红通红的,不知是冻的还是激动的。一双手,不知放哪儿好,那些破家当,不知搁哪儿好。新房的墙和窗子都很严实,一点冷风也吹不进来,不像去年,屋里的水都结了冰……"

坐在桌前,翻开《扶贫日志》,又记下了值得浓墨重彩的一笔。

今天老李一家激动,我也兴奋。多亏了政府的政策好,对列入贫困户,仍然住在危房的,每户发放资金 15 000 元,对旧房子进行改造。"安得广厦千万间,大庇天下寒士俱欢颜。"所有贫困户的危房,特别是住了几辈人的茅草房、泥坯房,将彻底告别这个时代。

老李一家还舍不得这个老房子,在拆掉的一刹那,两口子都掉下了眼泪。老李的女儿,还写了一首诗让我看。题目是:别了,老屋——

别了,老屋/我想念,屋檐下的燕子窝/别了,老屋/从此,你将出现在我的梦里/我好想,趴在你的怀里痛哭……

读完这首诗,我的眼角湿润了,想起了自己家的老房子,曾经生我养我的地方,房子虽然破,但能避风雨,兄弟姐妹在屋里嬉戏打闹。我最爱的,是寒冷的冬天,屋檐下结着长长的冰溜子,伸手够下来,放到嘴里一咬,嘎嘣脆。

上级要求,对贫困户的识别,一定要精准无误。我帮扶的老李家,真是够标准,够穷的。在日志里,我是这样记载最初的印象:

"一座草房子,两个残疾人。几只鸡鸭,一条小黄狗,一只小花猫。一亩三分地,也没能力种。

石头墙上爬满了南瓜秧,丝瓜秧,你争我吵,分不清谁是谁;屋檐下,挂着一串红辣椒,两串高粱穗子……"

在扶贫工作中,我们乡镇干部每人帮扶一个贫困户,为他们想办法找路子,尽快让他们脱贫。不是简单地说捐助他们点钱就行,而是从根本上解决问题。像这样的一户人家,家徒四壁,身患残疾,怎么办?愁得我好几天吃不下饭。幸好,老李的闺女勤奋好学,学习成绩名列前茅,今年高考超出一本线20多分,被南方一家医科大学录取。这女孩就是有志气,从小立志学医,为天下穷苦人治病。但是学费把一家人愁倒了。老李整天唉声叹气,老李媳妇暗自垂泪,小姑娘脸上愁云密布。

"8月16日,星期五,天气,多云转晴。今天是个好日子。跑了团委跑妇联,累得不轻,总算是为老李闺女,筹到了上大学的钱,加上我再资助一部分,这学期的学费、生活费都不成问题。不管怎么说,我要资助这个女孩读完大学……"

小姑娘今天高兴坏了,在太阳底下逗着小狗,摘一朵喇叭花插在头上,眼睛眯成一条缝,太阳映红了她娇羞的面容。

老李媳妇,腿有残疾。看来天无绝人之路,她心灵手巧,在娘家时就会缝纫。怎么利用好她的手艺,为她找一门路呢?

"10月10日,星期一,天气晴。今天终于与瑞丰家纺的刘老板谈成了。瑞丰家纺是一家个体企业,主要生产床上用品,产品出口,效益不错。通过与刘老板协商,考虑到老李媳妇腿脚不便,企业定期给老李媳妇送去一批布料,让她搞初加工,加工完后,企业再派人派车去拉货,计件付酬,这样老李媳妇不出家门,每月能挣 1 000 多块钱……"

解决了老李媳妇的问题,老李也是腿有残疾,但是一个大老爷们,年龄还不是很大,难道就这样一直闲下去吗?

"11 月 6 日,星期六,天气晴。今天真高兴,终于为老李谋到了一份职业。听说建筑公司看大门的老大爷身体有病,辞职回家了。听到这一消息如获至宝,赶紧跑到建筑公司找了杨经理,杨经理也是个心地善良,热心公益的人,跟他说了说老李家的情况,一口就答应了。老李明天就可以上班了……"

第二天一大早,我就急不可待地去了老李家。一进门,两口子正在吃早饭,我往桌上一看,呵,两口子还挺有兴致的,两人一人一盅酒,也没什么菜,一盘炒豆腐,一小碟花生米,两人你一口我一口,喝得有滋有味。原来,自从住上新房,加上老李媳妇挣了钱以后,两人每顿饭都要喝上一盅。我竟有点羡慕他们了,我终于理解了,这就是平凡人的幸福生活啊!

我的日志里,这些东西都记着。每天晚上,记记现在的,看看以前的。有时候写着写着,泪水就把纸弄湿了。但是眼前浮现的,却是老李一家的,还有更多像老李一家人的笑脸。

(二等奖)

【作者简介】

陈传峰,笔名传丰,山东泰安人,公务员。山东省散文学会会员,泰安市作家协会会员,泰安市诗词学会会员,"齐鲁文学"签约作家,"世界诗人"签约作家。作品发表在名刊《参花》《四川人文》《中国风》《齐鲁文学》《北极光》《情感文学》等,部分收录《中国当代诗人大典》《中国当代诗人佳作》《芙蓉国文汇》《中国最美爱情诗集》等书刊。

第三辑　柔软时光

一枚飘过心里的雪

唐春元（广东）

一枚遥远的雪，虽没能亲身感受，但是那份洁白恬静的世界，已经融化了我的深情。

从昨天开始，陆陆续续有来自湖北和江苏的朋友，发来了 2018 年第一场雪的照片，看到洋洋洒洒的大雪，恨不得插上翅膀，去感受万里雪飘的风情。

有梅无雪不精神，有雪无诗俗了人，看着妖娆的大雪，很想用一笺小纸，写上此时此刻激动的心情，雪美了心情，美了天空，雪美了我手中的小笔，让文字赞美皑皑的白雪。

记得小时候，天空昏黄，气温寒冷，必是家乡下雪，那一天大家都会放下手中的活儿，静静地看着从窗外飘过的大雪，小朋友更是玩出了另一番天地，有经验的老农会眉开眼笑地说："瑞雪兆丰年"，是的，大雪过后，冻死了祸害庄家的害虫，明年一定是个丰收年。

雪是多情的，那种千树万树梨花开的豪迈情怀，让人无限眷恋。雪是美丽的，那是天上仙女向大地洒落的最美丽的鲜花。

风起，雪飞天寒，一枚雪花一份怀念，天空洗涤了雪花的纯净，清澈慰藉了心灵，大雪之后人们陶醉于这份宁静素白之中，一切浮躁与纷争，柔化在皑皑白雪中。

年年雪里，常插梅花瓶，梅花因为有雪，才显坚强，故有梅花香自苦寒来之说。雪圣洁,洁白,象征一个美好的世界,象征人们美好的心灵。

（三等奖）

温 柔 柳

王光佐（安徽）

一直以为,最温柔的树应该是柳树。瞧那柳枝,坚韧、柔媚、抒情、浪漫。

有心栽花花不发,无心插柳柳成荫,树们,好栽易活当属柳了。春天也好,冬天也行,只要有土的地方,随便剪一截柳枝,漫不经心插下去,不多久就会冒出新芽。那新芽,毛茸茸,翠生生,雀嘴般张开,在春风里呼唤,在细雨中舒展,转瞬便睁开了黄绿媚眼,让诗人好生感叹:不知细叶谁裁出。

从《诗经》开始,柳便跟诗人结下不解之缘:"昔我往矣,杨柳依依,今我来思,雨雪霏霏。"李白有"此夜曲中闻折柳,何人不起故园情";欧阳修作"月上柳梢头,人约黄昏后";柳永词"杨柳岸,晓风残月";庾信写"昔年种柳,依依汉南。今看摇落,凄怆江潭";毛泽东更是慷慨高歌"春风杨柳万千条,六亿神州尽舜尧"。这些"柳",千般风流,万种妩媚,让人浮想联翩!

在小城,缠绕着莲花湖,有一种叫垂柳的柳,更是柔软绵长。成语叫她杨柳垂金,杨柳细腰。垂柳的身姿玲珑小巧,细腻苗条,衣袂随轻风飘舞,婀娜婆娑百媚生,颇像城里那些柔情似水的小女子。春日迟迟,佳期如梦,小湖边,杨柳岸,里里外外都有她们俏丽的身影。小城粉墙黛瓦,山色清华,温暖潮湿,滋润着垂柳,撩拨得人心思荡漾。至今还喜欢背诵唐代诗人刘禹锡的《竹枝词》:"杨柳青青江水平,闻郎岸上踏歌声。东边日出西边雨,道是无晴却有晴"。杨柳岸边,青枝垂拂;江中流水,平面如镜。熟悉的踏歌声悠然传过来,令那些沉浸在初恋中的少男少女不知所措。羌笛声声,柳珠吐绿,柳絮似棉,那些柔婉,朝朝暮暮;那些眷恋,柳暗花明。

望柳思人,蓦然回首,其实柳就温柔在我们每个人身边。何必众里寻她千百度? 相敬如宾的妻子就是小城的一棵垂柳。妻生在水乡古镇,书香人家,一鬓黑发,一袭素装,气质如柳,最是温婉贤惠。那年师范毕业,我分配到乡村小学教书,一无所有,一贫如洗,妻冲破家庭阻力,用她的坚韧与执着与我走到了一起。结婚30多年,我们朝夕共处,相濡以沫,妻身如柳枝心如柳丝,是那种腰包里揣着口红眉笔,心底下算计着油盐酱醋的女人,把小日子过得如烟似柳,蘸满生机。那时父母都健在,女儿还小,一家老少,全靠她张罗。正如一首歌中唱的:起早贪黑紧忙活,上班回来就下厨,每天三顿家常饭,买菜烧水洗衣服。妻不仅用她的忠勇柔顺维系着这个家,还用她的宽容忍让支撑着我日常工作。那些年,我一直做办公室主任,在单位忍气吞声,积蓄的不快大都带回家。每当妻看到我阴沉的脸,总是小心翼翼,系上围裙转身钻入厨房,把饭菜递到我的手上,嘘寒问暖劝慰,替我分忧解愁。那时节,三月的垂柳,正是叶嫩花初,望着窗外的柳枝,细品妻的美丽温柔,我会突然发现,那些妩媚乖巧的柳枝,是多么的清纯灵秀,人世间,多少诗情画意,多少刚强好胜,多少恩怨情仇全都被她揉进细细的枝条,温暖的怀抱。

柳丝长,情意深,人间的美好,全在温柔柳。

(二等奖)

【作者简介】

王光佐,男,1963年11月生。大学本科,安徽师大汉语言文学专业毕业。中学高级教师,中国散文家协会会员,现供职于安徽省枞阳县教育局。80年代开始文学创作,先后在《农民日报》《工人日报》《杂文报》《南方都市报》发表过文学作品,部分作品收录于各类文集,《散文选刊》等多家报刊专栏作者,签约作家。

古镇上的老茶楼情结

吴玉泉

在上海西郊的古镇朱家角,茶馆被称为"百口衙门",它们大都开在沿河滩,你想听听小道消息，你想寻个人问个事，最好的去处就是上茶馆。解放前后，方圆只有0.68平方公里的古镇里，就有渭水园茶馆、俱乐部茶楼、长兴楼茶馆、繁华楼茶馆、繁鸿楼茶馆、德意楼茶馆、望梅楼茶馆、风声阁茶馆、桥楼茶馆、中南茶馆、禄园茶馆、新中国茶堂部、一乐园茶馆、日升茶室、鸿园茶室、光华茶室等16家茶楼。这些茶楼大都靠街临水。进出方便，很受市民百姓的欢迎。

清朝同治年间（1862年），祖籍徽州的程云龙，祖辈在朱家角古镇北大街三阳湾，开设了一家"渭水园茶楼"。这是有史记载的最早开在古镇的茶楼。

程云龙的祖辈，起初是到朱家角做丝绸、茶叶生意的，由于经营顺利，赚了钱慢慢地就在角里购地建房、落脚定居。程云龙，外号"老龙头"，他热心助人、爱打报不平、积极参与社会活动。朱家角民房都是木结构建成的容易着火，救火会救火街窄、水急，一般人捏不住、挡不牢水龙头救火，只有程云龙有一股能捏住水龙头救火的手劲，"老龙头"这个外号也由此而得。现在，镇上提起老龙头，上年纪的人都还能记得。程云龙兴趣广泛，特别喜欢养鸟，还懂得一点医道，凡有人来求他看病，他只要力所能及，从不推辞，总是乐意帮忙，给病人针灸、治伤、捏骱，治病时热情认真，社会反响极好。由于经营有方，人缘又好，茶楼生意兴旺，后来他在北大街桥梓湾又开了一家"望月楼茶馆"。当程云龙年老时，就由其儿子程奇璋接他的班，掌管"渭水园茶楼"。继续采用原来的办法管理。凡茶客来茶楼吃茶，进门时，先用印有"渭水园茶楼"字样的铜脸盆送上一盆洗脸水（天热用凉水，天冷用温水），让茶客洗把脸，定定心，再找位置坐下吃茶。当时吃茶用的茶壶有分档，一般茶客用紫砂壶泡茶，有点身份的茶客用高档一点的瓷壶泡茶，有的甚至还留有不给别人、专供他一人使用的茶壶。茶客坐的位置也有讲究，同一村、同一地方来的坐在一起。卖地头、做小生意的喜欢坐在沿街店门口，一边吃茶一边好照顾买卖。渔民一般坐在楼梯口的小间里。

解放初，茶楼生意清淡，程奇璋就从松江请来一些唱括子书的先生，到茶楼唱书，茶楼重又热闹起来，特别到晚上，几乎夜夜客满，有的小孩也挤在人群中听"戤壁书"。每逢春节几天，茶客来吃茶，茶楼就在每壶茶中放几只青橄榄，配些糖果瓜子，名叫吃"元宝茶"。这样店主、茶客大家喜庆、开心，皆大欢喜。

位于北大街闹市的"俱乐部茶馆"（解放后曾一度改名为江南第一茶楼），它创建于清末（公元1911年），正式名称为"俱乐部公记"。由叶鸿泉，於士卿和夏瑞良三个老板合股，轮流坐庄，直到解放。它是青浦区内最大、最有名气的一家百年老茶馆；那是一家三开间门面，三四排进深的二层楼房。拱形红砖灰墙，底楼为浴室，当时茶馆扶梯右侧为老虎灶，专供茶水；左侧由点心名师"馒头金根"开设点心店,经营生煎、蟹壳黄、蟹肉烧卖、蛋丝汤包等时令小吃,"朱家角小吃"的名声即由此开始。沿中门扶梯拾级而上,是二楼茶馆前后厅堂,可摆四十多张八仙桌。台面,椅子形状各异,透出原始的古朴典雅。常有许多评弹名家应邀演唱,叮咚弦声,不绝于耳。往往从早到晚,茶客盈门,座无虚席。平均每日接待三四百位茶客。在茶楼里,"孵"环境、"泡"时间、"聊"见闻、"侃"变化,可以真切地领略到老茶馆那种特有风味。登楼环顾,放生桥、阿婆茶楼、圆津禅院等名胜古迹一览无遗,在茶楼里,还可以让你喝个饱。在朦朦胧胧的晨雾里,一个个熟悉的身影戛然而至。前后不到一个小时,偌大的茶楼就人声鼎沸。壶对壶,盅对盅,有光喝茶的,有喝茶伴大饼油条的,有一边喝茶一边啃瓜子、青豆的,有搁起脚说新闻的,有捋袖骂山门的,说到动情处,还会夹杂几句粗话……席间还有花生、瓜子、五香豆等提篮小卖,川流不息于茶座之间,别有一番风韵。这儿的市井小景至今还让人在记忆中挥之不去。

　　楼下靠东面有只老虎灶。提起"老虎灶",每个老朱家角人都会觉得亲切,虽然老虎灶的周遭从没有名流出入,更没有过高档奢华场所,日子平淡如开水地流过了百年,但当年老虎灶"巷口街头炉遍设,卖茶卖水闹声盈……沪火炎炎暮复朝,锅储百沸待分销"的闹猛场景,至今仍是许多老年人的记忆。

　　解放前,朱家角居家条件有限,大都用煤饼炉取火,烧水既费时又费煤,且量少人多不够用,于是就去俱乐部茶楼的老虎灶去买开水。这里的老虎灶用土砖砌成,比一般的灶台要大许多,上面架着二三口烧水的大铁锅,锅下面的灶膛里烧砻糠、稻草或木柴;大锅周围还嵌着几个小罐子,利用灶膛的余热暖水。大锅水烧开后,舀到小罐里,有人来买水,就从小罐里舀水冲入水瓶,既保暖,又不耽误买水人的时间。大灶烧出的水,上午供楼上茶馆用,下午供楼下浴客用,小灶烧出的水零卖。开爿老虎灶还需常备几只硕大的水缸盛水,雇人到河边挑水,有时老板还要亲自上阵。水缸盛满水后加入明矾,用竹竿把水搅得打转,过一夜,"水脚"沉到缸底,上面的水碧清,泡茶做饭甘甜香醇。后来,有了自来水就方便多了,只需将水管引入屋内,拧开自来水龙头放满水,烧开即可。到老虎灶买水的,大多是附近的居民或中学生及卖茶水的小贩,一分钱一瓶,经济方便,深受欢迎,从早上五六点到晚上十点左右,老虎灶的生意一直红火。由于楼上茶楼里常有说书先生,故来冲水的人也不免驻足观望,有的干脆沏上一杯茶,听完一档书,再拎着开水回家。

　　人们都说,凡有这种茶楼情结的中老年人,每天的生活都是从茶楼开始的。茶馆下有200m²的浴室,设有80只座位。配有助浴、搓背、修脚等,服务十分到位。不仅当地百姓,还吸引四面八方的农民,渔民,过路客商,纷纷到此品茗,赏景,听书,汰浴。如此安排倒是十分有趣:上午楼上"皮包水",下午楼下"水包皮",一天的市井生活倒也安排得十分充盈、惬意。朱家角出版的《明报》,在民国三十八年(1949)三月六日,曾刊登过一篇题为《珠井茶坊巡礼》的"专访":茶肆酒楼在每个市镇中,都占有非常重要的一个地位。社会里的什么事情,都在那里经过,批评,辩驳,赞扬。每一家茶坊里,都有着老主顾。俱乐部,珠溪镇最大。楼上品茗是等待汽轮的好地方,亦有临时旅客不时品茗,做点额外生意。其他如本地脚夫和客籍脚班,网船和米船,乡邦为张家埭和周荡村居多。"足见当时茶客之众,生意之兴隆。"

位于古镇东井街的阿婆茶楼,是个颇有传奇色彩的地方,距今已有 100 多年的历史。两层的茶楼临江并设有独立码头,"回"字形的楼身,粉墙黛瓦,飞檐翘角,是一座典型的明清建筑。因为地处黄金水道漕港河和西井巷汇集之处,它也成为由东北入口进入古镇看到的第一处景观。解放战争时期,阿婆茶楼是曾任中央军委副主席、国务委员兼国防部长迟浩田上将的连部。1993 年新春之际,迟浩田上将视察朱家角镇时,还曾旧地重游,感慨万分并欣然题词"古镇展新姿,振兴朱家角"。

总占地 700 平方米的茶楼,近年因有诸多名人的相继来访,而春风得意。2001 年 10 月 19 日下午,普京夫人及随从光临阿婆茶楼,在翻译、导游的介绍和解说下,开始品茶,赏景。他们抚摸着紫砂壶杯,喝着茶水,尝着茶点,观赏着阁楼外的漕港河景致。通过翻译,茶楼的"阿庆嫂"们才知道,普京夫人对这一切欣然称好,赞叹不已。普京夫人临走前还吩咐随从带些茶叶和茶点回去。普京夫人出了茶楼还拍照留念,屡屡回头凝望黄昏夕阳中的阿婆茶楼,似乎要将这座雅致的茶楼,连同余晖中的古镇留在心里。2002 年 3 月 19 日,时任国家主席江泽民偕夫人王冶坪光临阿婆茶楼,一边品茶,一边与茶楼的服务人员亲切交流。王冶坪更是对茶楼的茶点、熏豆和豆腐干赞不绝口,临行时还让警卫打包带走了一份。2005 年 9 月 27 日,台湾知名学者、作家李敖结束了在大陆的 3 场演讲,原定上午 10 点钟回母校市东中学,但是率性的李敖却在朱家角欣赏起了水乡初秋。置身这样的江南水乡,李敖显得很高兴,一路去了藏书楼,坐了游船,又在阿婆茶楼里喝了水乡特有的香茶,还不忘吃上几个朱家角的小粽子和串串豆腐干,摸出钱包在古镇买了一幅古画。同年 10 月 25 日,连战与夫人也是坐在阿婆茶楼的雅座上,面对对岸的圆津禅院,一边品尝龙井香茗,一边欣赏水乡美景。茶馆四周挂着清代翰林的匾额,满室飘逸香,及眼溢雅韵,连战看着匾额频频点头,对大陆发扬光大传统文化感触良深。

如今,"渭水园茶楼",早已另作他用,改成了饭店;"俱乐部茶楼"虽仍在卖茶,但已今非昔比。但那种老茶馆的情结,仍深深地留在人们的记忆里。家住新扬村的谈老伯,今年已97岁,他喝茶喝了70多年,是茶楼发展、变迁的见证人。如今,他的老家因新市镇建设而动迁,在古镇西井街租了间老屋,每天必定会去茶楼喝早茶。用他的话来说,早上走走可以强身,到茶楼喝茶,听老友讲讲可以健体,几十年了,习惯了。百年茶楼留给人们的是美好的回忆。家住马家埭村的沈金明,已经83岁,也是这儿的老茶客。据他说,他从20岁开始进茶楼喝茶,一喝就是50年,2001年因喉部生一息肉,住院切除后不能吃饭、喝茶,平时就靠吃半流质食品生活。已经10多年了,他没有再在茶楼喝过茶,但茶楼的情结仍在,他时常会到茶楼转转,看看风景,听茶客们聊聊。他说,现在我生活安定,和老伴俩每月能领到800多元退休金,三个儿子都已成家。如今大孙子的小孩也快六岁了。这时的沈老伯,满脸都是幸福的笑容。

凡来古镇旅游的人,每天看风景大都从看茶楼的风景开始。朱家角老茶馆所特有的韵味,依然存在于人们的记忆和现实生活中。

(二等奖)

【作者简介】

吴玉泉(笔名　朱泉　玉行天下)

1948年8月生,上海青浦朱家角人,大学文化,上海市作家协会会员。

1974年毕业于上海师范大学历史系。平时喜爱写作,先后在《人民日报》《文汇报》《解放日报》《新民晚报》等报刊发表习作500多篇。已出版《走进朱家角》《春晖回眸》等书。2008年退休后,又相继又出版《珠溪素描》《玉行天下》《吾悦夜话》等书。

赵爷的故事

点亮（黑龙江）

赵爷的妻子病逝时，儿子刚刚两岁。自此，赵爷和儿子开始了相依为命的日子。赵爷为人忠厚、勤快，又是村里唯一的老师，虽然他拉扯儿子的日子有些磕磕绊绊，但也不失温暖。赵爷的妻子去世刚过百天，就开始有媒人接连上门，给赵爷说媒，赵爷爷每每都态度坚决地否定着："谢谢你的好心，我不能给孩子找后妈。"

儿子10岁那年，一个女人闯进赵爷的家中。女人姓刘，长得漂亮端庄，高挑的个儿，白皙的皮肤，一笑两酒窝，待人和蔼可亲。女人丈夫早亡，女儿在赵爷做老师的学堂里读书，女人经常帮学堂打扫卫生。女人见赵爷自己带着孩子不容易，就经常帮赵爷做饭洗衣服。一天，女人对赵爷说，她觉得赵爷人品好，又有文化，如果赵爷不嫌弃，她愿意带着女儿住过来，侍候赵爷父子一辈子。

赵爷早就看出了女人的心思，对女人也很有好感，但想到儿子还小，他决定"快刀斩乱麻"，回绝着女人："我答应过孩子妈，这辈子不再结婚了，你还是找个好人家吧！"自此，赵爷有了外号——叫胆小的赵爷。

其实，赵爷不是一个胆小的人。那年一个冬日，天下着"大烟泡"，风裹挟着雪，鬼哭狼嚎着。夜幕降临时，镇上突然响起了枪声，随之，狗叫声此起彼伏。赵爷披着衣服出房门去查看。不远处，一个黑影跑了过来，到了他近前，急促地说道"老乡，不要害怕，我是东北抗日联军战士，受伤了，后边有'鬼子'追兵……"赵爷什么都没说，一把把对方拉进房门，旋即关上房门，熄了煤油灯。

室外的狗叫声，由远及近，又由近而远。

赵爷重新点燃了煤油灯，这才看清楚抗联战士的胳膊中枪了。打猎高手的赵爷手脚麻利地帮抗联战士处理好伤口。抗联战士向赵爷道谢后，就要走。赵爷爷拦住了抗联战士，闷声说道："你的伤还没好呢，怎么能走！别着急，等养好伤再走。"

抗联战士姓郭，是一名通讯兵，在执行任务时遭遇了日本鬼子。为了能让小郭的伤势快些好起来，赵爷爷不仅每天按时给小郭换药，还想着法给小郭做好吃的。熬鸡汤给小郭吃,把留给儿子吃的鸡蛋给小郭吃,上山打野兔给小郭吃……小郭的伤渐渐好了,要回部队,已经日久生情的赵爷和儿子都舍不得小郭,小郭也舍不得赵爷父子俩。小郭问赵爷说:"收留我,可是掉脑袋的事,你没怕过吗?"赵爷笑道:"打'鬼子',就算掉脑袋,俺也不怕!"

赵爷在辛苦中一点点把儿子拉扯大了,赵爷也一点点老了。

1960年,赵爷的儿子早已结婚了,并且有了自己的孩子们。和儿子、孙子们生活在一起的赵爷并不服老。因为物资匮乏,一家9口人常常会"断顿"。春天来了,赵爷在山里开了一块荒地,种上了蔬菜和庄稼。一切都靠赵爷的一双手和一把锄头,赵爷的双手总是老茧纵横。

在那个计划经济困苦年代里,那年春天,播种季节,赵爷和往常一样把土豆种子,种在地里。过了一段时间赵爷和我还有哥哥我们一起去地里除草,走到地头,发现一颗土豆苗也没有了,原来土豆种子被人扒走了。赵爷难过地瘫坐在地上,含着眼泪说:"天哪,今年冬天这家人该怎么过呀?"每当提起这件事情我们兄妹都很为赵爷伤心落泪!

秋天到了,山里的雨水刚刚下完,是采集蘑菇和木耳最好的时节。赵爷走进山里,趟着过人高的榛材棵,采摘榛子和山核桃、蘑菇、木耳等山货,然后背到几十里山路外的县城去卖。常常,一个往返,赵爷的肩膀和脚上都会肿起血泡。后来,日子不再那么艰苦,赵爷仍旧坚持开荒种地,采山货打猎。

一次,天色渐晚,赵爷背着装满山货的背筐顺着铁路往家走,突然发现前方不远处,一只狼一边舔着铁路上的粪便一边往他的方向走来。四目相对,紧张对峙。赵爷命悬一线,心想,"今天难免一死,倒不如一拼,狭路相逢勇者胜"。赵爷鼓足勇气,扔下背筐窜出火车道旁,撅下柳树枝。这时狼瞪着血红的眼睛直盯着赵爷,张开嘴巴猛扑过来。刹那间,赵爷借助平时打猎所积累的经验,撤身,旋即用柳树枝打向狼的前肢,只听一声惨叫,狼滚落在铁道旁,一瘸一拐地逃跑了,地上留下了斑斑的血迹。很快,不远处就传来狼凄惨的嚎叫。赵爷清楚,狼是在呼唤同伴。赵爷迅速背起筐离开铁道,往家狂奔,等他跑回家,气喘吁吁瘫软在地上,才发现跑丢了一只鞋……

赵爷后怕地说道:"这是捡了一条命啊!可吓死我了!"

但是,和狼遭遇后,并没有阻拦赵爷再上山。赵爷最后一次上山是一年腊月。那个腊月,大雪不停。赵爷说,大雪天,猎物好打。于是,一个清早,赵爷背着猎枪就上山了。北风呼啸,大雪纷飞,临近傍晚了,赵爷只打到了一只野鸡。就在赵爷准备打道回府时,他发现了一只狍子,可是,狍子也发现了他。于是,爷爷和狍子展开了一场大追逐。等赵爷终于打中狍子,却发现自己迷山了。天越来越黑,赵爷借着月光,踏着没膝的雪,忍着乱叫的肚子,顶着刺骨的寒风一步一步摸索着,找着下山回家的路。等赵爷终于回到家中,已是次日凌晨了。进屋后,感觉自己双脚木桩一样的他,指指双脚,让家人们去盛盆雪来。家人们七手八脚把赵爷的鞋脱下来后,发现赵爷爷的脚已经惨白,毫无血色。大家用雪连搓带揉,好一阵,赵爷的脚才由白变红。

虽然赵爷的双脚保住了,但却留下了后遗症,走路不再那么灵活了。但是他仍然坚持上山打猎,种地!值到生命终止。赵爷去世那年是73岁。

"赵爷就是作者点亮妻子的爷爷!"……

（三等奖）

【作者简介】

周宪龙,笔名,点亮。黑龙江哈尔滨市人,1959年三月出生于北大荒。黑龙江省曲艺家协会,荣获黑龙江省第十三届演讲口才大赛二等奖。哈尔滨市作家协会朗诵专业委员会。作家,诗人。主要作品:《太阳岛抒怀》诗歌文集。《维也纳音乐广场》《外婆为我做棉裤》散文等发表在2006年6月的《哈尔滨日报》。《故乡》《忆外祖母》《我的爷爷》,2017年7—12月发表在《林城晚报》。《哈尔滨第二故乡》《索菲亚教堂》《歌唱祖国》等作品散见于"当代作家联盟""春之声书香思齐阁"等著名文学平台。

第四辑 朝花夕拾

柳 絮

姜晓娟(山西)

白白的、小小的、轻轻的、绒绒的,随风飘摇的,

似落花飞雪一般的,是吗?

我曾经见过的,深锁于心底的,睡梦中仍可见到的,是柳絮!

期待那个飞絮的日子,满目皆是那,

白的、小的、轻的、绒的。

似飞花、飘雪、落雨一般的——柳絮。

又是一个飞絮如花的季节。

大多数人,不喜欢这段日子,总感觉那胡乱飞舞的柳絮很惹人烦,或是遮挡了眼睛,或是雀跃入鼻孔,让一个个响亮的喷嚏萦绕一春。而我,却钟情于柳絮,调皮的精灵、温婉的身影、柔美的舞娘……

始终期待着这个飞絮的日子能早些到来,很有趣、很别致、很缥缈、甚至浪漫,真的很喜欢!

喜欢它那像雪却比雪温润的体温、如花却比花纯净的至真、似雨却比雨轻盈的舞步,还有当它们飘落地面时,那调皮可爱的身姿,就如同一个步履轻盈、欢呼雀跃的小精灵。

在时下,孩子们的游戏已经越来越远离大自然的赐予了,然而这小小的柳絮,却曾给儿时的我们带来过无限的欢乐。

当柳絮飘落地面时,马上会跟随着风的牵引相拥成簇,然后一团一团地嬉

笑着,翻滚着找到一个极宁静的港湾(大多会是墙角),仿佛有一种无形的合力,将这群调皮的精灵集合在一起。

你看,那些顽皮的男孩子们在别出心裁地用火点燃它们呢!然而火起处,柳絮们却真的如精灵般,灵光一闪转眼即逝了,没有留下一丝痕迹让人去追寻,却让孩子们欢快的笑声久久地弥散在空气中,这笑声轻轻地留在这美丽的季节里,淡淡地镌刻在我们童年的记忆里。

我爱这柳絮!白的、小的、轻的、绒的,随风飘摇的,似飞雪一般,带着精灵般气质的——柳絮!

怀想记忆中的美丽

姜晓娟(山西)

上学时,能留下深刻印象的事物并不多,当必须要搜肠刮肚地寻觅一番的时候,夏日里的荷花,便成了那两年当中最亮丽的一道风景了。

因为那时家离学校很远,而且在郊区,交通很不方便,所以每天只能骑40分钟的车去学校。就在这往返之间,要路过一片很大的荷塘,确切地说是两片相连着的荷塘。中间是一条蜿蜒曲折的羊肠小路,将荷塘一分为二。

其实在第一年所看到的只是那"小荷才露尖尖角"时的模样。还未来得及等到荷花绽放,学校就放假了。

值得庆幸的是,在第二年暑假时,因课时紧所以需要补课,这才让我如愿以偿地把这整片荷塘,从初生时的稚嫩,到鼎盛时的灿烂,直至最终的败落尽收眼底。

荷塘里最先升出的是一根根细长的荷叶,乍听起来似乎有些不可思议,但当它们刚刚浮出水面的时候,的确只是长长的两个小细卷儿,然后再慢慢伸展至那种众所周知的模样。当那可爱的荷叶铺满整个荷塘时,就又到了再现"小荷才露尖尖角"的时候了。

期待之情,不由在内心升腾,终于在某一个清晨路过这片荷塘时,让我欣喜地发现了那四五朵绽放了的荷花,虽然没有绚丽的色彩,但那淡得近乎发白的柔粉,无疑显露出一分至真至纯的淡雅与脱俗,充分传达了一种"出淤泥而不染,濯清涟而不妖"的绝佳气质。我不知道是谁,第一个把带露的荷花,比作是亭亭玉立的少女,在我看来,它们仿佛还像是一个在等待恋人的少女,因为那温婉淡雅的荷花,在清纯羞涩之中还凝汇着一种期待的美丽。

荷——在我眼里是极具情怀的生灵。它高雅,却不失亲和;脱俗,却必有水波衬托;孤傲,却又不拒雨露滋养。荷——让人明智,让人懂得距离之美,让人明了止于欣赏才使人陶醉,它静静地在朝露的掩映下,摇曳着身姿娉娉地道出"你若跻身吾侧,必将身陷沼泽"的道理。基于此,荷——方才拥有了那种,凡人不可抵御的清雅魅力。

就这样,在每个清晨与傍晚我都要经过这片美丽的荷塘。我不是摄影师,所以没有照片可以记录这份美丽,但我却愿用不灭的记忆来留住这份美丽,然后,将这份美置于笔端,用文字记录,用线条勾勒,让美丽依然在内心流淌……

带着这份心满意足,终于告别了暑期的补习。

当我再次踏上去学校的路时,那美丽的荷花竟一朵也不剩地集体消失了。只剩下憨厚的荷叶,还静静地簇拥在荷塘里。往日里,支撑美丽荷花的枝干上,长出了一个个拳头般大小的莲蓬。这便是荷花孕育出的又一个新生命吧!

时间过得飞快,当刺骨的寒风带走了满目的青翠时,荷塘里,也就只剩下那棕褐色的,垂悬成各种几何图形的枝干了。当冬天的第一场雪,纷纷扬扬飘落的时候,在那些枯死的枝干上,堆积起了一个个如乒乓球大小的雪球儿。当看到这一幕时,我的眼前顿时又为之一亮。

那"小荷才露尖尖角"的模样,又再次浮现在了眼前……

（优秀奖）

乡下妞的大学梦

段贵娥（江苏）

我这个乡下妞不是生活在这个大学生如泡饭的年代,不是生活在这个随处可以打工赚钱的年代,不是生活在这个可以把自己打扮得花枝招展的年代,不是生活在这个街上汽车比人多的年代;我这个乡下妞生活在外出基本全靠两条腿的时代,生活在担心食物不够吃却从不担心哪些是"激素"的时代,生活在仰头蓝天白云、低头鹅、羊成群,远看绿树青山、近看清溪鱼儿游的时代,生活在我们现在努力去追求的"绿色"时代……

我们的大目标:为实现四个现代化而努力学习!

我的小目标:为成为一个城里人而努力奋斗!

如果能预知未来,可能我会改变目标!但是,在当时,我必须给自己打强心针。因为,炎热夏季,我必须不管肩膀是否红肿都得身背着几十斤的喷雾器在超过我半身的水稻田里治虫;必须冒着被狼拖走的危险,近半夜了,边唱着歌给自己壮胆边给棉花打枝;必须努力爬上牛背解放我疲惫的双脚;当然还有引诱着我的花衣服……

说得好听些,我有着强烈的上进心!!!

可是伙食太差,严重的营养不良,导致我一到上课就昏昏欲睡。虽然到现在也不知道是怎么回事,我不用吃肉也能白白胖胖,这个留待以后去研究。

为了这个伟大的理想,只能晚上少睡觉,抢到一分钟就离理想的距离近一秒,我得给自己配个手电,以便钻进被窝里吸收更多知识的营养,所以不能挑剔什么,有冬瓜汤、大白菜已经知足了,当然那飘着油花花的冬瓜汤的美味至今还在嘴里回味着,不瞒你说,那香气,我只能用"余香绕空三十年不绝"来形容;为了对付较差的体质,我必须起早跑步,当时我怎么没想到呢?吃的是草,为什么非得挤出牛奶?哎!说出来都是"汗"!

看在我那么拼搏的份上,请允许我在自己的脸上贴点金吧!

充满活力和肩负着远大理想的我这时开始懵懂,琼瑶阿姨的小说成了我的启蒙老师。努力地学习,抽空看小说(我是说"趁老师转身在黑板上写些什么的时候抽空")。只怪琼瑶阿姨的故事,基本都是写些生死相许、忠贞不渝的爱情,以至于至今我还是活在纯真无邪里。因为我禁锢了自己的情感方向,所以没能出彩,不能写出千古绝唱的爱情诗歌来!

噢!扯远了。你不能因为课桌上有同学挖的孔可以让你不时地想看看阿姨说了些什么而分心吧!回到理想上来吧,说说高三时光。

整个高中,我只看过一场电影,我至今仍记得。电影描述的是中国女排如何拼搏厮杀,如何为国争光取得五连冠! 我热血沸腾,浑身散发出昂扬斗志。比较起她们的青春,我更不能浑浑噩噩。

我是说,高一的时候,凭着本能,我稍微地拼搏了一下,我的理想还没有方向,还是在朦胧中……

到了高二分文理科班的时候,我还不知道该去读文科还是理科! 读理科? 失手的概率太大,对于化学,我比较擅长,任你千变万化,也逃不出我的手心;可是数学、物理虽然是我的强项,我却像挑食一样——偏食。读文科吧? 我的方向感极差,看中国地图必须拿着地图,脸背着教室的大门,心里默念:上北下南,左西右东! 更不要说世界地图了! 我的想象中,文科毕竟不用太过动脑,使劲记忆即可。再说,班里的女生们基本选择了文科,我也随大流吧!

好在我的老师及时地拨正了我的散漫的、不负责任的选择,把我安排在了素质班。素质班意味着,同学们都是高手,如果你还在想着阿姨,那女排"五连冠"犹如大海一样澎湃的热血岂不是要变成一汪死水?

素质班,意味着你必须不能有丝毫分心,不然你必定落在大部队的后面。

我们班上有六十几个学生,把教室塞得满满当当,偶尔还不断有好学生来插班,佼佼者才有资格成为我们班的学生。整个学校录取率仅仅百分之二十多一点,可以想象,龙门有多么拥挤。竞争如此激烈,其中艰辛,用"头悬梁锥刺骨"形容一点不为过。

可是天不遂人愿,我的免疫系统不能抵抗强大细菌的侵蚀,临近高考不得不休学两个月回去调养。坐着汽车回家的路上,我面对着车窗偷偷流下了第二次眼泪。这里申明一下,第一次的眼泪是因为第一次离家求学想家而流。

就这样我匆匆参加了高考,结果不用猜测了。我拿手的科目数学只有65分,不及格。

爸爸出差顺便带回来了我的考分,离录取分数线差了十几分。

那一晚我没有吃饭,躺在床上第三次流泪。

只是很快我就恢复了正常,全然忘了理想,甚至为不用再读书而暗暗窃喜。

可是我娇小柔弱的身体没有随着年龄的增长而强壮,繁重的农活打败了我。我决定复读,做个插班生,我这次仍然留在母校,就读高四。

在这个温情的班级里,我却找回了自己的青春时光,虽然一样的拼搏,一样的躲在被窝里背诵我始终弄不懂的政治科目,或许我复读的班级是个普通班吧,反正不知为什么,压力却不再!

一到周末,我就带本书和要好的女同学一起去了田头,躺在阳光下晒太阳,带本书只是为了暂时的心理安慰,那躺在油菜花地里的感觉至今难忘。

时光飞逝,又要高考了。天空下着小雨,今天是我拿手的数学科目考试。我把伞放在了窗台上,忐忑地进入了考场。不曾想,这数学题似乎全部是专门为我而出的。我忘我地答题,一路畅通无阻。试卷铺在桌子上,等我觉得万无一失,余光一扫,后面的同学正卖力地偷窥我的试卷。这时,我突然心情无比舒畅,好像高校的大门正在开启。我骄傲地收拾好试卷走出教室,心情有点激动,为数不多的家产——伞,被我落在窗台上……

成也萧何,败也萧何,这次,数学120分的试卷,我拿了113分,用当今的标准衡量,我的总分达到一本的分数线。毫无悬念,我这个乡下妞总算飞上了梧桐树。

（优秀奖）

【作者简介】

段贵娥,笔名小娥,网名月光宝盒。喜欢读书、爬格子,散文、诗歌、小说分别发表在"潮流美文""精品悦读""北京故事"等平台。欣赏真诚的文字,喜欢茉莉花般的作品散发出的淡淡幽香;爱好朗诵,"儿童的故事天地"的编辑、主播,致力于传播经典儿童故事。

爱 在 路 上

古稀的春天（青岛）

春光明媚草绿花开,春归大地灵燕飞来。春情荡漾泛起无边心澜,拈一支墨笔,让思绪的花香在指尖流泻。掬起缱绻心中的情思,那温婉无语的眷恋,谱出独幽暗想,悱恻缠绵的书笺。求清风捎去堆积心中那份暖暖悠远的沉香,虽相去甚远,但灵犀相通,奈何山长水阔,今夕是何年。

春兴微醺,往昔再现。

深情游走在逝去的流光里,捡拾留在路上的剪影,重温体验。

记得吗,深情的乌裕尔河畔,炙热的鹤乡沃土,孕育爱的奇妙与精彩?

记得吗,春夏秋冬,镌刻于生命途中的激情,坦然的脚步,曾有的美丽与悲壮?

记得吗,人生凛冽,世态炎凉,浴火其中的锤炼?

还记得吗,相濡以沫的愉悦,琴瑟合奏,情之融融的相依相伴?

世事无常,岁月无情。人生凛冽,经受炙烤。

你知道吗,自那个寒冷的冬季带走了我们的光阴的故事,抛下的却是难以承受的痛苦。艰难,挫折、无奈,突如其来的噩耗搅乱了原本美好的一切,令我手足无措。残酷的袭击,撕心的煎熬,是必不可少的。行行重行行,只能带着眼泪,咬紧牙关,独自奔跑。因为生命没有必走的路,也没有永恒的局。

严冬过去,春红柳绿。爱在路上,逆光中为我插上翅膀。

匆匆岁月,吞噬了美好图画,岁月沧桑却让我懂得,猛烈的风雨中,要攥着拳头生长。逆光中飞翔,才会有力。心中贮存你的爱,也不再觉得痛苦是前行羁绊。拼合碎碎的心,微笑着扬起生活的帆。尽管已是暮年,在懂得的日子里,会有花,有蝶,有雨,有阳光。

春回大地,草长莺飞。在喧闹的季节中行走,聆听归燕呢喃,蝶儿呼朋引伴,会流连忘返,忘却踽踽独行的寂寞。

我们曾约好春天一起看樱花,你可知道吗,此刻樱花正当时哟!今春,玉兰花尤其吸引我,是我们在美国看到的那种。仰望盛开于高高树冠上的玉兰花,总会有情自不禁的联想与惊叹。莹洁清丽的玉兰花,朵朵向上,素面粉黛浓,玉盏擎碧空。晶莹夺目,清新淡雅的幽香阵阵袭来,令人心旷神怡。

谛视其花,玉质高雅,却无叶无绿,独自优雅静静地绽放。忽然有些怜悯,隐隐地有些心酸。你不会说我太懦弱,或有些幽怨吧!但想告诉你,我不仅被她的风情所迷醉,更为她的淡定而敬佩。

说了这么多,我知道你会会心一笑。平时你总说,我咄咄逼人,但我知道那是一种赞美,因为你一直在鼓励包容我。有你爱的呵护,我便可以畅所欲言,有你爱的呵护,我的生命中充满温暖。你的爱在我行走的路上,逆光中为我插上翅膀。

好了,但愿我这番啰唆使你安恬,不再担心我的脆弱与简单。

写于清明前夕。

朝花夕拾

古稀的春天（青岛）

光阴无情,日夜催促,青丝变成了白发,生命由丰美走向了凋零。然而,岁月的记忆却不曾枯萎,它细细地写在每一页光阴里,重重叠叠留下无法消除的折痕,透过厚重沧桑的年轮,依然可嗅到陈年那绵长的迷香。

生命中最不舍的那一页,总会深藏于心,那该是我童年的记忆,魂牵梦绕地伴随着悠长的七十五年的人生行程。

苍老的记忆中依然清晰记得,坐落在乌裕尔河畔的那座只有一条丁字街,方圆不过几里的袖珍小城,它有个吉祥的名字"泰来"。位于东北边陲,气候寒冷。记忆中,故乡十月雪花就会光顾,不久就会冰封大地。在冰封雪藏的往事中,最有意思的是幼年时观看窗花,不是纸制作的,而是凝结在窗上的冰窗花。过去,东北的冬天着实让人难过,尤其是早晨。冻僵了一夜的土坯屋子,直到炉火燃起个把小时才会苏醒。孩子们一直缩在温暖的被窝里,慵懒一会才会起床。打开窗帘,映入眼帘的是印在玻璃窗上的冰花,由于室温很低,所以会清晰地看到雪粉附着在上面。冰花类似雪雕一样。执着地趴在窗前,仔细端详印在玻璃窗凸凹不平,形状奇异美丽的冰花,这是最快乐的事情。随着室温的不断升高,表面的雪粒开始融化,画面变得薄而透明,逐渐地美丽的窗花便像一幅梦幻画卷呈现在眼前。

远视近观,画面深邃精致,几多不同的画面连缀一片。有的像翻转的浮云,有的像卷起千堆雪的海浪,有的像连绵的起伏的山脉,有的像水墨林溪,有的像山野田园,也有的像人与动物的嬉戏,也会有说不出的灵异的画面。无论是哪种,都是清素淡雅,静谧不喧,质朴地呈现。多姿百态地展示,大度的任你琢磨体味。我惊诧于这变换的奇特,然而我并不懂得,在这寒冷的季节,大地枯死了百花,窗花却含苞待放于家中。

这是冷与热的交融,冰与水的呼唤,更是大自然的奥秘之美以及对人类无私的馈赠。

随着室内温度不断地上升,冰花开始融化。从窗上往下慢慢消失,上端露出大段空无,残缺的画面犹如国画中的留白,给人更多的想象空间。幼年的我,并不懂这一切的由来以及给人的启迪,但美丽奇异的景象却永远镌刻在我的心版上,记忆留在时光的深处,它记载着童年稚嫩梦幻的色彩。直至成年后,才明白"留白"的涵意。它是一种处事的智慧,一种人生态度,一种生活的方式。

人生刹那,光阴如风,瞬间变成晚霞边的孤帆,不自觉地融进了自然的画卷。

回眸打开封存久远的画页,俨然嗅到微微的芳香。那是糅合纸页与岁月的香气,这是记忆的源头。曾经像山泉一样欢快,山野小树无忧无虑的孩童在人生的艰涩的行走中已成为老者。此时忽然觉得,心魂深处那盛开的花田,竟是童年的率真,那率真中的梦。在含泪微笑的回忆里,紧紧抓住值得珍惜的痕迹,轻易不要将其丢失。

是的,溪水急着要流向海洋,浪潮渴望重回土地。

沧桑过后,魂魄在寻找归属他的家园。

（三等奖）

【作者简介】

本名杨杰,网名古稀的春天。生于 1943 年,祖籍黑龙江省齐齐哈尔市,现定居青岛市。中学高级语文教师。喜欢悠然淡雅生活,喜欢读书喜欢写作。

诗观:春蚕情愫于一生

第五辑　月下听禅

问　心

释耀法（南京）

夕阳西下，夜幕来临。

随着气温的上升，我的心无法平静。

夏季的夜晚，让我心烦气躁，我念着佛号，看着窗外的山泉流下，断断续续，可听到远方鸟儿的叫声……

我问自己，心为何不静？心没有回答，我念佛、念法、念僧。静静地坐下，安住那颗骚动的心，一声佛号，纯如窗外泉水，静心聆听，用心念，降伏其心。心在浮华中静下来。

在大山里遇风而驻，空气带着宁静的芳香。内观心，外守身。用沉淀的心灵，化解烦躁的心。我问心，为何又不躁了？心，依然没有回答。受佛号的"加被"。此刻，心犹如明月，映照在池中洁净的水面之上。

若嬉笑心、狂躁心、轻薄心、追逐心……恶心的烦躁又会升起，只有守住烦躁之心，才能一切静好，这何尝不是最好的修行机会？在逆境中找到那颗修行之心，放下世间一切外缘纷扰，放下一切骄慢之心绪，同时丢掉华丽的表象，磨炼真实的自我，才可走出烦躁的内心世界。

解决烦躁，守住不动之心、之体，放下过往，才能真正修得静禅深远的修为。夜深了，心静了，静静地守住，灵魂高洁的出口，静静地守住纯净的心灵，还躁吗？

2017.6.20 写于寺中

心性与道德

释耀法（南京）

从古到今，世俗人常说仁义礼智信，说的是人的心性与道德。心性道德操守如何？取决于他灵魂的纯度。

心性操守是内在的，而道德是表象的。内心的深度平和，是靠平时的自我修正，不是修理他人，与他人有礼交往，用的平常心、道德心相处。用平衡的心灵去看世界，用文化去武装自我心灵道德。让心灵与自然互动，世间万物有灵性，是否符合人与自然的要求，道法自然，有道也要有德，道才能够驾驭自我，德才能被认可。

生活中得失之间才能分明，有道德的人才知善与恶之间在选择，灵心选择正与邪是修德的良药，有道才知生死大事，知德用德的人才会平衡，心灵与道德并存才可创造一个和谐世界……

2017.7.9 写于寺中

童 心 尤 在

释耀法（南京）

蝉在树梢上叫着，孩子们，放假了，和他们约定的日子，转眼到来。

带着顽皮的心态，带着童真的心，来到寺院。各自种着福田，伴着晨钟三三两两起床，用未睡醒的姿态，在礼佛，为自己、为父母求得平安，随着暮鼓忏悔而息，忏悔过去所造诸恶业，忏悔那颗天真、无知的童心，吃着斋饭，是如放生，也是断杀业之法。

培养着未成熟的慈悲心，童心如寺院上空蓝天白云，那样的纯洁、那样的干净,那笑声如泉水一样,听起来是甜的。笑声入我心房,让我醉、让我想你们在热浪中奔跑追逐,奔跑是力量的体现,追逐是友谊的开始,吵闹是同龄的较量。哭喊是领导者的选择,用手抚摸一张张小脸,脸蛋此刻滚烫而火热,童真的脸如同熟透的苹果红润润。汗水如同断了线的珍珠向下落,争吵的泪水如油画中的小溪流下,泪水汗水在脸颊上勾出自然画卷……

无名的吵闹、无私的友谊,边吵边合、不记仇地生活着。童年真好,就是这样的美妙。

远处有人在叫我,把我从童年生活中拉了回来,是啊! 春去花落,童年,那已不是我的年代了,风吹秋叶,四十载,今日触景生情,徒伤悲!

万花丛中已无一我,岁月无情,催人老,童心在,身心好。人老心不老,童心还在就是宝。

2017.7.15 写于寺中

我的第二故乡——甘泉湖

释耀法(南京)

六朝古都、有甘泉,它不再是过去兵家争夺之地,甘泉坐落云台、龙山两山脉之中,两山峰如两条巨龙盘旋此地,山峰连绵起伏重叠在远方竖立,清晨东方日出、显出七彩朝霞,云雾缠绕在半山腰,随风飘动如青春的丝带,时而显出小山峰,时而露出远处的山村远看着它……想着它,难道是哪位大师在作画? 不,这是大自然给予的水墨画。

微风吹走云雾露出本来面目,露出古都唯一的盘地。甘泉地界,生活选择我、我选择了你,交通便利的三三七省道经过社区,七桥八湖、湖光山色入眼帘,湖湖相通、桥桥相连,湖水清澈透明,倒映着山边的竹海,站在桥上,望鱼儿戏游、听鸟儿唱歌,疲劳的你身处山水中,看山看水、看自己。

放下、享受自然的氧吧,享受自然美。

上安平塔,保平安、看胜景。塔下的龙石路、路面如长龙。

这是一条自然风光带,也是乡村旅游观光大道,弯曲的路过千年古刹、上国安寺门前,古刹新建的殿堂排列有序,黑色的琉璃瓦,黄色墙体,红色檐口,清晨的钟声,在寺院上空回荡,僧侣诵经声传入三千境界。

庄严国土、利乐有情、宣扬佛陀文化,寺内有千年龙泉古井,有茂盛的千年古树、银杏树,随着时间走动、太阳已经跳出山头,村民们已开始一天的劳作,民风和谐,互相帮助生活在这里,外面的世界再好、那是外面,村民们用纯净的心态打造,打造出一个美丽小镇、甘泉,这就是我生活十年的地方,是我菩提路上的起点,也可说是第二故乡,甘泉。

2017.7.19 写于寺中

立秋:鱼儿曼舞

释耀法(南京)

立秋标志着秋天到了,也告知二十四节气走了一半。同时是孟秋的开始,庄稼地里的稻谷日渐成熟,玉米也慢慢变成金黄。

天气随季节变凉,火热的夏日就要退离它的舞场,立秋后的日夜温差大,鱼儿在水中也感到凉爽。她们用不成熟的舞步告诉我们气温下降,她们时而在冰中翻滚,卖弄舞姿,时而摆动着荷叶裙的尾巴,把水池当成舞池,优雅曼舞。在舞池中扭动着她们那柔软的身体左右摇摆,恰如飞天在此优雅舞蹈。

秋风吹在池面,翻起轻柔的波浪,鱼儿大喜,一跃而起露出水面。她们把最美的舞姿展现给这个最美的季节,同时用自己曼妙的身躯感受秋的凉意,此刻的心情到达顶峰,无拘无束地展现,

是为了感恩,感恩自然,感恩秋的到来,感恩水的舞台……

2017.8.7 写于寺中

说　秋

释耀法（南京）

一、初秋

初秋,火热。

呈现出你的性格,你让人烦,让人躁,风吹在脸上,火辣辣的热,火爆的脾气让树儿低下了头,山上草儿晒成黄金发,夜间,微风没带来一丝凉意,匆匆离去不留一点痕迹,难道你想追随你的大哥,请不要再复制已远去的夏日,放下过去、迎接未来,用平常心沐浴众生,思念你如春的日子。

二、中秋

月儿圆,桂花香。

正是收获的季节,秋高气爽,地里庄稼成熟变黄,树上的枣子也由青变黄、变红。

孩子们,笑着、叫着、攀上树干敲打着。

此刻,回想当年,当年也让枣树下过枣子雨,青春年少,已是过眼烟云,不知不觉的秋风。陪伴到中年,不知是喜是悲又一秋,无拘无束地享受着秋天的馈赠,在秋的怀抱贪婪地活着。

三、深秋

大雁南飞,秋风带着寒意,示意深秋的到来。

山风飘过时夹带着雾水,薄雾让小村庄若隐若现,风吹叶落。柿子熟了,柿子被秋雨洗刷得格外耀眼,山村秋雨、孩子枣树、雾水柿子,此景是秋的画卷,深秋的情意渐浓,秋风挽着树的手,依依不舍逝去的青春年华,也如老人漫步在山间小道,风的手抚摸着老人的泪,一季的陪伴一年的分离,一时的泪珠永恒的记忆。

四、秋意

秋去冬来，年复一年。

重复着生命的轮回，虽说离去也是为了孕育新的重逢，而今，秋风渐冷空悲切，生死轮回，无法更改，而今，你就要悄然离去，不知，来日新芽可懂我心？

2017.8.19 写于寺中

梦游上国安寺

释耀法（南京）

> 出家多年，上学后忙着法务很少夜间做梦。此刻就在眼前。昨夜幻觉回到了梦境中，梦游了上国安寺，独自走在大山之中，也许梦醒了……
>
> ——题记

在山道上，听着蝉鸣。路边清澈透明的泉水奔流，道路两边站立着水杉树，仿佛被人修整过一般，排列整齐。

远处是一座古老的寺院，盛开的紫薇花似一团火焰，而那些不知名的花草逐渐抛在身后……

远看月亮桥，天空无月。桥下放生池内有鱼，天空流过的淡淡的云。此景，如儿时课文中写的江南园林。眼前让我的幻觉又回到了过去，想起初发心时，我的愿力追随佛陀的足迹想亲近祖师大德道场，让那颗俗世的心，回归本源。

佛陀：您的孩子我回来了。请您给指路、请您呵护，走在青石台阶上，心早已在大殿中礼佛了。黄色的墙黑色琉璃瓦，仿晚清江南建筑，倒映在月亮桥下，唐朝的寺史，宋朝的格式，静静地在大山中被雾气包裹着……

请三支香，点燃送入天香炉，合十念佛，在心中祈愿众生安康吉祥。

走过天王殿，见到了一棵古树，银杏树，千年古树挂满果实，透过茂密的树叶，见到点点星光，此刻心不再烦躁。

瞬间定格在那个时空中,将心中杂念放下……

身心漂浮在雾气大山之间,又沉静在,诸佛、菩萨怀抱中。

哦,这不是我常住的地方吗?你牵着我的幻觉回来了,回到了上国安寺,多希望梦不要醒,多想再听听梦中的风声,多希望再见到山鹊和它聊聊心里话。白云带走了岁月,不知谁见过我的山鹊,因果轮回无早晚,万法是缘万法也皆空,梦醒时是梦非梦,何不趁早去礼佛念经。

梦,是过去,不再想。

梦,是未来,不追逐……

2017.9.6 写于寺中

雨　夜

释耀法（南京）

听——外面是鼓声?还是雨声?

雨越下越大。我站立在窗前静静地听着。雨夜,又是一个让害怕的夜晚。

害怕今夜的雨浇坏了老房子,浇漏了工棚。

此刻,我的心已经不在房中,我惦记着窗外面的许多事物。

窗纱上的水珠一粒粒滚落下来,如同断线珍珠落在窗檐上。

蟾蜍在歌唱,雨声在给蟾蜍伴奏。上演一场绝世空前的演唱会。

黑夜里,我透过窗纱看到漆黑夜色,再也找不到一丝月光,停电了,房内伸手不见五指。我用心去感悟黑色的世界。

领悟黑色的静态的世界。雨水洒下一片汪洋,那是你的情感述说。是你的泪,你的泪花又冷又凉,慈悲的心门被你的泪水打开,你慢慢地流入我的心房……

我静坐在你身旁,陪你到天亮。就像闲时坐在翠竹下,心中有了你,我再无法追逐到风声。闭上眼睛静静地守住身心,用心去聆听你的述说。你述说春夏秋冬的轮回烦恼,述说雨的故事,我的朋友,你在我的窗外绵绵地下着。

这场秋雨啊,不知你今晚要下多久?回想今夜平安的过去,我未起坐。细听出雨水流入放生池中,心也想着明天的太阳,你可知道明天,清晨的朝霞是阳光对你的宣战,也是我对你无声的同情,日出雨停,你将化为水蒸气随风而去。

雨夜你让我伤感,伤感雨后生态受到破坏,雨夜你让我同情,同情你天晴化为无有,你让我留恋,留恋你给庄稼补水,我们需要平衡和谐的自然。雨夜,平衡自然,才是你最华美最善良的一面。

2017.9.13 写于寺中

爱的牵挂

释耀洁(南京)

此连组诗,献给已付出爱心和将要付出爱心的人士,感恩大家对山里娃的呵护和关爱,愿好人一生平安……

——题记

一、来自远方的信

今年春天,花开时节,你乘着祥云坐着飞机而来,来自远方的你那么沉重,来自大山里,一个没听过的地方,海拔那么高、山路那么远,你为了爱,走出了大山,字字句句诉说着山里的故事,听了让人心酸,让我的心无法平静,为了孩子们你不怕辛苦,带着盼望的心来到我的面前,这是心的呼唤。

二、山里的呼唤

清晨阳光洒在城市的每个角落,孩子们无忧无虑漫步在上学路上。

享受着幸福的生活,此刻、远方、山里,太阳也爬上山头露出笑脸,孩子们迎着日出干着农活,看着时间、吃着你没吃过的早餐,脚下踏着开天窗的鞋,穿着带有灰尘破旧的衣服,奔跑在山沟里去上学。

看过去如同洪七公的到来,此景让人心痛。

一个清晨,一个太阳,一片蓝天,一个世界,这是无声的呼唤,唤醒你我的良知,唤醒多年未完成的心愿,唤醒众人的慈悲心。

三、慈悲的心

感悟,那是山的呼唤。

寺院居士信众发慈心,爱心感召十方信众,众筹打造出一张张床铺,身有睡处方可学习。

千里之外日夜兼程送往住所,转眼秋风送雨寒,娃儿们穿着单衣薄裤听着课,牵挂你们的人是好心人,又一次给娃们送来棉衣,这是无私的爱,多方发心、十方筹备。

一件件、一箱箱棉衣汇总寺内,一支笔,一块橡皮,一片心,一件衣服,温暖了娃的身体,温暖了一个团队。

货物带着爱心赶往太阳落下的地方,带着好心人的关爱,赶往孩子们的家乡、大山里……

四、感恩

春天,得知床从寺院发出,孩子们的梦想今天如愿了。颤抖的手抚摸着床的每个部分,感恩的泪水从眼角流下,躺在床上想着远方好心人……

"因为有你们今夜才入眠,感恩师父和好心人,因为有你们,我们可安心度过九年之夜,感恩大家我们会好好学习,放心吧……好心人,我们未来也去做一个好人!"

深秋,穿上来自居士信众的衣服。孩子们开心地跳起来,唱起了好人一生平安,让众人听了热泪盈眶,感恩来自娃们的内心,感恩不要太多语言,一首歌是山里山外的桥梁,一首歌唱出了浓浓的感恩之情,歌声唱出山里山外的缘分。

五、牵挂

人生路慢又长,缘分环境不同。

处在城市、生活在山里,生命相同,虽然我们未见面,友谊的常青树已经种下,梦中时常有你们的身影,与缘宣说你们的美,你们牵着我的心,关爱你们,呵护你们,生命中的一部分有你们,你们起居生活让我牵挂,但愿你们人生路走好,希望你们走出大山,你们是祖国的花朵,是祖国的未来。

2017.10.11 写于寺中

故　友

释耀法（南京）

儿时的步伐，少年的梦想，青春的旋律，这一切已成过往。

十年前，我与你们相逢砀山，那时，你们是高中生。带着腼腆的笑容，仿佛，砀山的梨花灿烂绽放。

你们的青春吸引着我，破旧的红山宾馆，是我与你们结缘的地方。那是难忘的岁月，时常在唯美灵动的烛光下，看见你们学习的身影。

十年寒窗，一朝金榜题名。你们走出了梨都，怀揣梦想，带着感恩，迈进大学的校门。

时间催促着白驹过隙，昔日的大学生，现已是栋梁之材，用身教感化着下一代……

今日的故友，来自四面八方，是过去的孩子，是大学生，是国家建设岗位上各种的领头人。

带着感恩心来寺院相聚，重逢是友谊的牵挂，秉烛夜谈，是思念的叙述，一杯禅茶，一段经历的故事。

感恩大家来寺院看望山僧，愿你们平安吉祥。

2017.10.23 写于寺中

禅　人

释耀法（南京）

板起。钟响。

新的一天来临，起床洗漱，幸运地穿上了鞋和袜，月未落、日未出，寅末时出禅房,开始幸福的一天。

迎着钟声而去,钟声,声声入耳,钟声,声声说法。供水、上香,轻轻合十,感恩。早课后,过堂用斋,出坡劳作,是务农,是打工,是出家,是参学,是行者……

入禅门,懂规矩,放下妄念,截断中流,禅,此禅非蝉,参透悟熟,透了自醒,不通成馋。

参话头,谁在念佛,我是谁,盘腿一坐不问生死轮回,当下明白自清净,了了分明做禅人。

远望禅人背有像,禅人心中自有章,本性无生无灭。菩提路上戒定慧,试问莲花何时开,禅人禅心登莲台。

2017.11.12 写于寺中

日落西山

释耀法(南京)

安平塔,上国安寺西首的建筑。塔西有湖,名甘泉。湖面日常有日落晚霞倒影,我从寺内登山,上塔,追逐日落最后一线阳光……

在塔上看西山,听西山竹林中百鸟归巢曲。

塔下湖水清澈透明,明如镜。深情的水仰望着蔚蓝的天空,有小鱼时而跳起,我登到塔的最高处,眺望:湖面和夕阳联为一片,美得分不清哪里是天,哪里是湖。随其心静,融入景中。多想在此景中,打上一座,观天观地,观人,观心,观世事无常。

我转身环望寺院,晚霞漫天,在流云间作诗画画。霞光照在寺院红檐翘角上,夕阳下的寺院,华丽而庄严,是修心念佛的好去处,是众生归宿的地方,是一片净土。我拿出手机,拍下流云,留下西山日落的景。让光影和大山永存在相册里,光的美,竹的青,水的静,这是自然的恩赐!

站在塔上看日落,太阳放下过去走向西山,沿着日行一周的足迹寻找自我,那是时间轮回的足迹,时间让我们慢慢变老,不是神话。

塔上,一览西山全景,眺望夕阳红,湖中薄雾缥缈,一轮明月映入水中,犹如仙境蓬莱。

日落西山,山峰景色唯美。此刻的心情,无法言说,夕阳下的一曲鸟歌,唤醒人生一世的长梦。梦醒时分,方知塔上人。

远看山上塔,塔上山。湖中山,山中湖。夕阳在空中,在湖中……

湖光山色独自美,夕阳西下半边红,余晖普照寺院,构成了一幅水墨丹青,俨然人间天堂。

2017.12.27 写于寺中

回　家

释耀法(南京)

数载流浪,世事苍凉。黑夜给了我们黑色的眼睛,我们却无法找到光明。

俗世业缘如海,太迷茫。心灵之舟要停航,不停地在张望,寻找着靠岸的港。

未了。生死无常,不知家在何方,想有一个家,双脚跑遍华夏,思维和意念从未停下,锐利的烦恼,无法切割生命的延续,多想有个归宿,让心灵有所依靠。

带着疲惫身躯,丢掉过去的陋习,忍着内心的伤痛,想找个地方哭诉,哭诉人生旅途中的坎坷,愿力从未离开,此刻的委屈如儿时的哭泣,伤心流泪。

无意中走入大山,云雾包裹着青山绿水,阳光带走了阴霾,清静的寺院上空阳光温暖,山中古寺,恰如石砾中的一颗宝石,心生欢喜,站立微风中,看着宏伟的寺院,心久久不能平静,微风带来了钟鼓声,此声久盘于耳边,意识中的感觉听过此声,是今生梦中? 还是前世醒来?

走进山门,又见了朱红漆的大门,有家的感觉,伸手抚摸着门钉,钉钉耀眼,此门，为何熟悉又陌生，庄严的树立在广场中央，一对雄狮坐在眼前，是看门？是护法？

初入佛门圣地，轻步迈入殿堂，泪水忍不住流出，弥勒菩萨笑而不语，笑谁？笑天下可笑之人，观音菩萨的慈悲，慈悲是为救度有缘众生，无智慧时，礼拜文殊求得慧根，借普贤剑，斩断一切烦恼，学地藏发大愿。佛，我回来了。

佛祖啊，我要追随你，将此身心奉尘刹，在您的身旁，陪伴左右，让身心有所归有所依。

不再四处飘荡，我要回家。

2018.4.18 写于寺中

映山红开在台阶上

释耀洁（南京）

你的前身生长在大山上，灌木为伴、石崖为家。从不和他人攀高枝，也不需要俗眼评论。一生求得阳光陪伴，在月光中等待甘露的洗礼，在风雨中前行，在丛林中寻找，寻找一颗共鸣的心。

不急不躁是你的高贵，今日殿前亮相，放下了过去的虚情假意，穿上粉红的上衣，搭上绿色裤装这是生命的生长，如痴如醉地在眼前绽放。守住寂寞，用平常心在台阶上生长，不问日出日落，花开花谢，四季轮回，相知相随。听晨钟暮鼓，是为忏悔，在风雨中相互搀扶，关心爱护。

过去，隐身于森林万物之中，守护着与世无争的绿草地，陪着小伙伴一起数星星。今夜你用眼神和月光默契交流。山门正前方初升明月，含笑聆听你的述说，柔柔细语全是心声，道出内心的酸甜苦辣。

一盆映山红，同族同根同命相依，台阶上留下了岁月的印记，花朵如红宝石，花儿盛开时红遍台阶中，那是笑迎天下香客！

你生长深山中，栽在花盆里。

仰望蓝天白云，微风吹开一朵朵花瓣，展现出最美的身姿，让生命无限狂欢，花儿变得更红更美。

盆中的你，静默中感悟凋零的过程。那是付出，那是放下，也是等待。在你的心房里，铭刻永不凋谢。轮回的季节让人背上沉甸甸的回忆，台阶、盆中、生命在此起航。

火红的花景，呈现眼前，随云雾飘扬，花开时节，也有眷恋故乡情。

映山红，你染红了谁的胸怀，染红了谁的灵魂？轮回路上，做新的花苞，是付出的结果，也是故乡的希望。

2018.4.26 写于寺中

朝 山 游 记

释耀法（南京）

赶到机场，正与一场暴雨不期而遇。

我按时过安检，可飞机没有按时起飞，对于机场来说，飞机晚点常有的事，可我的心就在焦急中度过了漫长的一个半小时，飞机终于起飞了，我和我的团队被带入云层深处，如梦境一般飞行在宇宙中。

为了这一天，我等了不知多少年，这念头在心灵深处早有萌生。就是这一念，今生要去乐山、峨眉。随着身边琐事缠身，一次次无法遂愿，心中也一直放不下此事。五台、九华、普陀都去了，唯有峨眉金色世界没有礼拜，那里有我的信仰，有乐山我未见面的笑佛，今日我如愿前行，内心真想高呼"乐山、峨眉我来了"。

下午，飞机平稳降落在停机坪上，降落在成都大地上，换成旅游巴士行驶在都市中，成都这座号称"天府之国"的古城干净整洁，随处可见火锅店，空气中弥漫着麻辣的味道，我望而叹气，因为我不吃辣更不吃荤腥的东西。

晚间，好客的居士乾琦的姐姐一家人，请我们吃素食，此素食非彼素食，四川火锅里面还有素食火锅，真的让我没想到，此火锅店名更让我大开眼界，这火锅店名好有禅意，也如同一幅上联，"一叶一世界藏茶素食火锅"我随兴给他送了下联，"一僧一团队南京上国安寺"也是我的团队真实写照。

此店不大，到处挂着文人墨客的墨宝，同时店中也有藏文化，墙上挂了一幅字画："一叶一世界　一锅一人生"，居士同声让我再补个下联，和尚我想后就给补出"一剑一坐骑一山一普贤"，大众共勉，再送个横批"花开见佛"。

次日清晨，带着诚心，迎着不多见的阳光出发了，目的地是乐山笑佛，车行驶在巴蜀大地上，处处现出青山绿水，花坛锦簇让人心情舒畅，忘记世俗杂事和烦恼，随着时间和车轮的飞越到达了乐山。

乐山崖洞石刻部分已经被岁月带走，让人看了心疼，壁上也有好多名家真迹。苏东坡也留墨刻字，东坡亭正对着三江源头交会处。

朝乐山、见笑佛，真诚顶礼，这是我千里之外的心，今日披星待月来到你足下。瞻礼你的尊容。你用慈和的目光呵护着三江人民和我的团队，用你的笑容接迎天下众生，让我深深感受到你的存在和教意，弟子今日千里迢迢，只为圆这心中一念，愿众生离苦得乐，愿国泰民安。

礼完乐山，拜峨眉山，普贤菩萨道场，菩萨坐在圣象上，此像在金顶上，十方普贤像有十个头像分为三层，有含意说："代表了世人的十种心态"。四周绕有白玉佛像，这里的"十方"：一是指普贤的十大行愿；二是指普贤无边的行愿能圆满十方三世诸佛和芸芸众生。

拜普贤正是下小雨时，可是金顶为峨眉精华所在，四面十方普贤，也是世界上最大的金属建筑群，这里有金殿、银殿、铜殿，在雾雨中更能感受到它的庄严，如果你和我一样合十，闭眼用心去和菩萨与自然交流，你会感觉到气压的流动，也能想到普贤圣像晴天的震撼，金身、金光普照十方。

在峨眉山半山腰有一寺名为万年寺，我也要去礼拜。此寺为峨眉八大寺之一，也是早期全国重点寺院之一，它有独特造型的无梁砖殿、巍峨宝殿（大殿）、白水池等景点。

白水池中有蛙，你若拍手三下它便叫一声，这也是一景点。万年寺、停车场、索道互相连,好多人把万年寺作为自下而上正式朝山的起点之一。

在历史上万年寺是峨眉山最悠久的寺院之一,据说是汉代采药人蒲公礼佛处;从古到今有过多个名称:普贤寺、白水寺、白水普贤寺、圣寿万年寺,今日称万年寺。

无梁砖殿是峨眉山独有的巍峨宝殿,在峨眉山也是八大寺庙之一,有人说在浙江天台山有同名寺院,历史亦同样悠久。

梦中一乐、回首今世缘、踏上朝山路,上乐山、来峨眉就为了缘和结缘,了去过去的诸恶业,广结今天的善法缘,去除三途八难苦、但愿国运昌盛、众人身心安康,普写今世佛缘篇章,虔诚顶礼诸佛菩萨。

悄悄地写下心中语,乐山笑佛面迎三江度众生,峨眉四方普贤金顶十方愿,南京上国安寺四众前顶礼,耀法愿心愿行这为追随佛菩萨足迹,这为天下众生福寿康宁,这为此行平安圆满结束。(感恩同行者)

2018.5.9.写于峨眉山朝拜途中

一张假币,一颗真心

释耀法(南京)

2018 年 5 月 23 日,是浴佛节,居士们带着诚心、带着信仰来礼佛,也有所求的信众,他们在佛祖前祈求,求孩子金榜题名,求老人身体健康,求家庭和睦,求家财万贯……

突然,香烛店里传来吵闹声,我远看到一位蓝衣老人家,她正在和香烛店居士解释什么。走近人群,看到她手中拿着一张百元大钞。老人家急得泪水都要流出来了,口中说道:"这钱是我卖菜的钱,我怕零钱来寺院佛会说我没诚心,所以今早和别人刚换的整钱,怎么可能是假钱呢?"老人家的脸色变得红润。同时带着汗水往下流。我明白事由后,拿过假钞问她要请多少钱的香。她买了20

块钱香,余下要为寺院添砖加瓦上功德。

我想我接的不是钱,是一位信众的心,是一位老人的心。于是,转身告诉居士"此钱是真币",同时安慰老人家不要急躁。老人家听说是真钱,在功德簿上留下自己的名字。拿着香开心地离去,进香礼佛去了。我双手合十默默地为她念上佛号,默默祈愿换钱给老人家的人平安,香烛店的人都说"师父这钱假的"我没回答大家,在自己口袋里拿了一百元给居士,假的放入天香炉烧了。

下午不忙时,我招呼大家,问居士们,上午蓝衣老人家,走时说什么了,在大殿做义工的居士们告我,"老人家在佛前祈求,求佛祖呵护她儿子身体早日康复,还说这里就师父一人认识钱,不过看得出很开心",我又问她脸还红嘛,居士回答"不红了",不红就好,不红我就放心了。

告诉你们,我和大家一样知道钱是假的,不过老人家来上香礼佛,是带着真心来的,又是卖菜的辛苦钱,同时是别人骗她,也不是她的错,她不认识钱因为老了嘛? 我们也有老的时候,再说,她可能有高血压,一激动脸都红了还出汗,这个年龄段是高血压多发人群,她就是靠着诚信、老实、善良和别人交往,没有害人之心。她来上香不是求财的,她是家有难事了才来的,如果拿不到香,上不了功德,我再告诉她,钱确定是假钱的,弄不好她会犯高血压,同时我们一念灭了一个诚信人的心,也许她回去和别人吵架,那样火烧功德林,也会造更深的罪孽,这一念的后果都是我们不慈悲、不懂方便处事所造成的。

今日,我能付得起这一百元,她开心和三宝学佛、对三宝有恭敬心、同时她心里一定会生欢喜,如果告诉她是假的,也许断掉一个学佛的种子。我与她结缘就为她做点小事,再说,在佛门里无小事,此事不正是我佛弟子要做的事吗?这件事,其实也是给我又上了一课。

2018.5.23 写于寺中客堂

心灵的触动

释耀法（南京）

人生如戏,有时会丢掉了灵魂迷失了方向,在世间横冲直撞,是业力的牵引今生的迷茫。

耳边时有呼唤的声音,那是慈悲善良的呼唤,那是你心灵深处的呐喊,呼唤浪子回头声声呼入心房。

唤醒心灵深处的良知,方知生死轮回又一世。

今日自问何处来,何事因缘,造就今世身,佛前求忏悔心中五味杂陈,丢下执念放下世俗,远离诸恶业,信善奉行,如梦初醒,方知人也。

听,心声遇到钟声的撞击,那是灵魂刹那间的醒悟,善良的种子在黑暗中醒来,也许钟声触动了心灵,诞生了一个善良的生命。

人生醒悟是自醒,慈悲喜舍才是起步,关爱、付出是家务,包容心、平常心、才是真心,用真心去做缘法之事,关爱别人、融入爱的世界里,让爱的心灵翱翔在宇宙中,奉献在人生路上……

2018.6.27 写于寺中

【作者简介】

释耀法,南京上国安寺住持法师,南京佛协常务理事,江宁佛协副秘书长。中国精品文学作家学会、中国云天文学社佛学文化顾问;南京江宁作协会员。法师作品入选《华语精品悦读》一书。作品散见"地球村诗博会""现代－中国诗歌网""精品悦读""潮流美文""澜锦文艺""南京乡间诗社""南京市江宁区作家协会"等处。

第六辑　世相观潮

纯粹的文学与文学的纯粹

——兼谈评论集《品评与赏析》及谢幕的精神追求

毕诗春（黑龙江）

原来我一直以为，诗歌，很难有一个评论界定的标准，甚至可说没有。很长一段时间以来，我一直感觉评论一首诗，无论语言多么优美流畅、逻辑多么缜密、笔调如何符合评论文体的特点，都难免流于一种"评论本身"的形式、陷于拘谨，失去了最初阅读时的那份鲜活灵动，甚至因了评论者本身的观念及意向将读者导向一个与诗歌本身指向完全不同的方向。因为任何评论的前提都是建立在评论者本身对诗歌的经验上（或者说建立在对人生的体验上），难免失之偏颇。然而，一个月以前，我突然收到谢幕的评论集《品评与赏析》，一下子又改变了我的思维定式。原来纯粹的文学与文学的纯粹，都是一种纯粹的精神追求所致。

直到去年为止，我还热衷于与诗歌界友人的交流，动笔写写所谓的诗评，可后来发现无论选择哪方面作为视点都不能令人满意，总觉得还可以更丰富更完整些。倾向理性解读的读者提出：评论文体的规范、文法、文学系统知识的体现等要求，导致失去了作为诗歌最大特色"感性"的认识。应该说通读完谢幕的评论集《品评与赏析》之后，才让我深刻地得到了反省。

三年前初读谢幕的诗集《情脉与血脉》的时候，我正在省内一家晚报当记者，对文学的理解仅仅限于最直观的感觉，但那份震撼已经浸润了我年轻的心，原来中国的文学也可以在民族自省和人性挖掘中达到如此的高度和深度，原来文学完全可以在政治之外树立得如此美丽。那应是新时期文学从"伤痕"转向"反思"的时期。谢幕的反思带了更多的人本色彩,他把人群还原为未赋予阶级品格的本真状态,从一连串的苦难当中去思考人性和人权。于是,作为"人学"的纯粹文学追求便明显地凸现出来。

虽然诗集《情脉与血脉》在当时当地小圈子内遭遇了一些"才子"们的不公正的评价,但在国内却受到了广泛认可和赞扬,好评如潮。这毕竟表现了现代中国伦理观念下的"血与情"的交融乃至情感世界里的冲突和斗争。我们也知道,在有着阶级划分和政治区别的人类社会中,任何文学都必须有它的生存背景,所谓的"纯粹的文学"不可能独立存在,它也就仅仅成为一种追求。但是,在这个追求的过程中,不断地剔除种种功利色彩,让自己纯粹起来,却是完全可以做到的。这是我在读过谢幕的新作《品评与赏析》之后的感悟。

一个月以前,夜以继日地读完评论集《品评与赏析》,便不可抑制地要写一篇评论性的文字,但每每动笔之时,都进入一种"失语"状态,忽然发现,作为艺术形式之一的文学评论其实难以找到真正衡量的标准,故事的真实?人物的鲜明?语言的流畅与优美?还是结构的什么?这些写在学生作业后面的评语或许仅仅是对一部作品的肢解,都不能到达它的精髓。正如一幅绘画,画面写实或夸张,色彩明丽或怪诞,完美无缺或残缺不全,都不可作为是否成为杰作的尺度,还是这种种表象后面的情感冲击与思想触动所带来的审美感受才是最好的判断,但另一个问题随之产生:面对同一件艺术品,不同的人群会有不同的欣赏角度和解读方法,于是我们所说的判断标准几乎成了虚无。

谢幕其人如他的作品一样,澄澈透明不染尘埃。

这或许就是纯粹作家塑造的那种纯粹的文学。它或许并不"真实",但创立了一个迷人的思维空间,它所做的不是再现人类纯真的情感而是再现现代生活中的伦理道德,而是要表现人的生存与追寻。我说:"他的《情脉与血脉》是一部写爱的热烈和恨的残酷的书……这是一部清新澄澈的书,包含着当代人精神救赎的复杂内涵;这是一部突出大地神秘的书,摈弃了农业文明的乌托邦神话;这是一部情节相对单纯的书,但在故事的舞台上却盛满了精妙的细节,丰盈的想象,饱含新鲜汁液的语言……"

在如今的时代,《品评与赏析》出现得颇有些不合时宜。文学已经堕落到了只用来消遣的地步,一股股风潮都跟随利益奔涌着,"迎合"成为这个时代文学的主潮,于是在浮躁与喧嚣之中,新鲜出炉的几乎都是刺激感官的放纵图画和仅供果腹的精神快餐,不是满足偷窥邪欲的隐私展示就是成长经历的流水表白，没读过几天书的名人们和有点歪才的孩子们也于其中推波助澜，反而让那些靠写字谋生的专业的作家们失了分寸，无奈之中纷纷发出"快感"的"叫喊"，作为向世俗投降的白旗。于是，人们发现文学从来就没有像今天这样平易近人过，同时也简单得能把字组合成句便可以出本书，而出一本书，就可以叫"作家"了。

我们面对的网络所具有的开放性，一方面给了那些被泥土埋没的金子闪光的机会，但更多的还是助长了现代人对文学的误读。在这里，文学已经变成了连缀的文字的代名词，似乎识得几千汉字便可以"文学"起来，写过几篇文字就可以"专业"起来，大家怀揣着一种无知的无畏，不是翻检自己平淡的经历，就是发出人云亦云的所谓思索，或者拿出浑不懔的劲头抓住一个骂不还口的目标，让泼妇的形象成为所谓"酷"的造型，而更多的，还是那种无厘头的游戏搞笑之作……鱼龙混杂，泥沙俱下。而可叹的是，响应者和拥戴者甚众，彼此心有戚戚，相互欣赏，于是，小说流为简单的故事，评论变成谩骂的发泄，诗歌或许就是换行键的使用练习……

谢幕一直都不是一个张扬的人，他默默地"融入"黑龙江这块黑土地，寻找着自己的精神家园。"面对着国内外华语诗人的信赖和崇爱，我真的有些受宠若惊，若惊之余又心存愧意，因为我不能一一去写，那样我会累吐了血，也写不完。然而，面对诗坛我却是如履薄冰，如芒刺背，那些令人不解的诗帮诗派，我实在是不敢恭维。"

从《情脉与血脉》到今天的《品评与赏析》，诗人、评论家谢幕一步步走过来，对人性的表达越来越深入，对文学的实验越来越纯粹。或许在喧嚣的世界中越发的波澜不惊，但每一部都在文学界掀起不小的波澜。

诗人谢幕用自己的文学营造了特殊的精神领域，一篇篇带有时代烙印的评论深刻地印证着他的文学功底，相信他的《品评与赏析》也将会让整个诗坛和评论界耳目一新。

我们无意于在文学的是非中多费口舌和唾沫。写这些，仅仅因为触动，因为喜欢，因为感动于谢幕的坚守与追求。他也希望有更多的能够震撼心灵的作品出现，有更多的人接受他的作品，喜爱他的作品。

2016 年 7 月 1 日

诗歌的艺术张力和魔法

——兼评潇湘愚女的诗

碧云天（黑龙江）

我们的生活就像安装了加速器，社会的文明程度就像增添了一双翅膀，日新月异。文学在当下互联网，手机客户端的界面上得到了有效的发展。尤其是微信的出现，文学尤其是诗歌得到了空前的发展。

就是在这样的背景下我们中国云天文学社旗下的平台"精品悦读"和"潮流美文"等也得到了很好的运营。正是基于这些条件，才有机会刊发潇湘愚女的诗作，才有机会深入了解潇湘愚女。她的诗歌充满了对生活的思考，充满了艺术张力。

日前，接到老朋友潇湘愚女的邀请，想让我为她的一组诗作做个小评。我想，鉴赏一首诗的好坏，首先要从诗歌凝练含蓄的语言入手，把握关键语句的深层含义，品味诗歌抒发的情感，分析诗歌的各种艺术表现手段，把握并深刻理解诗歌塑造的艺术形象，感受诗歌的优美意境。

具体来说，鉴赏现代诗语言是一切文学作品的基本材料。诗歌尤其讲究语言的运用，因为艺术形象的塑造、意境的营造，以及情感的传达，都要借助语言。诗歌的语言要求用最简洁的词句传达尽可能丰富的内容，这就使诗歌语言形成了凝练、含蓄、跳跃性强的特点。

相对而言，潇湘愚女的诗，语言朴素，练达。反复朗诵，仔细揣摩，我们就不难发现潇湘愚女深情质朴的词语中那些隐藏在深层的含义。

我们常说，诗歌是通过艺术形象反映生活和抒发感情的。

我看潇湘愚女的诗作《活着》——把自己拧成一根绳/一头系住父母/一头牵着儿女。短短的三行诗，简单真实的意象，却表达了庞大的情感体系。有对父母的爱，有对儿女的牵挂，刻画了中年人上有老下有小的命运现实，要咬紧牙关，挺直腰身坚强地生活，要把自己拧成一根绳，拧成一根和亲人紧紧相连的血脉。这是需要我们一代中年人认真思考的课题……

诗歌的意象是诗人的主观意念和外界客观物象撞击的产物，是诗人为了表现自己的内心世界，把客观的物象经过选择、提炼，重新组合而产生的一种含有特定意义的语言艺术形象。诗歌中，诗人不仅要用意象进行思考和感受，还要用意象进行表达。

我们看到潇湘愚女的诗作中的意象，多是虚实交错的。看诗作《小花》——小花走过田埂,蝴蝶起舞/小花走过清溪,蜻蜓驻足/小花走过山冈,夜莺唱歌/小花背着弟弟站在教室门口/老狗打盹/小花深一脚浅一脚走出大山/两只羊角辫随风摆动/我记得,小花走时/稻子尚未抽穗/谷仓正空,如她平坦的前胸。

我们看到,"田埂,蝴蝶起舞,清溪,蜻蜓驻足,山冈,夜莺唱歌;小花背着弟弟;教室门口;老狗打盹;稻子尚未抽穗;谷仓正空,平坦的前胸;大山;两只羊角辫"这些鲜活的意象和清晰的暗示,让我们不得不把目光聚焦在最底层的乡村教育上。我们知道社会发展了,人民的生活水平逐渐提高了,可是,毕竟我们的国家那么大,毕竟还有那么多让我们心酸的角落,还有那么多泪流不止的故事和人值得我们记挂在心! 有人说,诗歌离生活太远。我不同意这样的观点,当下,有好多紧跟时代潮流的诗人,创作了大量深入生活的力作,值得我们欣慰!

我们看看潇湘愚女的另一首诗作《夹缝中的生命》——我在四周的坚硬中/寻找一块柔软/穿过长长的黑暗/让生命/与寂寞一起生长/往上的领域无限/有风/有雨/有阳光/不要嘲笑/当我摒弃掉那份怯懦/让枝繁叶茂/在太阳升起的每个早晨/与小鸟们一起歌唱

我们读完这首小诗,第一感觉就是,诗人要想张扬的是坚硬的生活,和不屈的生命。生活和生命这一对儿在哲学上的对立和制衡。诗歌清晰的构架和语言技巧,让我们敬佩。

2018 年 1 月 27 日

海纳百川有容乃大　壁立千仞无欲则刚

——我眼中秀外慧中的南京上国安寺住持法师释耀法

碧云天(黑龙江)

山不在高,有仙则灵。

在南京,有一个声名远播的寺院,南京上国安寺。这个寺院的住持法师,正是释耀法法师。

认识释耀法法师,纯属偶然。因为,"精品悦读"公众平台,大概是在2016年的12月,一日闲暇,翻阅收稿邮箱时,编辑看到了两首诗一首是《门》另一首大概叫《一粒米》,这两首短诗的作者就是释耀法老师。

两首诗在大量的爱情诗,探索诗,新潮诗、口水诗中突然吸引了我,就像在熙熙攘攘的人群中突然看见一位穿着亮色衣服的人一样引起我的注意。快速浏览了两首小诗后,那些质朴无华且又充满哲思的诗句,打动了我,立刻和编辑们商量,将其他稿件撤下来,将这两首小诗刊发。

结果,这两首小诗经过编辑们精心的编辑后一经推出,在平台的几个大群里引发了不小的震动,就像闷热的夏天午后,突然来了一阵清风,让人心旷神怡。

至此,和释耀法老师互加了微信,结下了深厚的友情。日子,一天天过去,我们的友情也随之不断加深,释耀法老师的人品和诗品一样,正直、质朴、善良、大义。所关注的命题均是充满禅意和德行的。我们说法师的修行是在修心。

我们从他的作品中就可以看到:《梦游上国安寺》"……请三支香,点燃送入天香炉,合十念佛,在心中祈愿众生安康吉祥。走过天王殿,见到了一棵古树、银杏树,千年古树挂满果实,透过茂密的树叶,见到点点星光,此刻心不再烦躁。瞬间定格在那个时空中,将心中杂念放下……身心漂浮在雾气大山之间,又沉静在,诸佛、菩萨怀抱中//哦,这不是我常住的地方吗?你牵着我的幻觉回来了,回到了上国安寺,多希望梦不要醒,多想再听听梦中的风声,多希望再见到山鹊和它聊聊心里话。白云带走了岁月,不知谁见过我的山鹊,因果轮回无早晚,万法是缘万法也皆空,梦醒时是梦非梦,何不趁早去礼佛念经。梦,是过去,不再想。梦,是未来,不追逐……"

勤奋,是释耀法老师的最令人敬佩的人生品格。无论寺院有多繁重的事物,老师每周必然要写一篇文字,平台累计刊发,已经成了习惯。近日,突然发现释耀法老师,又痴迷上了书法,大篆小篆行书隶书,均有尝试。

在云天看来,书法绘画和文学作品一样,作品的构建均来源于生活,源于眼中所观察到的一切事物,用笔方法如同昼与夜的交替变化,繁衍无穷。构字的点画有如家庭中的成员,应长幼有序、不乱纲常。要说字形则更像自然生物一样,会呼吸、能运动、任飞舞,生命应有不同的存在方式。书法中的章法正如文章的章法一样,书法作品每一个字的每一个笔画和文章中的每一个材料一样,均有主次。有尊有卑,各行其是,各尽其职,互相配合,团结成一体。

我想,无论是文学作品还是书法绘画作品,都需要人生阅历和生活体验的积淀,我们欣慰地看到,释耀法老师日臻成熟的文学造诣和书法技艺,岁月如白驹过隙,我们期待着,期待着我们的缘分越来越深,我们的友谊就像诗歌和远方,永远馨香,沁人心脾!

2018 年 4 月 23 日

浅析张雯作品《火焰(外三首)》

碧云天(黑龙江)

最近,非常忙乱,刚刚去了古城爱辉采访归来,还没卸去满身的疲惫,便接到了诗友张雯的信息,想请我评论她在"精品悦读"平台刊发过的《火焰(外三首)》诗作。翻出这几首小诗,仔细品读。突然间忘记了疲惫。

节日/从鞭炮的爆裂声中走来/火光/照亮了黑夜/卧藏心中的欲望/点燃/七色的火焰/赤裸裸的思念/脱壳而出/粉碎的花蕊/流经眼前/拼命也只是昙花一现……

——《火焰》

其实,好多朋友,虚心地问我:"云天老师,究竟什么是现代诗?"我谦虚地说,百度上有答案:现代诗也叫"白话诗",最早可追溯到清末,是诗歌的一种,与古典诗歌相比而言,虽都为感于物而作,但一般不拘格式和韵律。

现代诗发展到了今天,它的形式已经不拘一格,自由奔放,白描与哲思并重,意象与经营融合修辞并用。新诗如今已经完全突破了古诗"温柔敦厚,哀而不怨"的特点,更加强调自由开放和直率陈述与进行"可感与不可感之间"的沟通。

我们看看张雯的这首《静待》——"年爬上岁月的/唇台/舍不得吻/怕老了梦……""……写不出一星半点的/蓝/一如年久失修的/眉/毛毛草草/只有水纹丝不动……"这些,质朴而韵味十足的句子,多美可贵,就像一面镜子,照出人间冷暖,照出岁月沧桑,照出人心浮沉。

在当下浮躁无比的社会空间,总有那么一大群闲人,总是在那些不懂得诗为何物的人的聒噪中,飘忽不定地被吹捧成了资深的摇头晃脑的诗人。可惜,他们真的不是诗人,因为他们从没写出过一首像样的诗(这里不便列举,读到

461

这里,您可以拿出朋友圈里的所谓的"诗"来对比!)

我们再看看她的《向阳》,"……火车继续前行/我并不怀疑/昨夜的暗黑/谁在叫醒/我的耳朵和身体/一遍又一遍/平行与冰冷的铁轨……"多么难忘的句子,哲思,睿智,而唯美。

一首诗好坏的评定标准很复杂,这是从专业角度来说,但如果仅仅从民间来评判条件只有一个,那就在于你的诗能不能被人记住。

在这个飞速发展的社会里,虽然到处充满了呱噪声,但毕竟还会有一少部分人,能静下心来,仔仔细细地去阅读。其实阅读是诗歌的一面镜子,可以照见内心和世界。

好诗是不朽的,一首进入岁月轨道的诗,充满无穷的张力,可以进入现在,也可进入过去,甚至可以存活于明天的阅读之中。

张雯的这首《歧途》中那些句子,甚至无法改动。"垂下的草,细碎/终究/抵挡不了/钻心的寒/冷的随意吧/尽管春已临近/但她/决定快乐的/死去/让最后/化为灰烬/让誓言孤独"读完一遍,你会马上返回第一句,重新再次品读,你却愈发地发现她的美!

2018 年 4 月 25 日

诗歌是人类最高境界的语言

——节选自《云天文学评论集·世象观潮》

碧云天(黑龙江)

我们都生活在困苦之中,而总有人仰望星空……　　　——王尔德

随着岁月的溪水潺潺流过,我的在另一个天堂里的兄弟海子的印象越来越模糊了。突然间有一天梦中,好像听见海子在叹息:"我的兄弟/毕诗春怎么也不写诗了/春天已经来了/诗歌还很远吗/那些曾经的精灵般的诗句/正蜷缩在角落里瑟缩着……"

近日一个黄昏,偶然间翻看海子的诗,那些文字似乎是让人追忆曾经有过

的激情与梦想。

而现在,诗情成了人们神经错乱的发泄,梦想被人们丢弃在了精神的厕所里。

这是一个诗歌评论远远多于、滥于诗歌本身的时代,就像冬日里的麻雀和乌鸦,成群结队地落在可怜的树上叽叽喳喳,偶尔还留下几点粪迹。于是,我们想再对诗歌指手画脚的时候,首先自己甚是羞愧。"欲流之远者,必浚其泉源",而我们还在河水里洗着廉价的"桑拿"。我们必须尊重真正写诗的人,我们必须呼唤真正的诗歌和诗人。

还记得,当年在著名的《明月岛诗会上》曾和诗人肖铁、杨拓、舟自横、冯文、陈钦华、张湘麟等先生,讨论批评甚至有人谩骂过80年代曾经红极一时,却写得满手狗屁诗的诗人。现在想起来还很对不住那位大哥,毕竟他那些东西当时还有那么多的学生(现在的成年人)喜欢过,毕竟有那么多人还喊他那些东西为诗。

曾记得一位诗坛前辈的一句话让人受益匪浅(特别对于当下那一群,甘愿当"疯子"的诗人)——诗歌是一条情感的河流。我想,这是诗歌最好的定义。真正的诗人流出了一条血泪的河流,如卧轨的海子,如拿着绳索和斧子的顾城。海子的《面向大海,春暖花开》成了一个诗歌时代的终结之作,20世纪80年代末中国美术馆前的枪声击碎了人们艺术的激情与梦想,也使得诗坛由喧嚣走向了沉寂。于是,我们的一些诗歌开始变得那样的做作和矫情,那样的麻木和虚伪,那样的欲说还休强赋新愁,一些所谓的诗人不但使自己的感情之河慢慢干涸,而且还在一些无聊的文字游戏中迷失了自己,在自设的囹圄中渴死。华丽辞藻的堆砌像憋出的尿液一样成了大堆大堆的文字垃圾。是他们,在自鸣得意的意淫中强奸了艺术,强奸了诗歌,强奸了读者,强奸了我们曾经有过的梦想,也强奸了民意。

可悲呀! 如今的诗歌。诗歌,已俨然成了一些"文字饭桶"发泄文学性欲的"资深妓女"!

这是一个牛仔裤套在每个人腿上的时代,这是一个手机微信泛滥成灾的时代,这是一个腾讯语文大行其道的时代,这是一个人们只知道周杰伦《七里香》而不知道席慕蓉《七里香》的时代,这是一个会写字的人就说自己是诗人的时代,这真是一个让人尴尬的时代……

尤其是,近几年微信助推了文学热的泡沫,可是真正给纯正文学助力了吗?我个人觉得根本没有。因为微信中的假文学现象严重,泡沫泛滥高涨。自称是文学大家、文学巨匠、世界著名诗人作家的人太多了。很多人都习惯把垃圾文字拿到地下印刷厂、打印社,装订成册,就向世界宣称自己是"×××知名大刊"的总编辑了。

我想,这会让《人民文学》《诗刊》《当代》《十月》等这样国内公开发行,国家新闻出版署备案的纯文学大刊的编采人员大跌眼镜,无语到哭。

我们的文学空间正在被慢慢蚕食着,诗人似乎成了一个略带嘲讽意味的称谓。但是,我们欣喜,真正的诗人是不会在世俗的世界里发生动摇的,更不会向世俗挥手致意,摆尾卖乖。正如一个诗人写的一首《狗作诗人的时代》中说的一样:"狗作诗人的时代是平庸可怜卑琐无聊的时代;而诗人作狗的时代则是堕落贫贱而无药可救的大悲剧时代了。"真正的诗人,可以鄙视整日叫春的木子美们,可以鄙视在现实中追逐名利的世俗价值,可以鄙视那些在大学周边出租屋里的乌烟瘴气……

诗歌是一条情感的河流,是人类最高境界的语言,而越来越多的人将感情投入到了"我爱你,但你不爱我"的幼稚情感游戏之中,愚昧无知,颓废浪荡的情绪,充斥着现代文学,前不久居然有人创建了类似"颓废"派的公众号,几易旗号,屡屡被封。

象牙塔早已被等同于大学校园,没有人去计较它的本义了,在校园里又有谁在为艺术而艺术,去承受诗人这个称号之轻呢? 可悲的现实,在很多理科院校里,居然没有文学社这样的社团。在这个有着激情梦想与反抗呐喊的时代中,人们可以拿着鲁迅式的匕首猛刺黑暗,也可以在既锐气又傻气的风暴中建立愤怒者的根据地,更可以在小资的蓝调音乐中悲秋伤怀。但是,人们有了自己的自由,却在迷失自己的信仰。可以呼唤诗人,但诗人不是呼唤出来的。我们还有希望,真的。

"未有天才之前,须有产生天才的土壤",而我相信,我们还有产生诗歌和诗人的土壤。在文学网站上、在微信朋友圈里,偶尔也会发现一些好诗,而这正是对浮躁一代的回击。在校园文学的论坛里,我曾看见很多诗歌,我们的土壤并没有到贫瘠得不能开垦的程度,相反,它会变得肥沃起来的。或许我们的有些诗还很幼稚,但我们没有太多棒杀的理由,我们必须低下自己高傲而卑微的头颅,向致力于纯文学创作的每一个人致敬,向真正的诗人或有着诗人梦想的人致敬,向仔细品读每一诗行的读者致敬!

2007 年 7 月 16 日
2015 年 2 月 11 日修改
2018 年 7 月 7 日补充修改

赵亚东：诗意地生活在地球上

毕诗春（黑龙江）

当了记者以后很少写诗了，甚至很少关注诗人了。

我原来一直以为，诗歌，很难有一个评论界定的标准，甚至可说没有。很长一段时间以来，我一直感觉一首诗触动并加以文字表述时，无论语言多么优美流畅、逻辑多么缜密、笔调如何符合评论文体的特点，都难免流于一种"评论本身"的形式、陷于拘谨，失去了最初阅读时的那份鲜活灵动，甚至因了评论者本身的观念及意向将读者导向一个与诗歌本身指向完全不同的方向。因为任何评论的前提都是建立在评论者本身对诗歌的经验上（或者说建立在对人生的体验上），难免失之偏颇。然而，一个月以前，我突然收到亚东的诗集《挣扎》，一下子又改变了我的思维定式。

原来纯粹的生活与纯粹的文学，都是一种纯粹的精神追求所致。采访完赵亚东才知道，生活没有给这个年轻人太多公平的机会——生活、学习、工作、理想、现实，好像都和他唯美的理想距离甚远。亚东是个苦命的孩子，出生在一个偏远的小县城，命运的不公却平添了这个年轻人战胜苦难的信心，他用来自心灵的语言与生活进行对话。

脚　印

亚东出生在一个偏远的小城，懵懂的记忆里，他总在童年很诗意的雨天，光着小脚丫在黑土地上踩下自己清晰的小脚印……

1979 年 1 月，赵亚东出生在黑龙江省拜泉县。赵亚东 16 岁离家，在陌生的城市里奔波，他做过服务员，学过厨师，干过瓦匠，蹬过三轮，收过破烂，也开过工厂。他一路走来，不知道挥洒了多少汗水和热血，在生活苦难的风雨中，他创作了一首首撼人心灵的诗歌，用顽强和坚韧完成了一次成功的超越和标榜，用悲悯与感恩把我们从庸常的俗世中唤醒。

岁月荏苒，生活总是不愿意过多地眷顾这个很有潜质的年轻人。诸多原因不堪回首，亚东没有更多机会去学校里读书，这个只有初中文化的毛头小子凭着一股韧劲儿,在省城哈尔滨默默打拼着:25 岁他成了《人才市场周刊》编辑、26 岁他开始为《北大荒文学》做诗歌编辑、27 岁他成了《黑龙江画报》社的首席记者,同时也已成为黑龙江省备受关注的年轻诗人。

不久前,一个朋友在电话中说:"文学场只有在干预到权力场的时候,才真正具有社会意义。"我在一篇写给评论家谢幕的评论中说过:"回顾过去的三十年可以看到,中国社会的农业语境一直都向着工业语境转变,社会变革在推动社会进步的同时,也造成了整整一代人心理的负面影响。"这或许是被忽略了的心理残局,这也正体现了诗歌对诗人境遇的关怀,赵亚东的这种生存态势恰恰是他对人生和理想苦操守的佐证:纯粹地生活、纯粹地文学……

"我想念这些被时光随意丢弃的家伙/这些傻兄弟,并不因丑陋/而放弃水晶般的心灵//这些大地上的星辰/总是在黄昏被母亲——唤归/总是在我的梦境里/释放朴素的光芒//我想念这些和我一样的兄弟/他们如今/在别的城市里做着自己的梦"(《土豆》),这是赵亚东在诗歌中的自况。他把这首诗印在自己第一本诗集《挣扎》(中国文联出版社 2004 年 5 月)的封面上,他相信自己能够找到那释放水晶般心灵之中的朴素光芒的路途。

行　囊

就是靠着自己的睿智和敏思,亚东不断地在人生的轨迹上奔跑着,他知道自己还没有人们比较看重的文凭。他常说:"我只看重自己背后简单的行囊。"

1994 年春天,赵亚东怀着对理想的憧憬,背着薄薄的行囊踏上了赶往省城哈尔滨的火车。那是一个极为平常的寂静无声的清晨,他告别了所有的亲人和朋友。当他迷乱在哈尔滨繁华的街道不知所向时,他只想喝一口水,尚未成年的他兜里仅有几块钱,他舍不得其中的一分钱。他找到一家餐馆,终于胆怯而疲惫地鼓起勇气向老板要水喝,老板拿出一瓶没有打开的矿泉水给他。赵亚东犹豫着摇了摇头,又看了看餐馆里其他客人们桌上免费提供的茶水,咽了一口唾沫。还没等赵亚东开口,餐馆的男老板就拦住了他,边往外撵边对他说:"去去去,我这忙着呢,没工夫搭理你。"赵亚东就这样被推了出来,满头的汗水还未来得及擦拭。赵亚东要走的时候,不知不觉又看了一眼那家餐馆,他发现餐馆的门面上正贴着招聘服务员的红纸,他眼睛一亮,暂时忘记了口中的干渴,他又走了进去。在老板盘问完他之后,他终于可以喝上一口水了。工钱是每个月180 块,对于这时的赵亚东来说,有一个能供吃住的地方已经是很难得了。那时,对于诗歌,他还一无所知。

挣　扎

　　就像他的第一部作品集的名字《挣扎》一样,亚东在命运的旋涡里不停地奔波、忙碌、挣扎。

　　亚东做服务员后,渐渐想到了厨师的行业,可是对当时身无分文的亚东来说简直是个挑战。当亚东从餐馆厨师那里学到了两道菜的做法后,面对老板的斥责,他不得不选择离开,老板借此扣掉了他当月的工钱。为了生存他不甘于饿着肚皮写诗。于是,赵亚东学起了瓦匠。

　　学徒的时候,每天工作15个小时左右,在工地里没有人把他当作一个年仅17岁的孩子,他的手从白嫩到满是茧子,不知起了多少血泡。晚上回到工棚子里,他还要为师傅们打洗脚水、搓脚,他稍有"不听话"便会遭到工人们的打骂。在那一年多的时间里,他似乎突然变得坚强起来。他学会了咬紧牙关。有一次,他不小心从二层楼高的跳板上掉下来,但他当时还是忍着疼痛坚持用一只手搬砖、上泥,因为这样他可以挣到一半的工钱,后来得知他的胳膊摔成轻度尺骨骨折。之后,他便无法再干瓦工了。他知道不管怎样,都不能让自己停下来,他曾经铭记里尔克的名言:挺住就意味着一切。

　　当他用自己的积蓄买了一辆三轮车时,他感觉到自己还拥有着某些东西,那些东西正载着他与苦难同行,向苦难微笑。赵亚东在一家家具城运送家具,只要顾客需要,他风雨不误。一日三餐尽和馒头、粥、咸菜打交道。他老实肯干,同行排挤他,他也不言不语;业户欺侮他,他尽力忍受,仿佛就在这种缄默之中,赵亚东战胜了他人生所有的重压。

　　晚上回家赵亚东趴在出租房的小床上想自己的心事,他想到过家乡、童年、痛苦、生命、死亡以及不可预知的未来。而那时候,赵亚东最大的梦想便是能吃得好些、穿得暖些。那天傍晚赵亚东怎么也睡不着,他到旧书市场闲逛,一本薄薄的泰戈尔的《飞鸟集》吸引了他的目光,他曾经听初中老师说起过它的好,赵亚东犹豫了好一会儿,终于买了下来。

　　从那以后,这本小册子就成了他最亲近的朋友。每当夜深人静思念故乡思念父母之时,他就捧起那本小书,默默地朗诵。那本书把他带到了另外一个世界,让他的心灵有了栖息的港湾。后来他试着写下自己心底的感受、试着写下一个民工的心灵音符。1998年11月《北方文学》发表了赵亚东的一首诗:穿越城市。赵亚东第一次在一个陌生的城市里得到了一种新生似的鼓舞。

向　远

　　一个在城市里打工的、没有学历、没有工作经验的年轻人,是怎样抵消了生活的白眼和苦难,一步一个脚印地走过来的?"……拿什么换取一小撮时光,一小撮/活的消息。在时光的巨轮上/推动大海的背影/我们从不交换叹息/在两个城市陌生的阴影/倾听快乐的喘息/我们撕开黑暗中摊开的被角/在野营的歌声中/那些苦难纷飞如铅的雪//"(《另一种行走》)……

　　2000 年,蹬三轮不好挣钱了,赵亚东就去收破烂。他每天天不亮就去街区和垃圾山上收废品、捡废品。他和父亲一起住在郊区的菜地棚子里,和父亲一起收破烂。后来赵亚东在一首诗里这样写道:"父亲起早贪晚地忙碌着……像变魔术一样/他使垃圾变成了我们的口粮//"(《收破烂的父亲》,见赵亚东诗集《向远》哈尔滨出版社 2006 年 4 月)赵亚东对于父母是心怀感恩与愧疚的。

　　2002 年赵亚东入股一家小企业开起了塑料废品处理厂,惨淡经营,维持生计。直到再生塑料价格急剧下降,工厂破产,最后只剩下一堆废旧机器。而赵亚东在此期间不断进行诗歌写作,其作品在省内影响越来越大,2004 年 8 月,赵亚东毅然选择了文字工作。经人介绍,他到一家报社应聘,因写作能力突出,被留用。赵亚东说:"感谢生活给我的苦难,感谢蔑视,感谢嘲讽,也许正是因为这些,才会让我走得更远、更高。"

　　如今的亚东很诗意地生活在地球上,纯粹地生活着、纯粹地文学着,他依旧凭着那股初生牛犊不怕虎的韧劲儿,将自己朴素的光芒展示给别人。

　　就在记者即将结束对他的采访时,他笑着说:"《向远》其实已经不远了,相信伯乐正在前方不远处等着我呢!"

　　(注:赵亚东,系中国作家协会会员,媒体工作者。)

2007 年 8 月 18 日于冰城。

【代后记】

首届中国"华语精品悦读"
文学作品大奖赛感言

毕诗春

如今,在网络文学领域鱼龙混杂,表面繁荣的同时,也滋生了许多泡沫。根本不知诗为何物的人,突然成了诗人,从来不会写文章的人突然成了作家,在网络的江湖,这些泡沫很华丽,而且越膨胀越大。鉴于此,中国华语精品文学作家学会、中国云天文学社重要成员中多数人觉得,需要搞一场像模像样的文学比赛,从而推出一批文学新人,精选一批文学作品。驱浊还清,荡涤污浊的网络文学也是一件好事。但是,少数人士认为,我们的力量微弱,此举乃杯水车薪,不应该耗费资金和人力去做这种傻事。然而经过投票表决,多数人赞成推出大赛!

于是,中国华语精品作家学会、中国云天文学社联合南京上国安寺等文化机构,于2018年1月初开始,到5月末截止,成功组织了首届中国"华语精品悦读"文学作品大奖赛。本次大赛宗旨,是为了促进精品汉语言文学的繁荣与发展,让读者读到更多的汉语文学精品,由中国华语精品文学作家学会、中国云天文学社、南京上国安寺、"精品悦读""潮流美文""澜锦文艺""地段街1号"四大微信公众平台和一点资讯四大同名平台,借"今日头条号★第一记录"联合举办。

历时整整5个月时间,大赛终于拉上了帷幕。此间,来自世界各地的华语诗人、作家以及文学爱好者,纷纷投来稿件参与大赛活动。大赛组委会共计收到各类作品3 800余件,四位编辑老师整整忙乎了5个月,总算经过了三轮网评初选,选定了100余篇(首)稿件入围决赛,各大平台陆续刊发展示,反响非常好,转载率、点赞、赞赏率均有所突破。这次大赛参赛作者遍及国内各个省市,从国家级作协会员、各省、市级作家协会会员，到普通的文学爱好者。从古稀老人到十几岁的中学生，几乎囊括了各个参赛组别的年龄段。此外，大赛还吸引了旅居国外的华语诗人和作家，来自美国、法国、巴西、澳大利亚、意大利、日本以及我国香港等地多位作家、诗人的积极参与。

然而，由于大赛网评门槛设置较高，致使很多人连起码的参赛资格都没有取得，很可惜。还有一些参赛者虽然取得了参赛资格，最后在网评阶段或冲击决赛过程中，由于网络分数太低未能取得好成绩，难以入围决赛。网络评分数分为阅读点击率、合格有效的留言条数、赞赏额度合成的网评总分。最后还有资深评委打分过程，网评分数占70%，评委打分占30%，两项分数之和才是一个参赛作者的实际获得分数，最后组委会按照分数高低，排出名次。

另外，大赛之初，大赛组委会计划从来稿中评出"诗歌、散文、小说"三个项目的奖项。一等奖各1名，奖金1 000元/名；二等奖各2名，奖金300元/名；三等奖各3名，奖金100元/名；优秀奖100名50元奖金或纪念品以资奖励。由于大赛参赛稿件出现品种差异过大诗歌作品占85%，小说奖项和散文奖项优秀参赛作品非常少，而且最后冲入决赛的几篇稿子也由于网评分数过低致使一等奖轮空，经组委会商讨后决定，将诗歌原一名一等奖增至两名，将剩余轮空的另一个一等奖指标的奖金1 000元，下移至二等奖和三等奖，这样就变成，一等奖2名，二等奖7名，三等奖16名，优秀奖24名，佳作奖76名。将原定的100名优秀奖的前24名较优秀的作品定为优秀奖，后76名定为佳作奖。优秀奖和佳作奖奖金或奖品等同，由于佳作奖获得者均未参与预订获奖作品集图书，所以作品将不能被收录到作品集中。其他奖项奖金不变，总奖金额不变。

另外，根据评审委员会专家建议，大赛组委会决定增设特别奖6名。并评出优秀组织奖1名。

总之，尽管有大部分作者的作品没有入选，我们大赛组委会和编委会也深表遗憾，但是，毕竟我们公平公正地辛苦了5个月时间，精挑细选评出了这些优秀作品。另外，原则上，获奖者的作品均有资格入选获奖作品集，但是没有预订图书的获奖者，作品将不能入选。可喜的是，此项工作在接近尾声之前，大部分获奖作者，均在收到喜报后订购了作品集。届时将会收到组委会寄给获奖者的获奖作品集、获奖证书以及签约作家、诗人证件等。我们由衷地祝贺所有获奖者，也由衷地感谢所有的参赛者，期待着下一届大赛我们再见。

2018年7月7日

首届中国"华语精品悦读"
文学作品大奖赛获奖名单

特别奖 6 名

汪贵沿　胡世远　涂　惠　赵　富　释耀法　毕曦文

优秀组织奖　1 名

不倒翁

一等奖（2 名）

谈新柱　　　　千钟醉@凤台美
如梦晨曦　　　秋天里的告白

二等奖:7 名

杨　彦　　　　在怀春的血管里舞蹈（组诗）
陈传峰　　　　我的扶贫日志
王光佐　　　　温柔柳
刘　芳　　　　转角
吴玉泉　　　　古镇上的老茶楼情结（散文）
潘　鸣　　　　春水谣（散文）
陈保立　　　　老同学（组诗）

三等奖:16 名

唐春元　　　　一枚飘过心里的雪

冰与火	一条千回百转的路是我的尽头（外二首）
点　亮	赵爷的故事
古稀的春天	爱在路上
不倒翁	我在红尘深处等你来
唐华智	梦之故乡　春
魏国成	宁静的心
付世财	厚重的陕北
五　哥	你的手（外二首）
水波横	乳房的故事（小说）
春　雨	我想，你是一片海　中国
罗占艳	飞来横财（小说）
潮　子	乞丐（外一首）
一夕流芳	雪（外二首）
冯世鑫	江南三月下梨雪
于小兰	三千尘缘　红尘永伴（散文）

优秀奖　24名

涅槃罂粟	春天送你一首诗
凤　萍（香港）	你触摸了我的灵魂（外一首）
张明珠	乡雪情
刘丽平	都市一隅的诗意田园
杨　龙	写给我的祖国（外一首）
陈　锋（法国）	拾荒者（外二首）
韵　然	为谁唱完了花落花开（组诗）
阳光雨	错过
刘柏洋	古风@雨雪风云
叶　九	今夜（外二首）
末落贵族	背影（外二首）
段贵娥	乡下妞的大学梦
暮　野	我想在你的梦里栖居
昔日云儿	今夜你那是否月色也朦胧
王慧君	我的乡情

季俊群（巴西）　春色飘香雪地（外二首）

姚丽蓉　　　　花儿　蜜蜂（外一首）

谢艳军　　　　眼神（组诗）

南飞雁　　　　青莲荷舞

廖　婷　　　　这座城

沙漠之灵　　　石榴花开

姜晓娟　　　　怀想记忆中的美丽

张红英　　　　思念的延长线

张　杰　　　　给心打开一个天窗

佳作奖 76 名

（略）

张杰（宁夏）

陈传峰（山东）

陈宝立（沈阳）

张新锐（山东）

廖婷（江西艺）

齐凤艳（大连）

郑懿烽（哈尔滨）

不倒翁（甘肃）

涅槃罂粟（北京）

杨龙（浙江）

点亮（哈尔滨）

昔日云儿（黑龙江）

姜晓娟（山西）

段贵娥（江苏）

张红英（北京）

付世财（陕西）

刘丽平（哈尔滨）

刘玉祥（北京）

叶九（苏州）

谢艳军（河北）

张明珠（山东）

暮野（陕西）

春雨（黑龙江）

姚丽蓉（江西）

那天花开

□ 释耀法

凌晨。你还在梦中
我已独自撞响了晨钟
荷香萦绕着钟声飘来
是荷花仙子悄悄打开了禅门
朦胧中，东方升起一线红
露珠在荷叶中犹豫徘徊
煎熬中迎接着一场暴风雨的来临
含苞待放的花朵在雨中舞蹈
寂寞以开成雨中最美的花朵

那天花开，蜂儿来拜。
开在佛前做莲台
前世的约定今生的缘
花语心扉今世的愿
倾听佛号，看蔚蓝的天空

盛开时节短暂或绵长
都能用相法庄严道场
佛前绽放是欢喜心的供养
佛。微笑着凝视众生
一花一世界一佛一如来
龙泉古井泉水养莲朵朵开
天池盆中绿叶托花处处艳

2018.7.17 写于寺中
（注：文中"龙泉古井"位于南京上国
安寺内，是一口千年古泉井）

南京上国安寺
感恩您对寺寺的支持！
长按下图二维码关注本寺

一念转发 随喜功德

客堂咨询电话：025-52739086
地址：南京市江宁区横溪街道（原陶吴镇）
甘泉湖社区上国安寺